김종삼 시 읽기

김종삼 시 읽기

유성호 김혜진
신동옥 이은실
차성환 권준형
문혜연 양진호
이중원 임지훈
장예영 정애진
정치훈 조대한

국학자료원

머리말

　김종삼은 1921년 4월 25일 황해도 은율에서 태어나 시와 술과 음악으로 삶을 살다가 1984년 12월 8일에 간경화로 세상을 떠났다. 김종삼은 시와 음악이 보여주는 초월적이고 순수한 예술의 영역에 매혹되어 자신의 삶을 송두리째 제물로 바친 시인이다. 일상인으로서의 생활 감각이 전무한 까닭에 말년에는 지독한 가난과 병고, 알코올 중독으로 고통스런 시간을 보냈다. 김종삼은 자신의 소멸해가는 육신을 넘어서 아름답고 신성한 초월적 세계를 꿈꾸었다. 이는 한국전쟁의 끔찍한 참상을 딛고 일어서기 위한 고투에서 비롯된 것이다. 김종삼의 시는 타락하고 비극적인 현실세계와, 가닿을 수 없는 절대순수 세계와의 간극에서 생성된다. 맑고 평화로운, 마치 진공(眞空) 상태와 같은 순수한 시 세계는 한국시사에 있어서 누구도 도달하지 못한 전인미답(前人未踏)의 경지이다. 이해가 아니라 정서적 충격으로밖에 감각될 수 없는 영역이, 그의 시에는 있다. 그렇기에 김종삼의 시는 시대를 넘어 여전히 새롭고 아름답다.

　우리는 2019년 한 해 동안 머리를 맞대고 김종삼을 읽었다. '내용 없는 아름다움'은 그가 추구했던 시의 극점(極點)이었다. 언어로 의미화 할 수 없는, 어떤 잉여들이 그의 시에는 가득 차고 넘쳤다. 길고 오랜 시간동안 매혹되었다고 말하는 것이 옳을 것이다. 연구자로서 시를 읽고 분석하고 글을 쓰는 목적 이상으로 한 시구 앞에서 오래도록 멈춰서야 했고 행간에 맴도는 알 수 없는 음악에 사로잡혀야 했다. 이 책의 필자는 유성호 선생님과 그 문하(門下)에서 한양대에 터를 잡고 공부하는 김혜진, 신동옥, 이은실, 차성환, 권준형, 문혜연, 양진호, 이중원, 임지훈, 장예영, 정애진, 정치훈, 조대한이다. 선생님은 같이 시를 읽고 공부하는 것이 이렇게 멋지고 훌륭할 수 있다는 것을 가르쳐 주셨다. 글을 쓰고 토론하며 같이 보낸 시간들이 우리를 한층 더 성숙하게 만들었다. 『김수영 시 읽기』에 이어 두 번째 결과물을 내놓는다. 각자 치열하게 읽고 생각하고 느낀 것들, 그 조각들을 하나 둘 모아 책으로 내게 되어 더욱 뜻깊다. 의도한 바는 아니지만 김종삼 탄생 100주년이 되는 해에 이 책이 나오게 되어 의미가 더 각별하다. 연구자는 외롭고 힘든 길이다. 서로 신뢰하고 존중할 수 있는 도반(道伴)을 둔 것만으로도 기쁘고 힘이 난다. 우리는 함께 격려하고 응원하며 지치지 않게 오래 이 길을 갈 것이다. 끝으로, 신동옥 시인이 김종삼 세미나를 주관해주었고 임지훈 문학평론가가 원고의 취합과 편집을 도맡았다. 어려운 시기에 출간을 결정해준 국학자료원의 정구형 대표님과 편집부에 감사의 마음을 전한다.

— 2021년 봄, 김종삼 탄생 100주년을 기념하며
필자를 대표하며, 차성환

차 례

2부

제1부

김종삼 시의 독자성과 파생적 의제들

유성호

1.

그동안 김종삼(金宗三, 1921~1984)의 시에 대한 의견을 낼 기회가 거의 없었다. 완미한 시인론을 써본 일도 없다. 최근 우연하게 각별한 관심을 가지게 되었고 시인에 대한 학문적, 비평적 관심을 더 가져야 할 것 같다는 생각을 했다. 어쨌든 장석주가 엮은『김종삼 전집』(청하, 1988)과 권명옥이 엮은『김종삼 전집』(나남출판, 2005), 그리고 최근에 간행된『김종삼 정집』(북치는소년, 2018)의 노고를 기억하면서, 더 정치하고 새로운 해석이 덧보태진 김종삼 연구들이 많이 나오기를 앙망해본다.

두루 알려진 것처럼, 이숭원은『김종삼의 시를 찾아서』(태학사, 2015)

라는 저서를 출간하였다. 책날개에 적힌 "김종삼은 평생 소외된 약자였고 삶의 변방에 서서 그늘을 노래한 사람이다."라는 글이 인상 깊게 다가온다. 마치 시인이란 어떤 존재인가에 대한 일종의 정의와도 같다는 느낌을 주는 표현이다. 꼼꼼한 실증과 현대어 정본 제시 과정이 꽤 미덥게 다가왔다. 이미 정지용, 백석, 김영랑 등의 연구에서 보여준 방식이긴 하지만, 특별히 김종삼의 경우 매우 중요한 서지적 작업이 아닌가 생각하게 된다. 그리고 통시적인 시의 전개를 기본 축으로 하면서, 주제별로 김종삼의 대표작을 따뜻하게 읽어준 것, 후학으로서 본받을 만하다고 생각하고 있다. 그의 요약과 개관이 김종삼 이해에 많은 도움이 될 것이다.

2.

김현은 김종삼의 중심 의식을 비극적 세계 인식으로 파악하고 김종삼의 시가 세계와 비화해적인 불화양상을 띠고 있다고 말한 바 있다. 어쩌면 이는 김종삼만이 아니라 서정시의 근본적 동인(動因)을 말하고 있는 듯하다. 비극적 세계 인식이나 세계와의 비화해적 태도 같은 것이 비단 김종삼만의 것일 수는 없을 테니까 말이다. 어쩌면 그것은 현대시인의 보편적 존재론이 아닐까 한다. 그렇게 규정해놓고 보면 동시대의 김수영이나 박인환, 신동문, 박봉우, 전봉건 등과 크게 구별되지 않기 때문이다. 그래서인지 김종삼의 경우는 유난히 실물적 접근을 통한 다른 시인들과의 이물감 경험이 제일 중요할 것으로 보인다. 이때 우리는 시인의 이름을 가리고 읽어도 김종삼의 작품임을 알 것만 같은 느낌을 강하게 받는데, 바로 그 실감이 김종삼만의 것일 터이다.

먼저 그 안에는 김종삼만의 생략과 축약의 방법론이 들어 있다. 그리고 행과 행, 문장과 문장, 연과 연 사이의 스페이스가 커서 그것을 상상력으로 메워 있는 일이 간단치만은 않다. 이 점, 김수영이나 김춘수보다 훨씬 더 징후적이 아닐 수 없다. 가령 김종삼은 「민간인」에서 영아 살해라는 끔찍한 비극을 형상화하면서도 일체 자신의 가치평가를 유보한 채 냉정하고 객관적인 태도를 유지하였다. 그는 객관적 묘사를 중심으로 시를 구성해가는 일관성을 보이면서 주관 배제를 통한 객관적 사물 묘사를 겨냥했던 미학주의자였던 것이다. 이 점, 다른 주객합일의 서정성과 차이가 분명하다.

내용 없는 아름다움처럼

가난한 아이에게 온
서양 나라에서 온
아름다운 크리스마스카드처럼

어린 羊들의 등성이에 반짝이는
진눈깨비처럼
— 「북치는 소년」, 전문

그의 대표작인 이 작품에서는 사물을 묘사하지 않고 사물 뒤에 배음으로 깔린 이미지들을 상상적으로 포착하는 작법을 보여준다. '북치는 소년'을 묘사하는 것이 아니라, 그를 감싸고 있는 이미지들을 생성하고 결합한 것이다. 김종삼은 순수서정을 지향하면서 초현실주의 기법을 원용한 작품을 다수 발표하여 평단의 각별한 주목을 받았다. 특히 단형서정에 담긴 무의미에 가까운 이미지즘은 그의 시의 독자적인 특성으로 인정받았다.

그리고 우리는 이러한 김종삼 시의 독자성과 함께 새롭게 제기되어갈 파생적 의제들에 대해 생각해 볼 수 있을 것이다.

　　3.

　　김종삼의 시는 그 서정성 못지않게 난해성 또한 크다. 한동안 그가 난해성 논란의 중심에 있던 적이 있다. 시의 통사 구조가 친절한 정보나 진정성 있는 고백으로 이루어져 있기보다는, 생략과 함축의 방법으로 많이 이루어져 있기 때문에 생겨나는 난해성이다. 그리고 외국 사람이나 장소의 이름을 빈번하게 쓰면서 생겨나는 어휘 차원의 난해성이 있다. 마지막으로, 당대의 보편적 현상이기도 했지만, 한국어 구사의 미숙성 때문에 불가피하게 드러난 난해성도 있을 것이다. 어쨌든 김종삼은 한국 현대시의 역사에서 가장 순도 높은 순수시를 일관되게 쓴 과작(寡作)의 시인이다. 그는 스스로 "나의 직장은 시"(「제작」)라고 하였고, "나의 연인은 내가 살아가는 날짜들"(「연인」)이라고 했다. 그 순도 때문에 다른 정보가 끼어들 틈이 안 생기고, 따라서 우리는 온전하게 그것을 상상력으로 채워 읽어야 한다. 이러한 작법과 태도가 난해성 생성의 제일 원인이 아닐까 한다.
　　그런가 하면 많은 연구자들에게 김종삼은 낭만주의 시인으로도 언급되기도 한다. 이를테면 장석주는 초월적 낭만주의로 오형엽은 비극적 낭만주의로 보고 있다. 이는 김종삼의 생애에서 알려진 바로서의 보헤미안 기질과 관련된다고 할 수 있는데, 이러한 낭만성과 보헤미안 기질이 김종삼 시에 어떻게 드러나는지 그리고 현대시와 관련하여 우리는 이야기할 수 있을 것이다. 황동규는 김종삼을 "소시민주의자들과 대시민주의자들" 사이에 있는 "무시민주의자"라고 말한 적이 있는데, 이 '무시민주의자'라는 창의적 규정은 '민족'이나 '시민'보다는 '인간'을 중시했던 김종삼 시의 근원을 비유적으로 잘 포착한 결과일 것이다. 그만큼 김종삼은 "내용 없는 아름다움"의 세계를 꿈꾸었고, 그것이 바로 낭만적 허무주의 같은 것을 수반하게 되었다. 그의 낭만성은 세계와 항구적으로 화해할 수 없다는 고통에서 발원하여, 초월적 신성의 힘으로도 가닿을 수 없는 순수원형의 세계에 대한 역설적 그리움 때문에 생겨난 것이다. 그는 말년에는 정말 구제불능의 술 중독자로 지냈는데, 말할 수 없는 생활고에 시달리던 말년의 김종삼에게 팍팍한 세상을 살아가는 데 '술'은 빼놓을 수 없는 동반자요 도피처였을 것이다. 그것은 그가 기댈 수 있는 거의 유일한 위안이었다. 당연히 그가 기댈 수 있는 것은 아무것도 없었다는 이야기이다. 그의 고전음악에 대한 배타적 사랑, 이국정취에 대한 각별한 애호, 그리고 술에 대한 줄기찬 집착과 구속은 그 점에서 모두 한 줄기로 엮여져 있다고 할 수 있다. 하지만 그럴 듯한 사랑의 낭만도 없지는 않다.

온 종일 비는 내리고
가까이 사랑스러운 멜로디,
트럼펫이 울린다

이십팔 년 전
善竹橋가 있는
비 내리던
開城,

호수돈 高女生에게
첫사랑이 번지어졌을 때

버림 받았을 때

비옷을 빌어 입고 다닐 때
기숙사에 있을 때

기와 담장 덩굴이 우거져
온 종일 비는 내리고
사랑스러운 멜로디 트럼펫이
울릴 때

—「비옷을 빌어 입고」 전문

하루종일 비 내리는 날, 가까운 데서 트럼펫 소리가 들린다. 그 사랑스러운 멜로디를 따라 지나간 추억들이 하나둘 번져온다. 아주 오래전 개성에서 만났던 한 여고생을 향한 사랑과 실연의 기억이 빗속으로 흘러가고, 비옷마저 빌어 입고 다녔던 가난의 기억도 빗소리를 따라 흘러간다. 그때도 담쟁이가 우거진 기숙사의 기와 담장 위로 하루종일 비는 내리고 트럼펫 소리가 들렸던가? 첫사랑에 대한 아련한 추억이 비를 타고 흘러 번지는 아름다운 소품이다. 김종삼은 월남하기 전 잠깐 마주쳤던 '첫사랑'을 이렇게 시간과 공간의 구체성으로 호명하고 있다. 비옷을 빌어 입고 다니던 28년 전 개성의 호수돈고녀, 기억 속의 그곳에서는 아마 지금도 비가 내리고 사랑스러운 트럼펫 멜로디가 환청처럼 들리고 있을 것이다. 한때 개성의 호수돈고녀에서 공부한 적이 있는 소설가 박완서 선생은 그 학교가 "화강암으로 지어진 아주 아름다운 건물"이었다고 회상한 바 있다. 이제는 건물만 남아 있다는 그 아름다운 학교를 감싸면서 '비'와 '첫사랑'과 '실연'과 '트럼펫 소리'의 기억이, 김종삼의 가장 아름다운 시편의 제목이기도 한 '묵화(墨畵)'처럼, 적막하게 번져가고 있다.

4.

김종삼 시의 낭만성은 김종삼 시의 기독교 체험과도 관련이 있을 것으로 보인다. 종교적 상상력과 김종삼 시의 낭만성이 만나는 지점이 존재한다면 어디쯤일지 생각해 볼 수 있을 것이다. 잘 알려져 있듯이, 김종삼은 할아버지 때부터 기독교를 받아들였고, 자신도 세례를 받았다. 기독교적 자장 안에서 태어나고 자라고 살았던 셈이다. 하지만 그는 터놓고 무신론자를 자처하기도 했다. 시에 나타나는 종교적 경험은 매우 소박하고 구체적인 데 비해, 그것을 종교에서 이야기하는 최종 심급으로서의 구원이나 성스러움으로 이끌어가는 힘은 전혀 발견되지 않는다. 어쩌면 그의 진정한 종교는 '시'나 '음악'이었는지도 모른다. 하지만 그는 "나의 본적은/몇 사람밖에 안 되는 고장/겨울이 온 교회당 한 모퉁이"(「나의 본적」)라고 하기도 했고, 1984년 12월 길음동성당에서 치러진 영결미사는 그의 생애에서 종교가 가지는 중요한 장면을 상징적으로 보여주기도 하였다. 1950년대의 시인들 중, 김춘수와 김종삼의 기독교 영향 관계는 매우 중요한 탐구 대상이다.

그런가 하면 김종삼 시에 드러나는 동화적 상상력도 다양한 연구자들에 의해 언급되고 있다. 이러한 동화적 상상력을 친자연적인 원형의 삶의 복원이라고도 말할 수 있을 텐데, 일정 부분 생태학적 관점과도 연결될 수 있지 않을까 싶다. 가령 김종삼에게 동화적 상상력은 순수한 것, 평화로운 것을 향한 어법이나 태도를 전적으로 규율한다. 그것은 어린이들과 고전 음악으로 대표되는 순수 세계이다. 그리고 그것은 타락한 현실을 위안하고 치유하는 가장 깨끗하고 성스러운 영혼의 세계를 담고 있다. 그의 고독과 소외까지 그러한 세계에 참여하고 있다고 보아야 한다. 일종의 절대순

수 세계로 나아갈 수 없다는 절망이 자학적 충동으로 이어지기도 했다고 보아야 할 것이다.

우리 근대시 초기에는 시적 주체로서의 '어린이'가 자주 등장한다. 일종의 '어린이 주체'라고 할 수 있을 텐데, 2000년대 이후 현대시에서도 '어린이 주체'는 상당한 비중으로 등장한다. 하지만 김종삼의 동화적 상상력은 그것과 다르다. 우리가 정지용이나 윤동주, 박목월의 초기 동시를 읽을 때 느낄 수 있는 미분화된 상태에서의 순수서정을 김종삼 시의 화자에게서 느끼는 일은 퍽 드물다. 오히려 김종삼의 화자는 일관되게 회상과 추억의 존재이다. 그래서인지 성인 화자를 통해 모든 순수가 지워진 세계에 대한 아득한 그리움을 발화하고 있다고 보아야 할 것이다. 이 또한 개개 시편을 인용하면서 충분히 각론적 심화를 이루어야 할 것이다.

또한 김종삼은 음악 애호가로 알려져 있다. 인접 예술이 문학에 끼친 영향이라는 측면에서도 김종삼은 많이 연구되고 있다. 하지만 김종삼 시는 회화적, 소묘적 경향을 띠고 있다는 점도 간과할 수 없다. 시 안에서 그야말로 다양한 음악적 경험이 여러 기표로 노출되고 있다. 김종삼은 음악에 관한 다양한 일화를 남기고 있는데, 이 점 동시대의 김수영, 박인환, 김춘수와 선명하게 대별된다. 그는 시내를 그야말로 하릴없이 걷다가 충무로의 한 평 남짓한 자그만 카세트 점포에서 흘러나오는 피셔 디스카우가 부르는 슈베르트의 「보리수」에 취해 한참을 서 있곤 했다고 한다. "팝송 나부랭이와 인기 대중가요가 판치는" 세상을 몹시 마땅찮게 여기면서, 듣고 싶지 않은 음악이 나오는 곳에서 커피 한잔이라도 마시면 그는 속이 메슥거려 기분 나쁘게 먹었다고 할 정도였다고도 한다. 그렇게 "말없던 그 침묵의 사나이"(천상병)는 '라산스카' 같은 소프라노나 '애니 로리' 같은 가곡명도 그대로 노출하면서, 음악 지향의 시편들을 다수 남겼다. 한국 서정시의 외로된 개성적 삽화가 아닐 수 없겠다.

5.

김종삼의 시편 「누군가 나에게 물었다」는 참 제목이 그럴싸하다. 이 작품은 누군가 '시란 무엇인가'라는 원초적인 물음을 제기하자 시인이 그 물음에 대해 '시'로써 응답하는 과정을 담고 있다.

누군가 나에게 물었다. 시가 뭐냐고
나는 시인이 못됨으로 잘 모른다고 대답하였다
무교동과 종로와 명동과 남산과
서울역 앞을 걸었다.
저녁녘 남대문 시장 안에서
빈대떡을 먹을 때 생각나고 있었다
그런 사람들이
엄청난 고생되어도
순하고 명랑하고 맘 좋고 인정이
있으므로 슬기롭게 사는 사람들이
그런 사람들이
이 세상에서 알파이고
고귀한 인류이고
영원한 광명이고
다름아닌 시인이라고

— 「누군가 나에게 물었다」

시의 화자는 정작 그 답이 착하게 살아가는 사람들의 고통과 가치 속에 있다고 노래한다. 대화체를 활용하여 사람들의 건강한 삶에 대한 궁극적 긍정을 노래한 이 작품은, 그 점에서 '시'와 '시인'에 대한 본질적 성찰 과정을 보여주기도 한다. 단순하고 투명한 진술 속에서 가장 인간다운 삶이 무엇인가를 사유하는 시인의 성향이 잘 나타난 작품이다.

시란 무엇인가 하는 질문을 받은 화자는 하루종일 배회하다가, 해질녘 남대문시장 사람들의 모습에서 고통스러움과 건강함을 한꺼번에 발견한다. 이때 시인은 그네들이 바로 '알파'요, '고귀한 인류'요, '영원한 광명'이라는 사실을 깨달아간다. 나아가 그들이 바로 '진정한 시인'이라는 자각에 이른다. "순하고 명랑하고 맘 좋고 인정이/있으므로 슬기롭게 사는 사람들"이 있으므로 '시'도 '시인'도 존재할 수 있음을 노래하는 것이다. 그 안에 시인이 생각하는 인간다운 세상의 축도(縮圖)가 깊이 담겨 있다. 현실의 비정함을 배경으로 깔면서도 시인이 행해야 할 중요한 책무가 무엇인지를 생각하게 해주는 작품이다. 그 안에는 김종삼만의 고유하고 따뜻한 아우라가 흐르고 있다. 그리고 우리는 이러한 개관에서 숱하게 파생되어 갈 후속 의제들에 대하여 정치한 탐구를 지속해가야 할 실존적 책무를 느끼게 된다.

김종삼 시의 방법적 객관주의[*]

---

1. '내용 없음'과 '말하지 않은 것'
2. 말하기의 공리와 방법적 객관주의 : 지워진 주관으로
   서의 객관성
3. '신성'과 객관의 장치들 : '소리'와 '빛'이라는 장치
4. '가장자리'의 말하기

---

1. '내용 없음'과 '말하지 않은 것'

우리에게 잘 알려진 시「북치는 소년」에 등장하는 "내용 없는 아름다움"이라는 구절은 김종삼의 시세계를 드러내는 상징처럼 각인되어 있다. 김종삼 특유의 미학적·언어적 순수주의라는 측면을 이 구절이 압축적으로 제시하고 있기 때문이다. 황동규의 지적[1]대로 이 표현은 시 전체의 형식과 상응한다. "처럼"이라는 비유 형태의 구절로만 이루어진 본문은 끝

---

[*] 김혜진,「김종삼 시의 방법적 객관주의」,『한국시학연구』제62호, 한국시학회, 2020.5.
[1] 황동규는 '북치는 소년'이라는 제목이 시 본문에서 생략됨으로써 '내용 없는'이라는 표현과 시의 틀이 잘 부합한다고 언급한다. (황동규,「잔상의 미학」, 장석주 편,『김종삼 전집』, 청하, 1988, 250쪽.)

제1부 김종삼 시의 방법적 객관주의—김혜진 | 21

내 원관념에 도달하지 않은 채 맺어진다. 그렇기에 비유와 방향성만이 남은 이 시에서 대상이나 내용은 절반쯤 희미해진다. 남은 절반인 제목을 함께 놓고 보았을 때에야 시의 대상이나 전체 윤곽이 눈에 들어오는 경험은 '내용 없음'이라는 구절이 뜻하는 바를 알아차리는 순간이기도 하다. 대상이나 의미를 지시하지 않으면서 묘사의 형식을 통해 미감을 드러낸다는 미학적 형식이 그것이다.

그런데 이 형식은 대상의 측면에서나 내용(의미)의 측면에서나 단적으로 '없다'고 규정하기는 모호한 것이기도 하다. 동시대에 활동했던 이승훈의 '비대상'이나 김춘수의 '무의미'라는 시적 방법론과 견주어 본다면 김종삼의 경우는 발화 주체의 시선을 받는 외부 세계로서의 객관을 분명히 보여주며, 비의적인 방식이기는 하지만 의미 영역을 완전히 포기하지도 않기 때문이다. 구체적인 연결성이나 경험적 의미 맥락, 또는 최소한의 내러티브도 구성하지 않는 사물들이 시선을 따라 배치되는 시적 특성은 작법 면에서 관심을 가져볼 만한 대목이다.

지난 연구사에서 김종삼 시의 이러한 미학적·형식적 특질들은 '잔상' 또는 '공백'의 미학, '부재'의 시학, '탈인간화', '고전주의적 절제', '순수주의' 등의 어휘로 광범위하게 규정되어 왔다.2) 좋은 참조점이 되는 전대의 비평적 관점들이 세분화되고 구체적인 기법상의 문제로 발전된 것은

---

2) 초기의 연구에서 황동규는 김종삼 시의 미학을 '잔상'과 '공백'의 미학으로 규정한 바 있으며, 이와 유사한 맥락에서 김준오는 '부재'의 시학이라 명명하며 '고전주의적 절제'의 태도를 언급하기도 했다. 이승훈은 김종삼 초기의 시를 묘사의 형식과 더불어 '인간 부재 의식'으로 규정하였고, 유사한 관점에서 이경수는 '인간도 없고 자아도 없'다고 언급하며 '탈인간화'를 한 특징으로 꼽았다. (황동규, 위의 글; 김준오, 「고전주의적 절제와 완전주의」, 『도시시와 해체시』, 문학과 비평사, 1993; 이승훈, 「평화의 시학」, 장석주 편, 『김종삼 전집』, 청하, 1988; 이경수, 「부정의 시학」, 장석주 편, 『김종삼 전집』, 청하, 1988.)

2000년대 이후다. 시간과 공간이라는 특성에 비추어 미학적 규명을 해내거나[3], '미니멀리즘'[4]의 관점에서 세목들을 분류하고, '병치'라는 기법적 측면의 연구[5]도 활발히 이루어져 왔다. 전후세대라는 사적(史的) 관점에서의 논의들과 더불어 김종삼 연구의 다른 한 축을 담당해 온 미학적 태도나 기법의 문제에 대한 접근들에서, 아직 덜 해소된 의문은 이러한 것이다. 전대의 연구들에서 진행되어 온 시의 미학적 특성들이 후대의 연구들에서 기법적 측면으로 세분화되었을 때, 그 둘을 함께 헤아릴 수 있는 '시적 창작의 방법론'은 무엇인가. 전자가 태도의 문제로 접근하는 특성을 띠고, 후자가 텍스트에 드러난 현상을 문제 삼는 경우라면, 시적 방법론이란 이 둘 사이를 매듭짓는 원리를 찾아보는 작업에 해당한다.

여기서 생각해볼 문제는 김종삼의 시론에 대한 것이 될 터다. 잘 알려져 있듯이 그는 시의 방법론에 대해 많은 말을 하지 않았다. 남겨진 산문도

---

3) 남진우,『미적 근대성과 순간의 시학』, 소명출판, 2000; 한명희,「김종삼 시의 공간: 집·학교·병원에 대하여」,『한국시학연구』제62호, 한국시학회, 2002; 심재휘,「김종삼 시의 공간과 장소」,『아시아문화연구』제30집, 가천대학교 아시아문화연구소, 2013.

4) 김승희,「김종삼 시의 전위성과 미니멀리즘 시학 연구」,『비교한국학』16권 1호, 국제비교한국학회, 2008.

5) 김종삼 시의 병치 기법에 대해서는 먼저 이승훈의『시론』에서 휠라이트의 '병치 은유'와 함께 언급된 바 있다. 이승훈은 김종삼 시에서 대상들은 "병치에 의해 새로운 의미가 순간적으로 태어난다는 점"에 주목하여 이를 "존재의 개시"에 해당한다고 평가한다.(이승훈,『시론』, 태학사, 2005, 237−241쪽.) 병치 기법을 핵심 테마로 하는 학위논문들도 제출되고(박민규,「김종삼 시의 병치적 특성 연구」, 고려대학교 대학원 석사학위논문, 2005; 김은희,「김종삼 시의 불연속성 연구: 불연속적 세계관과 병치기법의 상관관계를 중심으로」, 중앙대학교 대학원 석사학위논문, 2008), 가까운 시기에는 오연경, 신동옥, 홍승진 등의 논자들에 의해 연구된 바 있다.(오연경,「김종삼 시의 이중성과 순수주의」,『비평문학』제40집, 한국비평문학회, 2011; 신동옥,「김종삼 시에 나타난 병치 기법과 내면 의식의 공간화 양상 연구」,『한국시학연구』제42호, 한국시학회, 2015; 홍승진,「1950년대 김종삼 시에서 장소로서의 이미지와 내재성」,『한국시학연구』제53호, 2018.)

극히 적고, 그 가운데서도 시론이라 할 만한 발언이 포함된 경우는 「의미의 백서」 정도에 불과하다. 김수영, 이승훈, 김춘수가 그 자신의 시론으로써 적극적으로 그 방법론을 모색하고 표명한 것과 달리 김종삼의 경우 제대로 된 시론을 쓰지 않았다는 사실은 이쯤에서 짚어볼 만하다. 그는 자신의 시를 논함에 대해 "써봤자 객설이 되기 십상"일 것이므로 쓰지 않는다[6]고 언급하는데, 여기서 '객설'이 될까 거리를 두는 것은 시 창작을 둘러싼 지적 작업을 뜻한다기보다 이미 창작된 자신의 작품을 둘러싼 '말하기'에 대한 것으로 읽힌다. 시론이란 지적인 방법론의 영역에 해당하면서도, 예술가 자신의 작품 앞에서는 곧바로 인격체로서의 자신과 동일시되는 사적인 영역에서의 말하기로 치환되기도 한다. 같은 글에서 김종삼이 「고향」이라는 작품에 대해 "넋두리"라고 가치를 깎아내리는 것 또한 그러한 이유일 것이다. '객설'이나 '넋두리'라는 어휘로 표상되는 이 특유의 거리두기는, 인격체로서의 시인 김종삼으로 보자면 "자신을 드러내고 싶어하지 않는 극도의 은폐 본능"[7]이라 볼 수 있거니와, 시 텍스트의 영역에서 보자면 정념을 비롯한 인간적 개입을 가능한 배제한 현상적 특성으로 설명할 수 있으며, 창작의 방법론에서 보자면 '말하기'에 대한 거리두기, 또는 '말하지 않음'이라는 지점에서 이해해볼 만한 것이다.

전대의 비평에서 '자아의 축소'라 일컬어 온 지점에서 관점을 조금만 옮겨본다면, 이제 문제적인 것은 '자아'가 아니라 '말하기'의 방법적 원리가

---

6) 김종삼, 「먼 '시인의 영역」, 『김종삼 정집』편찬위원회편, 『김종삼 정집』, 북치는소년, 2018, 916쪽. 본 논의에서 김종삼의 산문을 비롯하여 시의 최초 발표 형태나 시기별 변화의 과정은 모두 『김종삼 정집』을 활용하며, 이후 인용에서는 책의 제목과 쪽수만 밝히기로 한다. 이 『정집』이 지니는 연구사적 유효성과 의의에 대해서는 정치훈의 글이 좋은 참고가 된다. (정치훈, 「김종삼 시집 『십이음계』의 위상과 의미」, 『한국시학연구』 제60호, 한국시학회, 2019, 284−287쪽.)
7) 남진우, 앞의 글, 191쪽.

될 것이다. 김종삼의 시가 비유의 핵심인 원관념을 멀리 밀어두거나, 시를 쓰면서도 시인 자신의 목소리가 투영되는 어떠한 중핵을 가능한 배제하는 특성들은 '말하지 않은' 영역에 더욱 집중해 볼 것을 요한다. 이러한 지점에서 김종삼의 창작 방법론을 헤아려본다면 '말한 것'과 '말하지 않은 것'의 관계성을 둘러싼 근본적인 언어적 차원에 그 핵심이 놓인다.

2. 말하기의 공리와 방법적 객관주의 : 지워진 주관으로서의 객관

김종삼 시에서 드러나는 말하기의 공리 같은 것이 있다면 '사태에 개입하지 않고 말하기'가 될 것이다. 여기에는 발화를 어떤 방식으로 통제할 것인지에 대한 문제의식이 함축되어 있다. 익히 알다시피 말하기의 본질은 근본적으로 '잘못 말하기'이다.[8] 발화는 어떤 방식으로든 원래의 의도나 대상과 일치하지 않는다. 예술적 언어를 사용한다는 것은 따라서 이러한 불일치를 통제하고 활용함으로써 효과를 창출하는 것을 의미한다. 김종삼이 택한 말하기의 첫 번째 방식은 생각을 말하는 대신에 '눈에 보이는 대로' 말하기이다.[9] 사유의 영역이 아니라 시선의 영역을 택한다는 것은

---

8) '잘못 말하기'란 말하기의 불가능성에 대한 논의와 그 핵심이 맞닿아 있다. 이 글에서는 알랭 바디우의 사무엘 베케트 분석 글을 참고하였다. 모든 말하기는 근본적으로 "잘못 말하기이다". 이때 '잘못 말하기'란 성공적으로 말하지 못했다는 뜻이 아니라, 언어 자체의 불가능성의 의미로 이해할 수 있다. 알랭 바디우의 표현을 옮기자면, "말하기로서의 실존 자체 안에서 잘못 말하기"이다. (알랭 바디우, 장태순 옮김, 『비미학』, 이학사, 2010, 186쪽.)
9) 잘 알려져 있듯이 '사태에 개입하지 않기'라는 공리는 후설의 판단중지라는 현상학적 방법론의 토대이기도 했다. 그런데 이처럼 의식의 지향 작용을 가능한 제거하는 작업이란 실제적으로는 불가능한 것이기도 하다. 이런 지점에서 이 글의 방향은 객

언어의 효율 면에서 단연 앞설 수밖에 없다. 사유는 말과의 관계에서 언제나 지워지는 것으로 자리하는 근본적인 불일치의 영역이기 때문이다. 반면 가시적인 영역의 한계 내에서 발화한다는 것은 사유나 미감에 대한 우회로를 마련하는 것을 의미한다. 여기서 중요한 것은 어떤 형식으로 우회로를 마련하는가이다. '내용 없음'이라는 특성을 떠올려보아도 좋을 것이다. 김종삼 시의 미학적 본질이 발화의 내용보다도 발화의 방식에 있다는 점, 즉 '말하기'의 방식에 있다는 점은 지금까지 '묘사'라는 표현 방식으로 이해되어 온 특성을 보다 구체적인 창작 방법으로 다루어보게 한다.

초기의 시편들 가운데서도 아래의 시는 김종삼의 1960년대의 미학적 특성을 예비하는 것처럼 보인다.

뜰악과 苔瓦마루에 긴 풀이 자랐다.
한 모퉁이에 자근 발자욱이 나 있었다.

풀밭이 내다보였다. 풀밭이 가끔 눕히어 지는 쪽이 많았다.
옮아간다는 눈치였다.

아직
해가 머물러 있다.
　　　　　　　　　　　—「해가 머물러 있다」『文學藝術』, 1956.11.[10]

―――――――――――――――

관에서 다시 '지워진 주관'이라는 역설적인 상호작용의 지점을 논하는 방향으로 나아가고자 한다.
10) 『김종삼 정집』, 45쪽. 이 작품의 초기부터 내재된 특성을 확인하는 과정이므로 최초 발표한 판본을 인용하였다. 이후 두 번의 재수록이 있었고, 1967년 『현대한국문학전집 18・52인시집』에 실릴 때에는 2연과 3연의 연 구분을 삭제하여 하나의 연으로 처리하는 변화가 있었다.

1950년대의 작품들이 「오동나무가 많은 부락입니다」, 「쑥내음 속의 동화」를 비롯한 이야기성을 내장하는 특성의 비중이 큰 점에 비추어보면 이 작품은 이후의 1960년대에 두드러지는 특성을 시사한다. 여기서 대상은 '뜨락과 태와마루'—'발자욱'—'풀밭'—'해'의 순서로 이어지는데, 이 나열의 순서는 모두 발화자의 시선의 이동에 해당하는 것이다. 여기에 독특한 점이 있다면, 시선의 주체가 지니는 '아는 것'의 개입이 전혀 일어나지 않는다는 데 있다[11]. 그것은 마치 카메라와 같은 관찰자적 시점처럼 보이기도 하는 객관적인 특성을 띠고 있기도 하다.

이런 관점에서 주의 깊게 살펴볼 것은 2연의 "옮아간다는 눈치였다"라는 구절이다. 여기서는 관찰자적 시점이기만 한 것이 아니라, 관찰하는 주체의 '흔적'이 드러나 있다는 점에서 미묘한 굴절이 일어나기 때문이다. 이를 달리 표현한다면 관찰자적 시선에 '지워진 주관성'이 도입되었다고 할 수 있을 것이다. 원래부터 없었던 것이 아닌 배제되고 지워진 흔적으로서 말이다. '풀밭이 눕히어지는' 것이 마치 '옮아가는 듯' 보이는 장면은 시선 주체의 개입이지만, 그럼에도 불구하고 그것을 가능한 객관적으로 정화하는 방식이 "옮아간다는 눈치였다"라는 구절에 함축되어 있다.

이런 시선은 대상을 장악하고자 하지 않으며, 대상의 깊이를 드러내는 원근법적으로 주조된 시선도 아니다. 그것은 때때로 아주 평평하고 고르게 이동하고 배치되는 것으로, 희미하고 연약하게 결정되어 있을 뿐인 일

---

11) 우리의 시각이 지식을 바탕으로 한 '개념'을 본다는 것은 잘 알려진 사실이다. E. H. 곰브리치는 이러한 시각에 관한 의문들이 특히 19세기 초의 미술가들에 의해 제기되었다는 점을 짚어내면서, '자연을 보는 기술마저도 후천적으로 습득해야 한다'는 J. Constable의 말을 인용하기도 한다. 결국 시선의 주체에게 일어나는 시각 작용의 다양한 메커니즘을 배제한 '순진한 눈'은 자연스러운 상태가 아니다. 우리의 시선에는 언제나 지식이 개입해 있다. E. H. 곰브리치, 차미례 옮김, 『예술과 환영』, 열화당, 2003, 36—38쪽 참조.

종의 감광판 역할을 하는 시선이기도 하다.

　김종삼의 시적 방법론으로써 이를 바라보고자 할 때 의미 있게 읽어볼 시가 「문장수업」이다.

> 헬리콥터가 떠 간다
> 철뚝길 연변으론
> 저녁 먹고 나와 있는 아이들이 서 있다
> 누군가 담배를 태는 것 같다
> 헬리콥터 여운이 띄엄하다
> 김매던 사람들이 제집으로 돌아간다
> 고무신짝 끄는 소리가 난다
> 디젤 기관차 기적이 서서히 꺼진다
> 　　　　　—「文章修業」, 『十二音階』, 三愛社, 1969.[12]

　이 시는 몇 가지 면에서 주목할만한데, 먼저 짚어볼 것은 '문장수업'이라는 제목이다. 이는 문장을 짓는 방식에 대한 하나의 수업이자 훈련으로써 적어 내려간 시라는 점을 지시한다. 그러니 이 시는 작법에 대한 시이기도 하다. 그런데 이로부터 우리가 읽어낼 수 있는 것은 흔히 생각하는 문장의 완결성이나 표현력에 대한 것이 아니다. 시의 언어로서 문장이란 무엇인가. 이런 고민은 이 짧고 간결하게 펼쳐진 대상들을 구성하는 방식에 내재되어 있어 보인다. 그 구성의 면면은 각별히 시선을 배치하는 방식과 관련된다.

---

12) 『김종삼 정집』, 317쪽. 이 작품의 첫 발표지면은 『문학춘추』(1964.12)이다. 이후 재수록 판본인 『십이음계』에서 확정된 후 수정이 이루어지지 않으므로 해당 판본을 인용하였다. 그러나 이 판본이 첫 발표작에서 커다란 변화가 있었던 것은 아니다. 1행의 "떠어"가 "떠"로, 2행의 "철뚝길이 펼치어진 연변으론"이 "철뚝길 연변으론"으로 수정되었다.

'헬리콥터'에서 '철뚝길'로, '아이들'로, '집으로 돌아가는 사람들'로 옮겨가는 시선들은 정지된 장면을 느리게 이동하며 관찰하는 듯이 서술되어 있다. 각각의 대상들은 그것을 바라보는 주체의 시선에 무심하며 하늘과 땅에 제 자리를 잡고 있을 뿐이다. 시선의 주체가 '본다'는 인식마저 (가능한) 지워진 채, '보는 것이 곧 말하기'가 되는 일련의 움직임들이 '객관적 시선 이동'이라면, 여기서 다시 의미 있게 다가오는 것은 "누군가 담배를 태는 것 같다"는 구절이 될 것이다. 어째서 담배를 태우는 행위와 같은 명확히 구분되는 사태를 두고 '것 같다'고 표현했을까. 후각적 감각을 통한 추측이거나 분위기를 드러내는 장치일 수도 있을 것이다. 그러나 이 구절이 지시하고 있는 더욱 중요한 지점은 '담배를 태는' 상태가 앞뒤의 행들에 걸쳐 이어지는 시선의 영역을 해치지 않으면서도, 어떠한 비틀림을 발생시킨다는 것이다. '것 같다'라는 표현에는 발화자의 감각과 추측이 담겨 있지만 적극적인 방식으로서의 개입이 아니라 발화자의 존재를 은밀하게 알리는 정도에 그친다. 이 섬세한 가능성 때문에 한편으로 이것은 발화자의 존재를 알린다기보다, 발화자를 지웠음을 알리는 구절로 읽어볼 수 있다. 「해가 머물러 있다」의 "옮아간다는 눈치였다"와 나란히 놓고 본다면 이 시들에서 시선의 주체는 숨어(지워져) 있으며, 이 숨어(지워져) 있다는 사실 자체를 알리는 장치로 기능하는 것이 이와 같은 구절들일 것이다. 지워져 있음을 알리는, 달리 말하면 지운 흔적을 이처럼 새겨 놓는 방식은 그런 의미에서 객관적 태도를 알리는 역설적 지표로 읽어볼 만한 것이다.

　김종삼의 시에서 주관성이 '지운 흔적'으로서 드러나는 지점을 참고할 때, 우리가 살펴볼 일련의 시들이 취하는 시적 방법론을 '방법적 객관주의'라 명명할 수 있을 것이다. 시선의 이동으로서 일구어내고 있는 이 객관주의는 대상을 묘사한다기보다 대상의 배치를 묘사한다고 이해될 만하다. 사태에 가능한 개입하지 않는 방식으로서 고안된 이 장치는 또한 김종삼 시에서 '나'로 표기되는 발화자가 드물다는 사실과 함께 논의될 필요가 있다.

여러 차례 지적되어 왔듯 김종삼 시에서 '나'는 자주 숨겨지고 지워져 있다. 전대의 비평에서 이러한 지점이 '자아의 축소'라는 언어로 정리되어 왔었다면, 최근의 연구에서는 "재현을 넘어 순수 언표에 도달하는 길"에 이른 미학적 주체가, 일종의 "가면을 쓴 주체로서의 가상의 시선만 남"은 지점에서 작동하는 것이라 분석[13]되기도 했다. 즉 재현과 그 너머의 관점에서 보았을 때 발화자의 비인칭성이라는 특성은 각별히 1960년대 김종삼 시에서 '시선'만 남은 특성과 밀접하게 엮여 있음을 시사하기도 한다. 그것은 주체에 의해 장악되는 바로서의 고전적인 시선이 아니라, 주관의 개입이 최소화된 지점에서 소실점이 지워진 시선이기 때문이다. 이때 소실점이란 곧 '나'라는 발화자라 해도 좋을 것이다. 그렇기에 김종삼 시에서 '나'라는 인칭의 부재와 함께 시선의 이동이 전경화 되는 것은 '나'로 표기되어 왔던 발화자의 권력을 내려놓는 지점에서 철저히 객관적이고자 하는 시선이기도 하다. 불가능하지만 최대치로 지식과 정념을 포함한 인간적 개입을 배제하고자 하는 이 특유의 시선이 지니는 태도는 다름 아닌 인상주의의 방법적 태도이기도 하다.

인상주의 회화에서 섬세하게 참고할 지점은, 한편에서는 그것을 객관성을 추구하는 것으로 바라보면서도 동시에 다른 한편에서는 명백하게 주관적인 특성으로서 바라보기도 한다는 것이다. 이때 객관적이라 규정하는 까닭은 태도 면에서다. 즉 기법 자체가 객관적이거나 사실적이어서

---

13) 신철규, 「김종삼 시의 심미적 인식과 증언의 윤리」, 고려대학교 박사학위논문, 2020, 62-63쪽.

가 아니라, 오로지 '눈에 보이는 대로'로서의 '시각'에 집중하고 그것을 중요한 관찰의 대상으로 삼았기 때문에 어떠한 의식적인 사고나 지식도 개입시키지 않았다는 점에서 객관적이라 칭했던 것이다. 이때 '화가의 손'은 대상으로부터 반사된 빛을 '기록하는 것처럼 공정하게'[14] 움직이는 것이었다. 다른 한편에서 주관적이라 규정하는 까닭은 그들의 '눈'이 바로 '주관적 인상' 자체였기 때문이다. 이것은 근대적 개인의 탄생과 더불어 기하학과 원근법의 세계에서 규정했던 관념들에 대한 거부를 의미하기도 했다. 소실점과 원근법을 거부하면서 얻은 것은 사물의 객관적인 외관이 얼마든지 다양함을 인정하는 시각적 주관성의 원리였다.

즉, 실제로 사물을 보는 '눈'들이 지니는 각각의 조건에 따라 독특한 인상들이 다양하게 새겨질 수 있다는 '시각의 주관성'이라는 근대적 인식을 향해 열려 있으면서도, 또한 동시에 바로 그 주관 자체가 지니는 사고나 지식 등을 개입시키지 않으며 시각적 인상의 '객관적 기록'을 추구하는 태도가 인상주의의 태도라 할 수 있다.

그렇기에 이전의 사고 체계인 원근법의 세계에서 규정하고 한계 그어주는 역할을 하던 소실점이나 윤곽선과 같은 지표들을 배제한 채, 우리의 '눈에 보이는 대로'의 방식을 따라 '가장자리'만이 존재하는 형태로 옮겨가는 인상주의의 '객관적인' 태도는, '보고 있는 것'에만 자신을 한정시키는 김종삼 시의 방법적 원리와도 닿아 있다. 인상주의자들이 그러하였듯 시각의 영역에 자신을 한정시킴으로써 "인간적 개입을 피"[15]하고 사유와 지식의 개입을 배제하는 것은 김종삼 시에 드러난 시각이 객관성을 띠게 하

---

14) 오병남·민형원·김광명, 『인상주의 연구』, 예전사, 1999, 93−94쪽 참고.
15) 인상주의들이 지니는 객관적 태도에 대해 "보고 있는 것에만 자신을 한정시킴으로써" "과학적 태도"를 유지할 수 있었으며 "어떠한 인간적인 개입도 피할 수 있었"다는 설명이 좋은 참고가 된다. (오병남·민형원·김광명, 위의 글, 186쪽.)

는 주요한 원리이다.

이 점은 김종삼 시에서 발화자 '나'가 사라지고 시선의 영역이 표면으로 전경화 되는 지점이 창작 방법상 필연적인 것이었음 또한 시사한다. 그의 시에서 '보는 것'이란 이처럼 인간적 개입을 가능한 배제하면서 현상을 드러내는 하나의 형식이라 할 수 있다. 여기서 드러나는 '시각의 주관성'과 '객관적 태도'는 양자택일적인 것이 아니라 새로운 인식 체계의 바탕 위에서 추구된 객관성이라 이해해야 할 것이다.

「문장수업」에서 거리감을 일정하게 확보하는 시선 이동에도 불구하고 특유의 공간성과 깊이감이 미묘하게 드러나는 것은 이런 맥락에서 주의 깊게 살필 필요가 있다. 이런 효과들을 발생시키는 것은 주로 이 시의 후반부인데 '헬리콥터 여운'이 멀어져가고, '디젤 기관차 기적'이 서서히 꺼지는, 한없이 멀어지는 거리감각들은 모두 시선이 아닌 '소리'의 역할로 전이된다는 점이다. 이는 「戀人」(1975)16)에서 '헌 목조건물'에 걸려 있던 '빨아 널은 행주 조각'이라는 시선의 관점에서 불현듯 "먼 고막의 신음소리"로 거리 감각을 확장시킬 때에도 드러난다. 감각과 정서를 파생시키는 것, 또는 공간적 거리나 깊이에 대한 감각을 불러일으키는 역할은 시선이 아닌 다른 감각으로 그 관할 영역을 옮겨간다. 김종삼 시에서 '나'라는 중심이나 소실점이 소멸된 상태로 관찰자처럼 시선이 이동함에도 불구하고 정서적인 것들을 일깨우는 이유가 또한 여기에 있을 것이다.

관심 가져볼 것은 이와 같은 객관주의 방법론이 어째서 필요했는가에 관한 것이다. 어째서 이처럼 사태로부터 한발 물러나 거리를 확보하는 시선을 취했을까. 이 지점에서 김종삼의 말하기에 대한 인식을 짚을 필요가 있을 것이다.

---

16) 『김종삼 정집』, 414쪽. 발표지면은 『현대시학』, 1975.2. 재수록 없음.

김종삼이 "요란스런 그릇 속에서 물결처럼 흔들리는 과정에서 내가 닦고 있는 언어에 때가 묻어버리면 큰일이라고 생각하는 일종의 퓨리턴에 속하는 것"이라고 했을 때, "언어에 때"란 무엇일까. "사진사처럼 그러한 아무도 봐 주지 않는 토막풍경들의 셔터를 눌러서 마구 팔아먹는 요새 시인들"[17]이라고 했을 때, "사진사처럼" 찍어대는 토막풍경이란 무엇일까. 여기에는 재현적 언어에 대한 경계심이 분명하게 드러난다. 이를 가장 잘 읽어낼 수 있는 것은 비교적 초기작에 속하는 다음의 시다.

苹果나무 소독이 있어/ 모기 새끼가 드물다는 몇 날 후인/ 어느 날이 되었다.

며칠만에 한 번이라도 어진/ 말솜씨였던 그인데/ 오늘은 몇 번째나 나에게 없어서는/ 안 된다는 길을 기어이 가리켜주고야 마는 것이다.

아직 이쪽에는 열리지 않는 果樹밭/ 사이인/ 수무나무 가시 울타리/ 길줄기를 벗어나/ 그이가 말한 대로 얼만가를 더 갔다.

구름 덩어리 얕은 언저리/ 植物이 풍기어 오는 유리 溫室이 있는/ 언덕 쪽을 향하여 갔다./ 안쪽과 周圍라면 아무런/ 기척이 없고 無邊하였다./ 안쪽 흙 바닥에는/ 떡갈나무 잎사귀들의 언저리와 뿌룽드 빛깔의 果實들이 평탄하게 가득 차 있었다.

몇 개째를 집어 보아도 놓였던 자리가
썩어 있지 않으면 벌레가 먹고 있었다.
그렇지 않은 것도 집기만 하면 썩어 갔다.

---

17) 『김종삼 정집』, 903−904쪽.

거기를 지킨다는 사람이 들어와
내가 하려던 말을 빼앗듯이 말했다.

당신 아닌 사람이 집으면 그럴 리가 없다고—
　　　　　　　　　　—「園丁」,『十二音階』, 三愛社, 1969.[18]

　이 작품에는 두 종류의 말이 등장한다. '어진 말'과 '빼앗긴 말'이다. 어진 말을 가진 "그"는 발화자에게 '온실'로 향하는 길을 기어이 알리는데, 그것은 "없어서는 안 된다는 길"이기 때문이다. 이런 정황은 '온실'이라는 장소가 '나'에게는 불가피하게 가야만 하는 곳임을 의미하며, 그럼에도 불구하고 도달하기 어려운 장소("이쪽에는 열리지 않는")임을 의미한다. 즉 '나'가 가야 하지만 진입이 어려운 길이자, 결국은 그곳에 도착해야 할 장소이다. 그런 길(장소)이란 무엇일까. 이 길을 안내한 "그"가 다름 아닌 '어진 말솜씨'를 가진 이라는 사실을 상기할 만하다. 오늘따라 기어이 길을 알려주었다고 하였으니 '어진 말'은 단지 부드러운 배려의 말이기만 한 것이 아니라 '앎'을 지닌 말이기도 하다. 열려 있지도 않은 길을 안내하는 그의 존재는 '충만한 의미'의 담지자라 해도 좋을 것이다. 그러니 '어진 말'이란 현실에는 존재하기 어려운 '충만한 말'이 될 것이다. 그 충만한 말이 알리는 길을 따라 도착한 '온실'이라는 공간은 따라서 과실들이 가득 차 있는, 말과 현실이 더욱 닿을 수 있는 명명의 대상들이 가득 차 있는 공간이

---

18)『김종삼 정집』, 342—343쪽. 최초 발표지면은『신세계』, 1956.3. 이 작품은 여러 차례 지면을 옮겨가며 일부 행갈이의 변화 및 수식어의 삭제가 이루어졌다. 특히 최초 발표본부터 1967년『현대한국문학전집 18·52시집』(신구문화사, 1967)의 세 번째 재수록 판본까지의 형태와 비교할 때,『십이음계』의 판본에서 달라진 점은 2연의 "없어서는 안된다는 마련 되 있다는"의 구절에서 "마련되 있다는"이 삭제된 점이다. 이후 변화가 없는 점으로 미루어볼 때『십이음계』의 판본이 조금은 더 다듬어진 확정된 형태로 판단되어 해당 판본을 인용한다.

라 할 수 있을 것이다. 과실을 "집어"보는 행위들은 이러한 명명, 즉 말하기와 상관적이다. 바로 다음 연에서 "내가 하려던 말을 **빼앗**"듯이 말했다는 언술은 '집다'라는 행위와 '말하다'는 행위가 서로 연관성을 가지고 있음을 드러낸다.[19]

이 지점에서 온실은 언어적 명명의 공간이자, 또한 '나'로 하여금 '빼앗긴 말을 얻도록 하는 공간이다. "말을 **빼앗겼다**"는 표현을 '빼앗긴 말을 얻는다'고 이를 수 있는 까닭은, 벌레 먹고 썩은 형태로나마 '집는' 행위를 반복하기 때문이다. 썩고 벌레 먹은 말을 얻는다는 것은 다시 말하기의 공리를 떠올리게 한다. 결국 모든 말하기가 잘못 말하기라는 근본적인 언어학적 전제가 이 시를 가로지르고 있는 것이다.

말하기의 실패들, 집기만 하면 썩는 것처럼, 말하기만 하면 사물을 죽이는 셈이 되며 의도의 재현은 불가능하다는 인식은 「문짝」이나, 「무슨 요일일까」에서는 말하기의 서투름의 형태로 옮겨간다. 「문짝」에서는 옷에 묻은 먼지를 터는 행위를 두고 "말을 잘 할 줄 모른다는 말을 한 셈"이라 표현하는데, 여기서 '말'은 '옷을 털다'는 행위로 대체됨으로써 의도를 드러내는 상징의 역할을 언어에서 행위 편으로 밀어둔다. 「무슨 요일일까」에서는 빈 유모차를 두고 "말을 잘하지 못하는 하느님"이라 일컬음으로써 아이의 서툰 말하기와 하느님의 그것을 등치시키고 만다.[20] 「샹펭」에서는 '세잔느인 듯한 노인'이 "벙어리 아낙네"와 손짓으로 대화하는데, 그 틈

---

19) 이처럼 과실을 집어보는 행위가 "세계속에 무질서하게 놓여 있는 사물들을 자신의 세계 속으로, 시의 세계 속으로 가져오는 시인의 작업"이라 지적한 논의는 좋은 참고가 되었다. (송현지, 「김종삼 시에 나타난 시인으로서의 소명 의식 연구」, 『한국문학이론과 비평』 제61집, 한국문학이론과 비평학회, 2013, 58쪽.)

20) 여기서 만약 '죄의식'을 논할 수 있다면, 기존의 연구들이 보여준 성과로부터 나아가 언어적이고 상징적인 차원에서 논해볼 수도 있을 것이다. 그것은 말과 관련하여 근본적인 빚(부채)로서의 죄의식으로 기능하는 것이다.

으로 "가까이 가 말참견을 하려해도/ 거리가 좁히어 지지 않"는다. 이 '침묵'의 대화에서 '말'은 결코 우위에 있지 않다. 말로써 참견한다는 것은 침묵의 대화에 결코 긍정적으로 작용하지 않는다. 그러나 이 '좁혀지지 않는 거리' 덕에 예술이 탄생하는 것이라면 어떠할까. 이 시에서 '침묵'(벙어리)과 '말' 사이의 거리를 채우고 있는 것은 다름 아닌 그 주변을 감싸 안는 "산록 아래 평지"에 펼쳐진 "방갈로"이며, "제각기 이글거리는 색채"를 지닌 "나무"들이다. 여기에는 침묵의 명령과 말하기의 명령이 공존한다. 그리고 이 둘은 서로 다른 것이 아니라 팽팽하게 긴장하는 관계이기도 하다. 침묵이란 다른 한편으로는 '말해진 것과 일치하는 말하기'[21]로서, 말하기의 다른 형태(제거된 말)이기도 하기 때문이다.

그렇다면 김종삼 시의 객관주의의 본질이란 말할 수 없는 것에 대해 침묵하면서 가장자리의 것들, 말할 수 있는 것들을 최대치로 발화하는 지점에 있는 것이라 할 수 있을 것이다. 시선의 객관적 이동들에 함의된 언어적 긴장이 창작의 방법론으로서 이해될 수 있는 지점 또한 여기이다.

3. '신성'과 객관의 장치들 : 소리와 빛이라는 장치

김종삼 시의 풍경이나 공간들이 한편으로는 환상적인 색채를 띠고 있다는 사실을 짚어야 할 것이다. 김종삼에게 "환상이야말로 평화의 세계로 나갈 수 있는 유일한 정신의 세계"[22]이며, "신성의 공간을 만날 수 있는

---

21) '말해진 것과 일치하는 말하기는 말하기를 제거한다'(알랭 바디우, 앞의 글, 191쪽.) 는 언급은 달리 말하면 침묵이 또한 불가능한, 혹은 제거된 말하기의 한 형태임을 의미한다고 볼 수 있을 것이다.
22) 이승훈, 「평화의 시학」, 『평화롭게』, 고려원, 1984, 158쪽.

것이 끝끝내 현실이 아니라 환상의 세계"[23]라는 지적은, 김종삼 시에서 '환상'이 창작의 방향 면에서 광범위하게 펼쳐져 있음을 시사한다. 그러나 김종삼에게 환상은 현실에서 불가능한 어떤 것을 꿈꾼다는 의미에서만은 아니라는 점도 직시할 필요가 있다. 장석주 편 『김종삼 전집』에 실린 1980년대의 논의들에서 종종 발견되는 지점은 '평화로운' 풍경을 '환상'과 등치시키곤 한다는 점이다. 가령 김주연의 경우는 「샹펭」에서의 풍경을 '환상적인 공간'[24]이라 언급하지만, 엄밀히 따지자면 산 아래 방갈로가 있는 단순하고 평화로운 풍경이기도 하다.

이렇게 본다면 김종삼 시에서 '환상'이라는 어휘는 보다 세분될 필요가 있어 보인다. 한편에서는 평화로운 풍경 자체가 현실과는 동떨어진 것이기에 비현실적이며 실현 불가능한 꿈에 가까운, 그리하여 "순수한 이상과 황막한 현실이라는 두 세계를 매개"[25]한다는 의미로 읽히는 '환상'이 있다면, 다른 한편에서는 명백히 현실을 초월한 존재나 공간을 표상하는 '신성한 공간'으로서의 환상이 있다. 전자의 경우가 사실상 객관적 시선을 통해 창출한 풍경으로 읽을 수 있는 범주라면, 후자의 경우에 대해서는 다른 범주로써 살펴볼 필요가 있다. 여기서 드러나는 '신성'은 '환상'이라는 어휘만으로 처리하기에는 어려운[26] 객관적인 장치들이 발견되기 때문이다.

김종삼 시에서 '신성'과 맞닿은 초월적 기표들이나 구도들은 시세계 전

---

23) 이승훈, 위의 글, 163쪽.
24) 김주연, 「비세속적 시」, 장석주편, 『김종삼 전집』, 청하, 1988, 298쪽.
25) 김양희, 「김종삼 시에 나타난 환상성 연구」, 『동남어문논집』 제37집, 동남어문학회, 2014, 89쪽.
26) 자칫 오해하기 쉽기에 미리 경계할 것이 있다면 '환상'이라는 어휘가 지니는 낭만주의적인 색채에 관한 것이다. 김종삼 시를 두고 '환상적'이라는 표현이 아무리 광범위하게 사용 가능하다 하더라도 '낭만적'이라는 특질과는 거리가 멀다는 점 말이다. 김승희는 김종삼 시의 이러한 특성을 '반낭만주의'로 규정하고 현대미학의 추상주의와 같은 선상에서 분석한 바 있다. (김승희, 앞의 글, 200-205쪽.)

반에 걸쳐 나타난다. 「해가 머물러 있다」에서는 땅의 것인 '풀'과 하늘의 것인 '해'의 구도가 드러나고, 「문장수업」에서도 역시 "헬리콥터가 떠간다"로 시작하여 "디젤 기관차 기적이 서서히 꺼진다"로 맺어지는 구도가 드러나며, 「소리」에서는 땅의 초가집을 "산마루에서 한참 내려다" 보는 시선도 등장한다. 그런데 이러한 초월적 구도를 넘어서 '신성'이라는 특성이 직접적으로 드러나는 시편들은 일정한 특성을 공유하는데, 그것은 '소리'와 '빛'이라는 장치다. 다음의 작품을 먼저 살핀다.

> 희미한
> 風琴 소리가
> 툭 툭 끊어지고
> 있었다
>
> 그동안 무엇을 하였느냐는 물음에 대해
>
> 다름 아닌 人間을 찾아다니며 물 몇 桶 길어다 준 일밖에 없다고
>
> 머나먼 廣野의 한복판 얇은
> 하늘 밑으로
> 영롱한 날빛으로
> 하여금 따우에선
>
> ―「물桶」, 『十二音階』, 三愛社, 1969.[27]

27) 『김종삼 정집』, 344쪽. 이 작품의 최초 발표 지면은 『현대시』 제1호로 1962년 6월에 「舊稿」라는 제목으로 발표되었다. 이후 『십이음계』(삼애사, 1969)에 재수록되면서부터 「물桶」이라는 제목을 사용하기 시작하였고, 마지막 연과 반복되는 첫 연이 삭제되면서 형태적으로도 어느 정도 확정된다. 다만 2연과 3연의 행갈이는 70년대, 80년대를 거쳐 네 번의 재수록 과정에서 조금씩 변화해왔으며, 대부분은 둘로 나누었던 행을 한 행으로 처리하면서 행갈이가 압축되어가는 경향을 보인다. 최종적인 변화 지점이 『십이음계』의 판본으로 수렴되므로 이 글에서는 해당 판본을

"희미한 풍금 소리"가 끊어지듯 들려오는 1연의 역할은 '소리'를 통해 공간의 특성을 주조하는 것이다. 그 공간은 광야 한복판이지만, 단순히 펼쳐진 땅이 아니라 "머나먼" 곳이자, "영롱한 날빛"이 쏟아지는 공간으로서 신성한 것과 땅의 접점과 같은 공간이다. 이 작품의 각별한 공간을 이처럼 규정할 수 있도록 하는 것은 무엇보다도 2연과 3연의 문답 내용일 것이다. "그동안 무엇을 하였느냐"고 묻는 목소리는 곧이어 제시되는 답의 무게에 의해 초월적인 신성한 존재의 것이라는 짐작이 가능하다. 3연에서 "다름 아닌 인간을 찾아다"녔다고 했을 때 '인간'이라는 표현은 신성한 존재의 크기에 상응하는 표현이기도 하거니와, '무엇을 하였느냐'는 질문의 무게와 범주를 떠안는 표현이기도 하기 때문이다. 이 질문과 답이 지니는 초월적인 범주는 마치 누군가의 생 전체를 가늠하고 짚어보는 듯한, 경계와 심판의 공간을 만들어낸다. 땅이지만 영롱한 빛이 있는 '하늘 밑' 땅인 신성한 공간은 이처럼 소리로 열리고 빛으로 완성된다.

소리와 빛이라는 장치의 측면에서 본다면 이 시의 신성한 공간은 단순히 개인적인 지향점이나 염원에 의한 실체 없는 형상으로써의 환상이 아니라, 시적 현실 내에서 객관성을 부여받은 어떤 것으로 읽을 필요가 있다. 이 장치들은 '신성'을 둘러싼 직접적인 기표를 드러내기 이전에 먼저 공간을 주조하는 기능적인 것들이기에 객관의 장치라 할 수 있을 것이다. 앞선 장에서 살펴본 바, 시선을 배치하는 방식과 상통하는 지점이 있다면 바로 이러한 '가장자리'의 객관들을 발화하는 지점에서 객관주의를 방법론으로 삼고 있다는 점일 것이다.

그러나 이 소리와 빛이라는 장치들은 단지 공간성에만 관여하는 것만은 아니다. 다음의 시들에서 그것은 신성을 지시하는 하나의 신호이자 기

___

인용한다.

호로서도 동시에 기능한다.

①

城壁에 日光이 들고 있었다
육중한 소리를 내는 그림자가 지났다

그리스도는 나의 산계급이었다고
죄없는 무리들의 주검옆에 조용하다고

내 호주머니 속엔 밤몇톨이 들어
있는줄 알면서
그 오랜 동안 전해 내려온 전설의
돌충계를 올라가서
낯모를 아이들이 모여 있는 안쪽으로
들었다 무거운 거울 속에 든 꽃잎새처럼
이름이 적혀지는 아이들에게
밤 한 톨씩 나누어 주었다

　　　　　　　　―「復活節」,『十二音階』, 三愛社, 1969.[28]

②

연인의 信號처럼
동틀 때마다
동트는 곳에서 들려오는
가늘고 鮮明한
惡器의 소리

---

28)『김종삼 정집』, 320쪽. 이 작품의 최초 발표지면은『한국전후문제시집』(신구문화
사, 1961)이다. 첫 번째 재수록 지면인『십이음계』에서 1연의 의미가 중복되는 단
어("벽돌 성벽"의 "벽돌" 삭제)나 불필요한 시어(2행의 "잠시" 삭제)를 일부 삭제하
였고, 이후의 두 차례의 재수록 과정에서 2연의 행갈이 변화가 있었으나『십이음
계』판본의 형태로 재수정하기도 했다.

그 사나이는 遊牧民처럼
그런 세월을 오래오래 살았다
날마다 바뀌어지는 地平線에서
　　　　　―「동트는 地平線」, 『詩文學』, 1977.6.[29]

③
햇살이 눈부신
어느 날 아침

하늘에 닿은 쇠사슬이
팽팽하였다

올라오라는 것이다.

친구여. 말해다오.
　　　　　―「올페」, 『시와의식』, 1975.9.[30]

　「부활절」(①)의 경우 최초 발표 이후 첫 번째 재수록인 『십이음계』
(1969)부터 그 형태가 확정되었다고 보인다. 처음 『한국전후문제시집』
(1961)에 실린 판본이 이후의 수록작들과 가장 두드러진 차이를 드러내는
지점은, "사랑의 계단"이라는 표현을 이후의 재수록 본들에서는 모두 일
정하게 "전설의 돌층계"로 수정한 것이다. 두 시어 간의 변화라면 일차적
으로 "사랑"이라는 어휘가 직접적으로 기독교적인 색채가 모두 제거된 기
표로 대체되었다는 점일 것이다.

---

29) 『김종삼 정집』, 457쪽. 최초 발표본이며, 같은 해에 『시인학교』에 재수록되었다.
　　마지막 행 끝에 마침표를 찍은 것 이외의 개작은 없다.
30) 『김종삼 정집』, 428쪽. 재수록 없음.

나아가 더욱 의미 있는 변화를 살펴보자면, '사랑의 계단'이라는 표현에서 '계단'과 '사랑' 중 어느 쪽이 원관념이 된다 하더라도 주된 의미망을 거느리게 되는 단어는 '사랑'쪽에 더 가깝게 다가온다는 것이다. 그러므로 이 표현에는 '사랑'이라는 하나의 상징이 있다고 할 수 있다. 반면 "전설의 돌층계"라는 표현에는 상징이 아니라 공간이 있다. 즉 '사랑'이라는 상징 대신에 '돌층계'라는 대상이 부각됨으로써 하나의 공간성이 형성된다는 것이다. "돌층계를 올라가"고, "안쪽으로 들어"서는 일련의 행위들은 장소와 공간의 특성을 더욱 부각시킨다. '나'가 오르는 이 돌층계는 주머니 속의 밤을 아이들에게 나누어주는 행위를 한다는 점에서 선을 베푸는 공간인데, "전설의" 돌층계라는 표현은 이 행위에 현실적 행위로서의 선을 넘어선 초월성을 부여한다. 이를 장치의 측면에서 뒷받침 하는 것은 1연이다. "일광"이나 "육중한 소리"와 같은 소리와 빛이라는 요소들은 이 시에 신성성을 부여하는 것으로서 마치 신성한 공간의 문을 열듯이 텍스트의 첫 연에 배치된다. 이 점은 함께 인용한 두 편의 시에서도 두드러지게 드러난다. 「동트는 지평선」(②)에서는 "악기 소리"로, 「올페」(③)에서는 눈부신 "햇살"로, 이어지는 내용의 신성성이나 인간사를 넘어선 초월적인 지점으로 텍스트의 공간을 이끌어간다.

이 신성한 공간들은 생사의 경계 혹은 죽음에 대한 의식과 밀접해 보인다. 「부활절」은 그 제목에서 드러나는 바와 같이 '부활'이라는 생과 사의 경계를 넘나들고 초월하는 사건과 관계된다. 「동트는 지평선」(②)에서는 동이 트는 일상적 사건이, 끝없이 새롭게 시작되고 이어지는 삶의 유구함("그 사나이는 유목민처럼/ 그런 세월을 오래오래 살았다")으로 전이되고, '지평선'은 매번 죽음과 새롭게 태어남을("날마다 바뀌어지는 지평선")을 반복한다. 끝과 시작이, 유한과 무한이, 삶과 죽음이 단절되지 않는 이러한 인식은 김종삼 시에서 '신성'이 역설적으로 인간의 유한성과 죽음에 대한 절박한 체감에 바탕한 것이라 읽힌다.

「올페」(③)에서 이 점은 단적으로 드러난다. "하늘에 닿은 쇠사슬"은 하늘로 표상된 죽음에 대한 열망이자 이미 하늘에 닿아 죽음에 이른 "친구"를 향한 강렬한 그리움일 것이다. 그러나 이것이 단지 죽음을 향해 있는 것만이 아니라 생을 향해 있기도 한 것은, 이 시가 쇠사슬의 팽팽함(2연)에 대해 "올라오라는 것이다"라고 이해하는 것(3연)이 과연 옳은 것인가에 대한 의문[31]을 함께 품고 있기 때문이다. 물론 "올라오라는 것이다"에서 '올라오라'는 의중은 그 누구의 목소리를 통해 들은 것이 아니라, 팽팽한 쇠사슬에 대한 발화자 자신의 해석일 뿐이다. 그럼에도 불구하고 친구에게 이 해석의 타당성을 되묻는 이 작품의 역설적 구조는 삶과 죽음이 선택과 경계의 문제가 아니라 '날마다 바뀌는 지평선'과 같이 연속된 유한함에 연루된 것임을 시사한다.[32]

「물통」에서부터 위의 세 작품에 이르기까지 소리와 빛이라는 장치를 통과하는 신성한 공간들은 그 어떤 종교적 차원이 아니라 인간의 유한성에 대한 인식을 바탕으로 하는 것이다. 그러니 죽음이나 한계에 대한 그

---

31) 이 부분의 해석은 최호빈의 관점을 따른다. 「올페」 마지막 구절인 "친구여. 말해다오."를 평범하게 읽어본다면, '친구여. "올라오라"고 말해다오'의 의미로 이해해볼 수도 있다. 그러나 '쇠사슬의 팽팽함'이나, "올라오라는 것이다"의 발화자에 대해 주의를 기울여본다면, "쇠사슬의 팽팽함이 과연 올라오라는 뜻인지를 한번 더 친구에게 묻는" 것이라는 최호빈의 해석이 설득력 있어 보인다.(최호빈, 「김종삼 시에 나타난 미학적 죽음에 관한 연구」, 『한국문학과 예술』 제19집, 숭실대학교 한국문학과예술연구소, 2016. 242쪽.)

32) 빛이 신성한 공간을 창출해내는 어떤 것이라면 그 반대편인 암흑도 있을까. 흥미롭게도 이러한 장치들을 반증하는 듯한 작품도 있다. 「투병기」에서 "꺼먼 부락"은 폐가에 가까운 집들이 펼쳐진 공간이고, 악기 소리는 가늘고 희미한 대신에 "깽깽거린다". 앞서 분석한 작품들과 대조적으로 빛이 없는 상태("꺼먼")나 소리의 파열("깽깽거린다") 상태는 신성한 공간과는 거리가 멀게 펼쳐진다.

어떤 직접적인 발화나 환상적인 기표들 대신에 객관적으로 성립 가능하도록 장치를 마련해 놓은 것은 이러한 인식을 더욱 효과적으로 전달하는 방법이라 할 수 있을 것이다.

단정적이고 직접적인 발화가 아니라 객관으로 우회함으로써 우리가 얻는 것은 더욱 정확한 독해의 가능성이다. 이 점은 곧 김종삼에게 시가 발화의 방식의 문제에 깊이 천착하고 있음을, 형식미학적인 가능성을 끝없이 모색하고 있었다는 점을 또한 드러낸다고 할 수 있을 것이다.

4. '가장자리'의 말하기

지금까지 이 글은 김종삼 시에 드러나는 '내용 없음', 나아가 발화자 '나'의 없음, 인간적 정념의 개입이 없다는 지점에 관심을 가지면서 '객관성'이라는 특성이 하나의 방법론으로 사용되었음을 밝히고, 그 요소로서 시선을 비롯한 객관적 장치들을 고찰하였다. 이는 결국 김종삼 특유의 발화 방식을 고찰하는 작업의 일환이자, 창작 방법론에 대한 탐구이기도 하다.

객관을 전면에 내세우는 김종삼 시의 특질에서 핵심적으로 작용하는 것은 언어적 원리에 대한 인식이다. '미니멀리즘'이나 '병치' 등으로 탐구된 바 있는 기법들을 더욱 심층부에서 보았을 때 김종삼 텍스트에 드러나는 특유의 풍경이나 묘사 방식들이 하나의 원리로 묶이는 바, 말하기에 대한 거리두기를 바탕으로 한 객관주의라 할 수 있다. 이 객관주의가 단순하지 않은 것은 '방법적'이기 때문이다. 잘 말하기(well saying)의 불가능성 앞에서 선택할 수 있는 것은 '말하지 않음'이지만, 이 '말하지 않음'을 하나의 방법으로 선택하여 발화하는 것이 김종삼의 객관주의이기 때문이다.

그렇기에 그의 시에는 내용이 없고, 또한 있다. 직접적인 발화가 없다는 점에서 내용이 없지만, 우회로를 통한 언어의 효과들은 무엇인가를 발현하기 때문이다. 이것은 (윤곽선과 대비되는) '가장자리'를 통한 말하기이기도 하다. 때때로 그것은 서정적 감성이 되기도 하고, 인간의 유한성에 대한 철학적 인식이기도 하다. 전자의 경우가 '시선'이라는 객관적 장치를 통해 우회한 결과라면, 후자의 경우는 '신성'이라는 키워드를 중심으로 생성해 낸 사유의 작용이라 할 수 있다.

다소 역설적이게도 이러한 과정들에는 주관성을 객관적으로 탐구한다는 태도가 전제되어 있다. 인상주의의 방법론을 견주어본 것은 이러한 역설적 지점의 태도나 방법론이 김종삼의 그것과 아주 가까운 지점에 있기 때문이다. 회화의 영역과 문학의 영역을 이처럼 방법론의 측면에서 함께 다룰 수 있는 것은 '재현'에 대한 근대적 전환의 문제가 얽혀 있기 때문일 것이다. 그런 면에서 김종삼은 새삼스럽게 전위적으로 평가받을 만한 시인이기도 하다. 그의 시의 언어들은 재현을 위한 언어가 아니라 효과를 위한 언어이기 때문이다. 의도를 발화하는 것이 아니라, 언어들의 배치를 통해 새로운 '가장자리의 말하기'의 방식은 김종삼이 고안해낸 방법론이다. 본질적으로 시의 언어가 가능한 지점이 또한 여기일 것이다.

이른바 '전후세대'나 '이중언어 세대'로 칭해지는 김종삼에게 '시론'이 있었다면 어떤 식으로 펼쳐졌을까. 거기에는 상당히 복잡한 시대적, 세대적 문제들이 동반될 것이다. 그 시론을 역구성 해보는 기초 작업이 또한 이 글이 향하고 있는 지점이 될 수 있겠다.

김종삼과 '평균율(平均律)' 동인의 영향관계 연구[*]

신동옥

1. 머리말

김종삼의 시세계에 대한 종합적이고 다각적인 재검토가 시작된 것은 근년의 일이다. 신철규는 김종삼의 등단작으로 간주되어 온 「원정」의 원전을 『신세계』 1956년 3월호로 확정하고, 「책 파는 소녀」를 발굴 소개한 바 있다.[1] 신철규는 「원정」을 둘러싼 발표 시기 확정의 문제를 두고 김종삼

---

[*] 신동옥, 「김종삼과 '평균율(平均律)' 동인의 영향관계 연구」, 『현대문학이론연구』 80권, 현대문학이론학회, 2020.3.
[1] 신철규, 「김종삼 시의 원전 비평의 과제: 등단작에 대한 재검토와 발굴작 「책 파는 소녀」를 중심으로」, 『국제어문』 60호, 국제어문학회, 2014, 93−118쪽.

시의 '원전 비평' 과제를 제기하며, 다면적인 '아포리아'를 거느린 김종삼의 시세계에 대한 유효한 참조점을 역사와 정치와 미학의 층위에서 정향하는 사례를 보여준다.2) 김종삼 시에 나타난 언어, 철학, 미학을 둘러싼 다각적인 논의를 종합한 학위 논문3)을 제출한 홍승진의 경우, 『현대예술』 (1954.6)에 수록된 「돌」을 소개하며, 김종삼의 「돌각담」 시편에 나타난 '마태수난곡' 모티프의 혼융은 물론 언어 미학적인 특질을 상세하게 분석한 바 있다.4) 이숭원은 김종삼의 시편을 연대기적으로 재배치하면서 전편 해석을 시도했다. 이숭원은 전쟁 체험을 폐허와 난민의식, 죽음인식이라는 주제어로 분석한 뒤, 생 체험과 종교성과 평화에의 회구는 물론 시인으로서의 소명에 이르기까지 시적 주제어들을 고루 추출하여 꼼꼼한 해석을 펼쳤다.5) 이러한 상황에서 『김종삼 정집』(북치는소년, 2018.11) 발간은 김종삼 시 연구에 또 하나의 활로(活路)를 열어주었다.

본고에서는 김종삼의 시세계와 당대적으로 반향한 영향사적인 관계 양상을 두 권의 '平均律 동인시집'6)에서 추출하여 분석하는 것을 목표로 한다. 김종삼의 시적 계보 내지는 영향사에 대한 논의는 그간 하나의 가설로 제안되어 왔다. 대표적으로 김종훈과 김용희의 논의를 떠올릴 수 있다. 김종훈은 김종삼 고유의 미적 구성의 원리로 인정되어온 '잔상과 여백의 시

---

2) 신철규는 기법, 주제, 인식의 측면에서 이항대립의 구도를 설정하고 해석되어온 김종삼 연구사에 이의를 제기하며, 김종삼 시의 미학관이 윤리관으로 습합되면서 '순수'에 기반을 두는 심미적 태도가 윤리적인 층위로 이어지는 양상을 종합적으로 재구하기도 했다. 신철규, 「김종삼 시의 심미적 인식과 증언의 윤리」, 고려대학교 대학원, 박사논문, 2020.2. 참조.
3) 홍승진, 「김종삼 시의 내재적 신성 연구: 살아남는 이미지를 중심으로」, 서울대학교 대학원, 박사논문, 2019.2.
4) 홍승진, 「김종삼 시 「돌」의 발굴과 의의」, 『근대서지』 15호, 2017.6, 292−325쪽.
5) 이숭원, 『김종삼의 시를 찾아서』, 태학사, 2015.2.
6) 김영태, 마종기, 황동규, 『평균율 1집』, 1968, 創又社; 김영태, 마종기, 황동규, 『평균율 2집』, 現代文學社, 1972.

어' 맞은 편에 '잔해와 파편의 시어'를 상정 한 다음, 이것들을 묶는 테제로 '한국 현대시의 알레고리 담론'을 해석소로 제시한다. 꼼꼼한 논증을 바친 다음 김종훈은 알레고리 시학을 토대로 하는 '김종삼 계보'의 가능성을 제안한다.7) 김용희는 전후 세대의 현실적, 교양적, 미학적 세계 체험을 바탕으로 '전후 모더니티'의 계보를 김수영, 김춘수, 김종삼을 중심으로 논증하여 보여준 바 있다. 요는, 김수영이 노정한 '사상적인 극단과 김춘수가 밟아 간 '언어실험의 극단' 사이에 김종삼 시의 현대성이 가로놓인다는 것이다. 김종삼의 시는 '무정부주의'를 방불할 정도로 언어논리의 인습과 의미의 압력에서 자유로운 시편을 보여주었다는 것이 김용희의 결론이다.8)

먼저, 하나의 '에피소드'에서 김종삼과 평균율 동인의 생애사적 관계양상을 가늠해 볼 수 있다. 『김종삼 정집』 발간을 앞둔 여름 『작가들』(인천작가회의, 2018.6) 지면에 시인의 장녀 김혜경의 구술이 실린다. 김종삼의 '헌시 계열' 시에 자주 등장한 김소월, 전봉래는 물론 시인으로서 존중하며 대했다고 시인 스스로 고백하기도 한 김수영 그리고 김영태와 황동규 등을 좋아했다는 김혜경 여사의 증언은 새삼스럽다. 장례식 미사 당시의 정황을 전하며 시인의 장녀는 이렇게 말한다. "길음성당 장례식장에서 황동규 시인과 김영태 시인은 저 끝에서 조용히 추모하고 가셨어요. 내가 누구다라고 말씀하시거나, 또 위로의 말을 길게 말씀하시는 게 아니라 저 뒤에서……. 조용히 바라만 보다 가셨어요. 아버지가 아끼셨고, 또 아버지를 아끼셨던 분은 이런 분들이었어요."9) 1950~60년대를 건너오던 때 "저녁

7) 김종훈, 「잔해와 파편의 시어: 김종삼, 『북 치는 소년』의 경우」, 『어문논집』 68권, 민족어문학회, 2013.8, 135－157쪽 참조.

8) 김용희, 「전후 한국시의 현대성과 그 계보적 가설」, 『근대문학연구』 vol.1 no.19, 근대문학회, 2009.4, 89－122쪽 참조.

9) 김혜경 구술, 조은영 진행 및 녹취, 「『김종삼 정집』 발간 기념 유족 인터뷰: '빛깔 깊은 꽃 피어 있는 시절'을 향한 이야기」, 『작가들』 통권 65호, 인천작가회의, 2018.6,

이면 얼굴이 얼어서 모여들던/ 東奎 祭夏 鍾基의/ 세상 말보다 살아 있는 語彙들"(김영태, 「시련의 사과나무」)의 바로 그 황동규와 김영태다. 이 시기까지 이제하 역시 시를 쓰고 있었고, 한일협정 반대 시위 사건과 연루되어 곤욕을 치른 마종기는 미국으로 이민을 간 상태였다. 김영태, 황동규, 마종기는 1968년과 1972년 『平均律』이라는 제호의 동인시집을 2회에 걸쳐서 출간했다. 1990년 도서출판 청하에서 '김종삼문학상'을 제정하고 제1회 수상자로 '황동규'를 지목한다. 김종길, 정현종, 유종호, 김주연과 발행인인 장석주가 심사에 참여했다. 황동규는 「간절한 이음매의 획득」이라는 제하에 글에서 김종삼의 시 세계에 대한 헌사를 곁들인 수상 소감을 전한다. 흠모하던 선배의 이름으로 주어지는 상을 친구가 받는 광경을 바라보며 김영태는 다음과 같은 시를 남긴다.

> 金宗三이 병원에 누워 있을 때
> 아버지를 간호했던 딸이
> 사내아이를 안고 식장에 앉아 있다
> 봉건이 새끼, 광림이 새끼……
> 아비는 떠들었다 오줌 마려우면
> 병실에서 과년한 딸을 내보냈다
> (유리창에 매달려 있던 소변 깡통 하나)
> 미모인 둘째딸도 예쁜 딸을
> 무릎에 앉히고 앉아 있다
> 아이들과 놀고
> 생전에 뾰죽집10)에 마슬 가던 할아버지를 아이들은 모른다
> 등산모 쓰고 느릿느릿 갈짓자 걸음
> 詩人學校에서 내려오던 장인을

191쪽.
10) 강조 인용자. '뾰죽집'의 오자로 보임.

사위들이 알까, 아마 모르겠지
사직동 살 때 지우산 쓰고
사랑채 쪽대문을 흔들면
나가보던 기억이 난다
벌거벗은 비틀즈 존 레논과
恥毛를 드러낸 오노 요코 부부
레코드 한 장을 받던 기억도
'어디서 만나 무엇이 되어 다시 만나랴'
자유극장 음악 편집 사례금 답례였다
신문지에 싼 판 주고
그는 휑하니 갔다
미사에 참석한 이중섭을 만나러
사르트르 곰방대를 훔치던 그,
샹뻬……핑그르르 도는 소주의 위력
그리운 안니로리 사는 동네로
지우산 쓰고 가던 그,
친구가 상받는 자리에서
기억을 더듬다가
바늘만 망가진 비틀즈 판은
신문지에 싸서 그대로 두었는데
　　　　　　　　　— 김영태, 「金宗三문학상 시상식」 전문11)

　"김종삼이 병원에 누워 있을 때"부터 "조선 총독부가 있을 때"(「掌篇」,
『詩文學』, 1975.9)12)를 연상시킨다. '있었던 이야기'를 전하며 시를 이끌
어내곤 했던 김종삼의 '설화체'를 떠올리기에 충분한 도입이다. 이어지는

---

11) 『김영태 시전집 : 물거품을 마시면서 아껴가면서』, 천년의시작, 2005, 242쪽.
12) 이 글에서 인용하는 김종삼의 시와 산문은 모두 『김종삼 정집』(북치는소년, 2018)
　　에 근거한다. 인용할 때는 원출처만 밝히고, 필요에 따라 '정집' 수록 쪽수를 함께
　　쓴다.

행에서 김영태는 김종삼의 시구들을 '콜라주' 내지는 '오마주'하여 시를 이어간다. "봉건이 새끼, 광림이 새끼……"의 유머에서는, 김종삼의 대표 작 가운데 하나인 「시인학교」에 등장하여 '모리스 라벨, 폴 세잔느, 에즈라 파운드' 등 무단 결강한 강사들을 두고 '쌍놈의 새끼들'이라고 욕을 한 뒤, '지참한 막걸리'를 마시는 김관식을 떠올릴 수 있다. 아울러 '미모인 둘째딸' 투에서 보이는 축약형, 이중섭과 연관된 에피그램을 비롯하여, 김영태는 시 후반부에서 '김종삼 모티브'들을 그대로 차용하며 작품을 마무리한다.

김종삼은 황동규에게 주는 시 「그라나드의 밤—黃東奎에게」,『세계의 문학』, 1980.가을)을 쓴 바 있다. "드뷔시 프렐뤼드/ 씌어지지 않는/ 散文의 源泉". 시 전문이다. 본고는 바로 이 작품의 해석 가능성에서 의문점을 길어 올린다. 드뷔시의 전주곡은 어떤 맥락에 있는가? 쓰이지 않은 산문은 어떤 글이며, 그 원천에 도사리는 징후적 표상은 무엇인가? 1980년에 쓰인 김종삼의 '헌시'는 그가 시작 이력을 통틀어 선명하게 지향하고 밝힌 '미적 이상'의 기치로 읽힐 수 있지 않을까? 헌시의 수신자가 함께 시를 써온 동시대의 시인이라면, 김종삼이 남기고 간 영향관계를 비교적 동시적으로 추수하고 길항했던 '평균율' 동인을 떠올릴 수 있지 않을까? 논증을 위해서 본론의 한 장을 할애하며 '비구상'13)을 특질로 하는 김종삼 시세계의 원적에 대해 탐문할 것이다. 이어지는 장에서는 김종삼과 평균율 동인

---

13) 여기서 '비구상'은 '개념어'가 아니라 『평균율 2집』(1972, 현대문학사)에 실린 김영태 시의 맥락에서 이해될 수 있다. "풀밭은/그 위에 있다/말뚝이 하나 매어져 있었다/말뚝 아래는 아무 것도 없는/魂이 나간 듯한/꽃이/하나, 그 뒤에는 어느/것도 音樂은 만지어지지 않았다."(시 전문) 풀밭과 말뚝이라는 명징하고 구상적인 세계, '만지어지지 않는 음악'이라는 요령부득의 추상, 그리고 그것을 이접하는 혼이 나간 듯한 꽃. 김영태는 대상 세계와 추상적인 정념 및 감각을 이접할 때 발생하는 새로운 현실 감각을 '비구상'이라고 이름 붙인 것일 터이다.

의 영향관계를 시편들을 꼼꼼히 해석하면서 추수(追隨)한다. 결론은 부연과 요약, 제언에 할애한다.

2. 정념의 시적 균제로서의 앵포르멜 시학

아도르노는 "아우슈비츠 이후에도 서정시를 쓴다는 것은 야만적이다"라고 썼다. 아도르노에 따르면 그 이유는 "아우슈비치는 오늘날 서정시를 쓰는 것이 왜 불가능하게 되었는가에 대한 인식도 부식"시키기 때문이다. 셈할 수 없는 개인 각자의 고통조차도 '같게 만들어버리는 강요'를 벗어나려는 갈망, 서정시를 쓰는 것이 왜 불가능하게 되었는가라는 질문 자체에 도전하며 가능성을 다시 쓰려는 시도는 1950년대 한국 문학의 주제 가운데 하나였을 터이다. 김종삼의 시에서 이러한 물음에 대한 천착은 '아우슈비츠' 표상으로 구체화된다. 동명의 작품 「아우슈뷔치」(『現代詩』 第5輯, 1963.12)에서는 '학교'가 등장한다.[14] 해를 두고 쓰인 「終着驛 아우슈비치」(『문학춘추』, 1964.12)에서는 '죽음과 학살의 풍경이 평화로운 여행길의 스냅과 교차되면서 소격효과를 불러일으킨다. 이 작품은 아우슈비츠로 가는 도정의 어느 장소에 대한 묘사로 시작된다. 비둘기가 날아와 앉는 한가로운 관청 지붕이 있고, 자유롭게 드나들 수 있도록 누구에게나 문이 열린 교회당이 있다. 가지런하게 놓인 포도(鋪道) 위로 늙은 우체부가 지나간다. 길 한편에서 아이들이 평화롭게 뛰어놀고 있는 어느 마을 간이역에 기차는 서 있다. 바로 그곳은 길을 떠도는 자들이 마지막으로 당도하

---

14) 이 작품은 시집 『십이음계』(삼애사, 1969)에 수록되면서 「아우슈뷔츠 I」로 개작된다.

는 곳으로 밝혀진다. 한적하고 평화로운 간이역이 있는 마을은 바로 "박해와 굴욕으로서 갇힌 이 무리"들의 종착역이었던 것이다.[15]

종착역은 어디에나 있고, 아우슈비츠는 현실에 편재한다. 「시체실」(『現代文學』, 1967.11)에 이르면 이처럼 '영속할 것만 같은 고통 속에서 위로가 가능한가?'라는 물음이 전면에 등장한다. 이 작품은 현실의 아우슈비츠일 '시립 무료병실'을 무대로 한다. 화자는 정성스레 오빠를 간호하는 누이에게 자신의 친우인 '오빠'의 죽음의 내력을 감추려고 애쓴다. 작품 속에 등장하는 누이는 오빠가 어떻게 죽을지, 죽었는지 알면서도 기도의 근음으로 오빠를 장례 지내려 애쓴다. 누이의 '앎'과 화자의 비밀, 누이의 기도와 화자의 거짓말이 시를 이끌어가는 셈이다. 시의 마지막에 이르면 이들은 한데 "달리는 열차" 속에 앉아 오빠를 묻으러 간다. 알면서도 모른 체해야하는 고통의 근원에는 '나와 다른 것이 아니라' '나와 틀린 고통'이 자리할 수도 있기 때문이다. 김종삼이 황동규에게 쓴 「그라나드의 밤」의 "드뷔시 프렐류드"는 저마다 다른 음으로 스케일을 이어가는 음악의 전주와 같이 저마다 다른 방식으로 쓰이고 읽히는 '삶'에 대한 은유로 읽힐 수 있다.

김종삼은 종종 삶과 죽음의 경계에 대해 '무변(無邊)' 내지는 '무지(無知)'라는 어사를 동원해 쓰기도 했다. 대표적으로 「「세잘·프랑크」의 音」(『知性界』, 1964.7)을 떠올릴 수 있다. "神의 노래/圓形의 샘터가 설레이었다// 그의 鍵盤에 피어 오른/水銀 빛깔의/작은 音階//메아린 深淵속에 어둠속에 無邊속에 있었다/超音速의 메아리". 세계는 결국 신이 탄주하는 건반에 피어오르는 수은 빛깔로 영롱한 음계가 퍼져나가는 원형의 파동과 같은 어떤 것이다. 인간은 그 메아리가 만들어내는 끝없는 어둠 속에 가로놓이

---

15) 『십이음계』(삼애사, 1969)에서는 「아우슈뷔츠 II」로 개작되어 수록된다.

고, 신의 알 수 없는 전언은 '초음속'으로 이곳에 잠시 머물다 지나가 버린다. 진리라는 관념에 대한 기갈이 들린 의문을 놓지 않으면서도 '상대주의' 내지는 '불가지론'의 방법론으로 '근원'을 궁구하는 모순의 시학은 비약과 단절을 주로 하는 시인의 문장론에서도 일정 부분 살펴볼 수 있다.

시인 자신이 스스로 대표작으로 꼽았던 「드빗시 산장 부근」(『思想界』, 1959.2)은 비약과 단절을 '존재에 대한 인식'으로까지 확장시킨 대표적인 사례로 해석할 수 있다. 같은 소재를 비슷한 시기에 쓴 「드빗시」(『新風土 <新風土詩集 Ⅰ>, 白磁社, 1959)역시 마찬가지다. "아지 못할 灼泉의 소리. 의례히 오래 간다는,/ 물끓듯 끓어나는 나지막하여 가기 시작한."과 같이 완결되는 짧은 시에서는 김종삼 특유의 한자 조어가 등장하며 애매성을 배가한다. "灼泉"이 그것이다. '작천'이라는 시어에서 유황불이 타는 지옥의 샘을 연상할 수 있다. 김종삼의 인식의 근원에는 어찌 보면 유대주의를 연상시키는 정황이 종종 등장하곤 한다. 근원적인 고통의 대속자로서의 '예수' 모티브와의 접속은 필연으로 보인다. 「베들레헴」(『韓國文學全集 35詩集 (下)』, 民衆書舘, 1959.), 「모세의 지팽이」(『現代詩』 第2輯, 1962.10)는 물론 「라산스카」 연작 역시 비슷한 관점에서 읽을 수 있다.

다음은 몇 안 되는 시인의 시론 가운데 시작법과 동기화 과정을 직접 언급한 산문의 일부다.

> 시란 무엇인가? 나는 이 어려운 문제에 답하기보다 내가 시를 쓰는 모티브를 말하고자 한다. 나는 살아가다가 「불쾌」해지거나, 「노여움」을 느낄 때 바로 시를 쓰고 싶어진다. 시를 일단 쓰기 시작하면 어휘선택에 지독하게 신경을 쓰며 골머리를 앓지만 써 놓고 난 뒤엔 역시 「작품」이니 「시」니 할 만하지가 못하기 십상이다. 그래서 나는 시를 한 「편(篇)」 두 「편(篇)」하고 따지지를 못한다. 쓰고 난 뒤엔 한낱 「물건」으로 타락해버리기 때문이다.

그래서 나는 내가 쓴 것들을 한 「개」 두 「개」하고 셈할 수밖에 없다. 내 처녀작이라고 할 수 있는 것을 써 내놓은 것은 6·25직전, 내가 서른을 갓 넘었을 때 쓴 것으로 <돌각담>이 있다. 지금까지 쓴 1백여 개 가운데서 이 <돌각담> <앙포르멜> <드뷔시 산장부근>등 3, 4개 정도가 고작 내 마음에 찬다고 할 수 있을까?
　　　　　　　—「먼「시인(詩人)의 영역(領域)」」,『文學思想』, 1973.3,
　　　　　　　　　　　　　　　　　『김종삼 정집』, 15쪽.

　참화로 얼룩진 세계 속에서 '선량함의 극에 이른 존재'인 누군가에 대해 생각하는 순간 김종삼은 예수를 떠올린다. 선한 세계에 대한 회구는 사람의 아들 예수에게 짐질 수 없는 환난을 짊어지게 한 부조리에 대한 질문을 낳고, 또한 그 결과로 초래된 고통이 도처에 편재하는 세계와의 '불화'를 벗어나려는 안간힘과 관계되기 때문이다. 김종삼 시에서 '예수'로 표현되는 종교적인 인유를 어떻게 받아들여야 할 것인가? 시인은 본인의 작품 「고향」을 인용한 뒤 부연한다.

　앞에 내놓은 <고향>이란 글은 죽은 파운드랄까, 포레의 <레큐엠>에서 얻은 넋두리이다. 나는 결코 神의 존재를 믿지 못하는 터이지만 그러나 예수에 대한 궁금증과 관심을 억누를 수는 없었다.
　내가 무신론자인지만치 신의 아들로서의 예수가 아니라 선량하고 고민하는 한 인간으로서의 예수를 생각해보고 싶었던 것이다.
　그러나 나처럼 선량하지 못한 자가 선량의 극(極)에 이르렀던 예수를 생각해보려던 것이 잘못이었을까.
　　　　　　　—「먼「시인(詩人)의 영역(領域)」」,『文學思想』, 1973.3,
　　　　　　　　　　　『김종삼 정집』, 북치는소년, 2018, 915쪽.

　알려진 대로 김종삼은 어릴 적 외탁을 했고, 김종삼의 외가는 평안도 및 황해도 기독교와 연관된 가풍을 지니고 있었다. 이러한 가계사적인 영향과는 별개로 김종삼에게 '예수'는 '궁금증과 관심'의 대상이었다. 에즈라 파운드는 "시인은 신앙의 시대에서 모든 종교의 기초자이고 교정자이었 듯이 의혹의 시대에서 그는 최후의 불가지론자이다. 철학자가 진리라고 제시하는 것을 시인은 어떤 조건하에서 어떤 류의 마음에만 진리인 것으로 나타낸다."[16]라고 썼다. 김종삼 시의 종교적인 인유 역시 '무신론자이지만' 진리에 대한 '궁금증과 관심'을 억누를 수 없는 '최후의 불가지론자'가 제기하는 의문으로 읽을 수 있다.

요컨대, 김종삼에게 '시란 무엇인가?'라는 궁금증은 '예수는 누구였을까?'라는 의문과 같은 지점을 겨냥한다. 포레의 '죽음의 자장가'가 고통스러운 경험의 일회적인 반추로서의 죽음이 아니라, 기쁨과 위안을 향한 열망을 담은 '종교적인 숭고함'을 녹여냈듯이 말이다. '드빗시의 프렐류드'에 맞추어 쓰는 아직 '쓰이지 않은 산문의 원천'은 바로 그러한 의미에서의 '원적 내지는 고향'을 향하고 있다고 해석할 수 있다.

앞서 살폈듯이, 김종삼은 자신의 시적 동기화가 바로 '분노'라는 정념에서 출발한다고 썼다. 김종삼은 '분노'를 '불쾌' 내지는 '노여움'이라고 고쳐서 쓰기도 했다.[17] 의외롭게도 김종삼은 들끓는 정념을 자신의 시작 '모티브'라고 밝히고 있는 셈이다. 정념에 의해 동기화된 시는 요설체의 진술로 치닫기 십상이련만, 김종삼의 시는 여백과 균제의 형식미를 특징으로 한

---

16) 에즈라 파운드, 정현종·김주연·유평근 편역, 「시의 지혜」, 『시의 이해』, 민음사, 1983, 135쪽.
17) 다음과 같은 시 역시, 이러한 '분노'와 '노여움'의 정념을 고스란히 드러내고 있는 사례로 읽을 수 있다. "나는 보았다 처절한 전쟁을/ 처참한 떼주검들을/ 산더미같이 밀어닥치던 참상들을/ 인간의 뱃속에 들었던/ 빨랫줄 같은 것도 보았다/ 나는 그로부터 돌대가리가 되었다/ 잘난 사람들이나/ 못난 사람들이나/ 삶을 포기한 사람들이나/ 하늘에 맡기고 살아가는 群像들로 보여지기 때문이다/ 나는 뭐냐/ 무엇부터 다시 배워야할지 모르는 인간쓰레기다." — 김종삼, 「詩作 노우트」, 『月刊文學』, 1980.9, 『김종삼 정집』, 593쪽.

다. 이 간극을 만들어내는 작시술의 비밀이 녹아 있는 작품으로 시인 자신은 「돌각담」, 「앙포르멜」, 「드뷔시 산장부근」을 꼽았다. 비밀은 이어지는 구절에 있다.

요약하자면 김종삼의 시적 뮤즈는 '스테판 말라르메의 준엄한 채찍질', '반 고흐의 광기 어린 열정', '사르트르의 풍자와 아이러니컬한 요설', '세자르 프랑크의 고전적 체취'다. 언뜻 한데 섞이기 힘든 지고의 정신과 광기가 동시에 언어를 증폭시킨다. 더불어 구조적이고 지적인 아이러니와 고전적인 오라(aura)가 한데 섞여서 시적 정조를 산출해낸다. 김종삼은 이 네 뮤즈가 자신을 도취시키고 고무하며, 종국에는 시를 쓰고 또 사랑하게 한다고 고백하며 시론을 마무리했다.

그렇다면 정신, 광기, 지적인 아이러니, 고전적인 오라가 동시에 녹아든 작품은 구체적으로 어떤 모양새일까? 김종삼의 시론에 대한 보론 성격으로 읽을 수 있는 작품은 바로 「앙포르멜」이다.

> 나의 無知는 어제 속에 잠든 亡骸
> 세자아르 프랑크가 살던 寺院 주변에 머물렀다.
>
> 나의 無知는 스떼판 말라르메가 살던 本家에 머물렀다.
>
> 그가 태던 곰방델 훔쳐 내었다
> 훔쳐낸 곰방델 물고서
> 나의 하잘것이 없는 無知는
> 방 고호가 다니던 가을의 近郊 길바닥에 머물렀다.
> 그의 발바닥만한 낙엽이 흩어졌다.
> 어느 곳은 쌓이었다.

나의 하잘것이 없는 無知는

장 뿔 사르트르가 經營하는 煙彈工場의 職工이 되었다.

罷免되었다.

    —「앙포르멜」,『現代詩學』, 1966.2,『김종삼 정집』, 226쪽.

  본디 앵포르멜은 'Art Informel' 즉 'art without form'의 약어로 '비정형 미술' 내지는 '비구상 미술'로 번역된다.[18] 편집자이자 평론가인 장 폴랑 에 따르면 "앵포르멜 미술이란 현실을 바라보는 새로운 방식으로, 이성이 나 직접적인 관찰로는 알 수 없는 '모호한 절반의 세계'를 표현한 것"으로 정리된다. 폴랑이 이러한 정의를 내린 시점은 1962년이었다. 1945년 경 추상표현주의에 상응하여 일어나 1950년대를 풍미한 앵포르멜 미술이 제 도권 미술로 귀착되던 시점이었다. 미술사가들에 따르면 한국에 비구상 미술이 본격화된 시점은 1958년 일본에서 있었던 미셸 타피에의 '앵포르 멜과 구체전' 및 1957년 덕수궁에서 열린 '미국회화조각 8인전'을 통해서 였다. 기하학적인 추상과 대비되는 서정적이고 표현적인 추상이라는 의 미에서 앵포르멜은 '타시즘'과 동의어로 간주되기도 한다.[19]

  이성이나 직접적인 관찰로 부정되는 인과적인 계기는 바로 '한국전쟁' 과 같은 참상으로 촉발된 현전의 비참함일 것이다. 모호한 절반의 세계는 그럼에도 분명하게 여기 있는 '실존'의 세계다. 앵포르멜 시학은 바로 그 런 의미에서 모호한 절반의 세계를 서정적이고 추상적으로 건립하는 시 작술로 받아들일 수 있을 것이다. 알랭 바디우는 '현전을 위해 처방된 무 한한 역량으로서의 언어는 시로 명명할 수 없는 것'이라고 쓰기도 했다.

---

18) 각주 4)에서 언급한 김영태의 시를 다시 읽어보라.

19) 헤럴드 오즈본 편, 김영나·오진경 감수, 한국미술연구소 옮김,『옥스퍼드 20세기 미술사전』, 시공사, 2001, 392쪽.

역설적으로 명명할 수 없는 것을 명명하는 것이 시적인 문법의 최대치이고, 말라르메와 같은 이에게는 수학소의 무모순성에 육박하는 '절대 언어'로 빚은 '대문자 책'에 대한 방법적 도전으로 나타난다. 이성적이고 정치적인 가르침은 시가 표현하는 '절반의 세계'가 표상하는 신비함을 강제로 걷어버리며 언어의 한계를 미리 설정하지만, 시는 시 자체를 초과하며 정치성에 도달한다. '새로이 창조된 다른 언어의 도래를 통해 언어를 압박하는 일'이 바로 시적 진리의 독특한 효과인 셈이다.[20]

김종삼의 시 세계는 비시적인 영역과 시적인 영역의 간극에 걸쳐 있다. 이것을 육체의 죽음이라는 현전의 참화와 영혼의 재생이라는 실존의 당위와 겹쳐 읽을 수도 있을 것이다. 김종삼의 작품들은 직접적으로 먼저 죽은 자들에 대한 기억이 불러일으키는 삶의 수난과 참화를 겨냥하는 경우가 많기 때문이다. 그럼에도 그 근원에는 인간의 언어로는 '쓰여지지 않는 산문의 원천'에 대한 믿음이 자리하고 있는 것으로 여겨진다. 죽은 자들을 온전히 장례지낼 수 있는 '신적인 능력'을 갖춘 이들은 역시 죽은 자들이기 십상이기 때문이다.[21] 일례로, 「미사에 參席한 李重燮氏」(『現代文學』, 1968.8)에서 보여주는 소박하고 안온한 평화에 대한 회구조차도 나중에 죽을 자들인 지상의 인간이 깊이 간직한 저마다의 기억으로 도취하고 고무하며 삶을 이어가는 방식에 대한 '기도의 근음'으로 읽힌다. 말할 것도 없이 세자르 프랑크, 스테판 말라르메, 반 고흐, 장 폴 사르트르는 김종삼에게 그러한 언어의 방법론을 일러준 참조점으로 읽혔을 가능성이 크다.

'한국전쟁'이라는 역사의 작인은 전체의 고통으로 표상된다. 질문 자체가 틀렸기에 질문의 구도를 재정위해야 현실을 바로 볼 수 있는 상황이 바

---

20) 알랭 바디우, 장태순 옮김, 「시란 무엇이며, 철학은 그것에 대해 어떻게 생각하는 가?」, 『비미학』, 이학사, 2010, 35–58쪽 참조.
21) "죽은 자로 죽은 자를 장사하게 하고 너는 나를 따르라"(마태 8:22, 누가 9:60)

로 전쟁과 같은 예외상태의 국면이 함의하는 바이기 때문이다. 추상을 거쳐 보편성으로 추인되는 고통이 아니라, 저마다 다른 개인의 고유한 고통으로 다시 쓰는 작업은 1950—60년대의 문학장에서 '실존의 당위'와 겹쳐서 읽혔다. 김종삼은 전봉건, 김광림과 함께 연대시집『전쟁과 음악과 희망과』(자유세계사, 1957)를 펴냈다. 한국전쟁과 거의 동시에 시단에 나왔고, 전쟁으로 인해 월남한 세 명의 시인은 각각 10편 내외의 시를 묶어 '연대(連帶)시집'을 도모한 것이다. '전쟁'의 맞쪽으로 '음악'과 '희망'을 제시한 이 시집에서 궁구한 주제 역시, '개인의 고유성'을 '자율적 형식'으로 치환하는 시적 발화의 가능성에 대한 1950년대 모더니즘 시학의 탐문 결과로 받아들여진다.

아도르노는 '모더니즘 음악'의 근저에서 "사실적인 고통"이 남긴 상처를 톺아 읽은 바 있다. 무엇과도 동일시 될 수 없는 '고통'의 표현은 예술과 사회를 연결시키는 일차적인 표지로 기능한다. 유토피아를 향한 염원은 바로 그 부정에서 출발하며, 예술가가 표현한 '고통'을 통해서 한 사회라는 추상적인 관념과 예술가의 내면은 접면을 형성한다.[22] 역설적으로 '예술을 위한 예술'이 강력한 부정성을 획득하며 메시지의 자율성을 획득할 수 있는 근거는 여기에 있다. 스트라빈스키의 표현을 빌리자면 이러한 논거는 '음악을 위한 음악'과 통한다. "음악을 통해서 감정이나 사상을 표현한다거나 자연을 모방한다거나 하는 <내용미학>에서 벗어나, 음악을 통해서 음악 자체를 드러내고자 하는 <절대음악> 사상을 표현하는 것"이다.[23] 이 명제는 고스란히 시로 번역될 수 있다.[24] 시를 시 자체로 표현하

---

22) 홍정수·오희숙 지음,『아도르노 달하우스 크나이프 다누저』, 심설당, 2002, 106—108쪽 참조.
23) 오희숙 지음,『20세기 음악1 : 역사·미학』, 심설당, 2004, 445쪽.
24) 김종삼의 시세계와 음악 및 추상미술과의 영향관계를 고찰한 글들 역시 대개 같은

고자한다는 의미에서 '절대 언어'를 추구하는 과정에서 현실의 이면에 도사리는 '고통'의 근원을 드러낼 수 있기 때문이다.

3. 음역(音域)의 시적 균제로서의 평균율 시학

김종삼의 시에서 아우슈비츠 계열의 참화, 드빗시 계열의 순수 이미지, 세자르 프랑크 계열의 심연 표상은 "드빗시 프렐류드"에서 시작해서 "쓰러지지 않는 산문의/원천"으로 귀착될 수 있기 때문이다. II장에서 읽은 대로 그것은 정념을 시적으로 균제하는 작시술을 통해 방법적으로 얻어진 김종삼의 시론과 관계된다. 이런 맥락에서 황동규에게 쓴 헌시「그라나드의 밤—黃東奎에게」, 『세계의 문학』, 1980, 가을) 역시 다시 읽을 수있을 것이다.

개인 시집을 내고 '사계' 동인지 세 권 및 '68문학' 동인에 참여한 황동규는 마종기, 김영태와 더불어 동인 시집『平均律』을 간행한다. 세 사람이 1960년대 중 후반을 건너며 쓴 시들을 모은 『평균율』 동인지 1집은 1968년 창우사에서, 2집은 1972년 현대문학사에서 간행되었다. 마종기의 시「풀꽃」에 제사(題詞)로 인용된 김영태의 시구는 "파밭속에 섞여서 대충 대충 혼들거리는/미나리같이"(김영태, 「平均率」에서)인데, 여기서 평균율은 "平均率"이라고 표기되어 있다. 동인시집의 제호 '평균율'이 처음 등장하는 시는 김영태가 쓴 동명의 작품이었고, 마종기는 이것을 제사의 형식으로 받아쓰고 있는 것이다.

논리를 펼친다. 주완식, 「김종삼 시의 비정형성과 윤리적 은유 —앵포르멜 미술과의 관련성을 중심으로」(『국제어문』 57권, 2013.4, 35—67쪽)과 같은 논문이 대표적인 경우다.

Ⅲ장에서는 이들 평균율 동인의 시적 지향이 연원하는 지점에 '김종삼의 앵포르멜 미학'이 자리하고 있다는 가정에서 논의를 시작한다. 먼저 '평균율'이라는 어사가 함의하는 지점과 모토를 해석적으로 추정해 볼 수 있는 근거를 살피는 것이 논의의 순서일 것이다. 평균율의 모토는 1964년에 쓰인 김종삼의 작품 「발자국」을 통해 해석적으로 추정해볼 수 있다.

폐허가 된
노천 극장을 지나가노라면 어제처럼
獅子 한 마리가
따라 온다. 버릇처럼 비탈진 길을 올라 가 앉으려면
옆에 와 앉는다
마주 보이는
언덕 위,
平均率의 나직한 音律이
새어 나오는
古城 하나이,
좀 있다가 일어서려면 그도 따라 일어선다.

오늘도 버릇처럼 이 곳을 지나가노라면 어제처럼 獅子 한 마리가
따라 온다.
입에 넣은 손을 조용히 물고 있다. 그 동안 죽어서 만나지 못한 어렸던 동생 종수가 없다고.
— 김종삼, 「발자국」(『文學春秋』, 1964.12) 전문.
(인용자 강조)

화자는 폐허가 된 노천극장을 따라 걷고 있다. '늘 그랬듯이' 사자 한 마리가 따라오더니 화자가 앉는 등성이 비탈길에 따라 앉는다. 마주한 언덕 위에는 고색창연한 성이 하나 있다. 화자가 다시 일어서면 사자도 따라서

일어난다. 마치 우화에 가까운 소박한 에피소드가 내용의 전부다. 시에서 핵심은 산책을 멈추고 앉은 자리에서 올려다본 '건너편' 성에서 새나오는 "平均率의 나직한 音律"이다. 단속적인 기억의 파고와 같이 메아리쳐 건너오는 파동은 마치 '음악의 고저장단과 유사한 방식으로 이어진다는 뜻으로 해석된다. 파동은 기억과 회상의 문법이 가지는 속성이기도 하고, 인간이 이어가는 음보와도 같은 '발자국'의 속성이기도 할 터이다. 요동치는 함성과 메아리는 물론이거니와 침묵까지도 정상분포곡선의 범위 내에서 높낮이를 가지고 운동하며 바로 그 율동은 음악 내지는 음의 속성에 가깝다는 것이다. '평균율(平均律)'은 나직하게 건너편까지 에워싸는 음역(音域)을 가리키며, 이런 견지에서 보면 비명과 초음파마저도 나직한 음률에 가깝다. 모호한 절반의 세계를 에워싸는 절대음의 높낮이가 바로 '평균율(平均律)'의 근음이다.

일찍이 김현은 『평균율 2집』에 이르기까지 황동규의 시 세계의 특징을 '큰 것에 함몰'되어 있으며, '옳다고 생각하는 법이나 사랑'과 같은 이념을 의미로 제시하는 경향으로 정리한 바 있다. 김현에 따르면 황동규의 시적 방법론이 연대의식이나 현실인식으로 이어질 때 공감 가능성이 확장된다. 김현은 행과 행 사이의 거리를 독자의 상상력과 해석 가능성에 의탁할 때 황동규가 의도한 시적 침묵이 결국 시인의 내적 상처로만 남을 것이라며 해석과 공감의 한계를 지적했다.[25]

　　그물 위에 춤추는 아이들의 떼
　　물고기 속히 空中에 박힌다
　　一等星만 들린 새벽 하늘에

---

25) 김현, 「한국 현대시에 대한 세 가지 질문 : '평균율 동인'에 대한 소고」, 『상상력과 인간/시인을 찾아서 (김현문학전집 3)』, 문학과지성사, 1991, 242−250쪽 참조.

구름 刑象의 구름이 떠간다.
　　　— 황동규, 「李重燮」(『평균율 1집』, 1968, 創又社) 전문

너의 머리가 없는 氷河
무반주로 돌아 다닌다
停電된 하늘에 흐르는 銀河
네가 없는 同時代에 배가 간다.
　　　— 황동규, 「北海의 葉書 1」(『평균율 1집』, 1968, 創又社) 전문

　그러나, 황동규가 겨냥한 것은 '모호한 절반의 세계'일 수도 있다. II장에서 논구한 바, 시적 방법론으로서 앵포르멜에 대한 정의에서 확인한 그대로다. 첫 번째 작품은 은박의 담뱃갑 속지에 못으로 긁어서 그린 이중섭의 그림이 연상되는 시편이다. 은빛 그물에 촘촘히 박힌 물고기 떼의 반짝임은 '그물 위에 춤추는 아이들'의 모습으로 대치된다. 그것은 곧장 어둑한 밤하늘에 가장 찬연하게 방향을 지시하며 빛나고 있는 항등성의 빛과 중첩된다. 하늘의 나머지인 구름의 측면에서 보건대, 허공은 그물코와 같이 무수한 어둠을 품어 안은 '허방(void)'일 뿐일 수도 있다. 조금은 생경한 이미지들이 겹치면서 입체적이고 생동하는 감각 인상을 추동한다. 첫 작품에 나타난 하늘의 이미지는 두 번째 작품에서는 "정전된 하늘"로 표현된다. 흐름이 끊긴 채 유동하는 이미지는 '전자'와 '빙하'로 구체화된다. 단락된 현재다. 방향을 잃은 메시지는 '무반주'로 은유되고 있다. 작품은 수신자가 없이 발신되는 메시지가 향하는 행로를 그리고 있는 것으로 해석되기도 한다. "네가 없는 동시대"라는 표현에서 읽을 수 있는 바다.
　모호한 세계의 메타포를 뭉뚱그려진 이미지로 채색하려는 황동규의 의도는 이성과 관찰이 패배한 사유의 지점에서 싹튼 것일 수도 있기 때문이

다. 1968년 「王道의 變奏」라는 제하에 『평균율 1집』에 수록된 황동규의 시 세계가 '기항지(寄港地)'와 '외지(外地)' 사이에서 겪는 정서적인 진폭과 실존의 감각을 시화한 것이었다면, 1972년 「열하일기(熱河日記)」라는 제하에 수록된 '허균(許筠) 연작' 및 동명의 '열하일기 연작'들은 보다 일상적이고 현실적인 세계의 알레고리를 드러내고 있는 것을 확인할 수 있다.

1960년대를 거쳐 '앵포르멜' 예술이 당대에 풍미한 실존주의 사조와 더불어 예술계의 화두가 되었을 때, 김종삼을 둘러싼 헌시들에서 읽을 수 있는 바 역시 바로 그 '평균율'의 모호하고 또 구체적인 절반의 추상의 방법론으로 표상하는 실존의 감각이었을 것이다. 『평균율 2집』까지 포함하자면 이미 4권의 시집을 낸 황동규는 '난해하게 읽히는' 시인이라는 레테르를 버리고 이순신, 이중섭, 전봉건 등등의 인물시로 나아가는 와중이었다. 황동규가 『평균율 1집』에 실은 시 가운데는 이처럼 이성과 관념이 개입하지 않은 '모호한 절반의 세계'를 시화한 작품이 주조를 이루는 양상을 확인할 수 있다.

이러한 사정은 김현이 마종기의 시적 지향을 일러 '생존과 생활의 한계를 지우는 개인적 조건'을 강렬하게 드러내며, 그것을 벗어나는 조건으로 음악과 미술에 경도된 초기 시세계를 보인다고 언급한 대목에도 그대로 적용 가능하다. 마종기는 '습작' 세계를 벗어나서 '의사로서의 직업과 가족과의 일상'을 주제로 천착할 무렵에 독일의 의사 시인이었던 '한스 카롯사'에게 헌정한 시를 썼다.

告白합니다.
나이 三十 되어도 잦은 꿈 속에서는
焦燥한 試驗, 答案紙 作成뿐.
언제 人類를 위해 내가 죽고

언제 歷史의 무리를 이르켜
革命의 銃 한번 쏘아보지 못한
혹은 山上의 내 宗敎도
苦行者의 외로움조차 소리없고.
告白합니다.
하룻밤 술마신 날 後悔하고
小說 冊 한 권에
분망대며 專攻의 冊床에 앉던.
내 修業 時代에는
電池로 맥박을 만들고
原子 物理學을 뱃속에 심어도
一生은 매일처럼 어려워지는 것을.
告白합니다.
公園 한 끝의 西洋式 墓地,
墓地 앞에 시들은 꽃송이를,
당신의 世界를.

　　　　　　　　　　— 마종기, 「醫師修業 : Hans Carossa 님께」
　　　　　　　　　　　　　　（『평균율 1집』, 1968, 創又社) 전문

　　의술과 시작술은 모두 인류와 관계된 일이지만, 혁명이나 종교("서양식
묘지") 또는 자연과학("물리학")과 공학("전지")과 다른 방식으로 삶에 개
입한다. 마종기는 '꿈'과 '시험' 사이의 갈등으로 이어지는 자신의 지난한
삶에 대해 토로하고 있지만, 이러한 회심 내지는 갈등의 배면에는 "착한
信者는 모든 길을 알고 있지만/나는 音樂을 믿지 않았어야지"(마종기, 「電
蓄」, 『평균율 2집』)라는 자각이 도사린다. 이국에서의 삶은 항용 공간적·
심리적 거리를 전제로 한다. 회상은 바로 그 거리를 무화하는 '강제된 보
편화'의 기제일 수 있기 때문이다. 회상이 음악과 결부된다면 다음과 같은

통찰도 가능해진다. "끝끝내 回想은 病이다/子正에 끝나는 室內樂./ (중략)/窓밖에서는 때 아니게/낮은 音聲의 기도소리 들린다."(마종기, 「土曜日 밤」, 『평균율 2집』) 음악이 멎는 순간에도 회상은 멈추지 않는 '병'이다. 실내악의 세계에서 단출한 몇 개의 악기가 주제를 변주해가며 쌓아올리는 음률의 진행은 내일이 오기 전에는 끝날 수밖에 없다. 음악이 끝나고도 이어지는 '회상의 근음'은 "낮은 음성의 기도소리"로 변주된다. '평균율의 나직한 음률'을 통해 누구도 아닌 자신만의 기억과 회상의 문법은 마저 쓰일 수 있다.

평균율 동인들은 서로에게 주고받은 헌시를 싣기도 했다.[26] 김영태는 마종기에게 보내는 편지 형식의 시에서 "라벨보다 드빗시의 물의 反射 한 장만/ 튼튼한 小包로 보내주겠느냐"(김영태, 「낚시터에서 : 鍾基에게」, 『평

---

26) 이른바 '헌시'의 모티프와 시작술은 김종삼의 작품 세계에서 큰 비중을 차지하는 방법론 가운데 하나다. 김종삼은 주로 친우들이나 앞서 '모진 고난'을 살다 간 이들의 이름으로 시를 짓곤 했다. 김규대, 방인근, 이중섭을 비롯해서 김종삼의 시행 속에서 명멸해간 수많은 삶과 죽음에는 일종의 'ode(頌詩)'로서의 추회(追懷)가 스며 있는 까닭이다. 김종삼이 가장 많은 헌시를 바친 이는 연대시집 『전쟁과 음악과 회망과』를 함께 펴낸 전봉건의 형 '전봉래'다. 김종삼은 등단 무렵 「全鳳來에게—G 마이나」, 『코메트(6)』(1954.6)를 썼고, 같은 시를 「G · 마이나」(『連帶詩集 · 戰爭과音樂과希望과』, 自由世界社, 1957)로 개작해서 다시 실었다. 이후에는 같은 모티프로 「하나의 죽음—故 全鳳來 앞에」, 『朝鮮日報』(1956.4.14)를 쓰고 역시 연대시집에서는 「전봉래」(『連帶詩集 · 戰爭과音樂과希望과』, 自由世界社, 1957)로 개작해서 재수록했다. 비슷한 무렵 쓴 「地—옛 벗 全鳳來에게」(『現代詩學』, 1969.7)는 "어두워지는 風景은/ 모진 생애를 겪은/ 어머니의 무덤/ 큰 거미의 껍질"과 같이 이어진다. 삶의 세계는 '푸름'으로 드러나고, 참상과 고난의 세계는 '어둠'으로 그려지는 이원적이고 동화적인 인식이 그대로 드러난다. 푸름과 어둠의 색채 대비를 통해 죽음은 영원한 모성과 안식의 세계로의 침잠이라는 의미를 덧입게 된다. 이 외에도 「追加의 그림자—金圭大 兄에게」(『朝鮮日報』, 1958.6.13), 「다리 밑—방 · 고흐의 境地」(『自由文學』, 1959.1) 등은 김종삼이 초기에 호명한 헌 시계열의 대표작 가운데 하나로 꼽힌다. 초기의 헌시들이 '죽음'과 '고통'과 관계된다면, 후기의 헌시들은 시적 교유와 미적 지향을 보여주는 단서로 읽히기도 한다. 「破片—金春洙氏에게」, 『月刊文學』, 1977.6)와 같은 작품이 대표적인 예이다.

균율 1집』)고 썼다. 라벨이나 드빗시와 같은 음악가의 인유는 '김종삼과 이들 시인의 시학이 '앵포르멜'의 모호한 절반의 구체성에 기대는 강력한 '미적 취향'을 매개로 이어져 있다는 단서로 읽히기에 충분하다. 미적 취향이 스타일과 결부될 때 그것은 정신의 구조를 반영한 '구조로서의 스타일'로 읽히기 때문이다.

마종기가 쓴 "드비시의 등에/눈이 또 내린다." "시뻘겋게 단 當直室 난로에서/구스타브·말러의 魂이/벌써 石炭이 되어/뜨겁게 뜨겁게 타는 것을 보고/꽝꽝 얼어붙은 地上에도/불꽃이 퍼지기를 몰래 기다렸다."(마종기,「音樂會」,『평균율 2집』)와 같은 시구를 곧장 덧대어 보면 김종삼에게는 일종의 시론으로 갈음되었던 '드빗시'와 '말러' 등이 이들 동인의 '취향(taste)'과 결부되어 자주 등장한다는 사실은 쉽게 보아 넘기기 힘든 영향사의 증례로 해석될 여지가 다분하다.

취향을 매개로한 시학의 공유 지점은 평균율 동인과 김종삼이 공히 즐겨 다룬 '예술가 계열의 시편'에서는 보다 확증적인 증례를 제공하는 것으로 여겨진다. 김현은 마종기가 즐겨 다룬 드비시, 키리코 등의 예술가들에게서 '고뇌하지 않으며, 이미 완성된 질서 속에 응고되어 있는 인상주의'를 읽어내고는,27) 마종기가 '음악에 크게 집착'하며 "거기에서 삶의 어떤 모습을 보았다는 사실은 그가 대상과 직접 교류하여 그것을 보지 않고 예술이라는 매체를 통해 그것을 보기 시작했다"28)고 지적했다. 이 부분에서 김

---

27) 김현은 평균율 동인 활동을 전개하던 무렵의 마종기의 시에 등장하는 인유들을 통해 '신인상주의'라는 시인의 시적 방법론에 대해 의문을 제기했다. 김현이 인용한 마종기의 시론에서 해당 대목은 "그렇게 해서 시시각각으로 변하는 태양 광선 아래 서서 그림을 그리듯이, 개개의 분화된 첫조각 같은 시어의 편집을 버리고, 우리는 새롭고 참신하고 명랑한 메타포를 찾고 한 개의 뭉뚱그려진 이미지를 받아들여서, 그것을 전개하고 채색해보자는 것이다."와 같다. 김현, 앞의 책, 231쪽.
28) 같은 책, 227−8쪽.

현이 '예술이라는 매체(media)'라고 쓴 부분은 '취향이라는 매개(medium)'로 고쳐 읽을 수 있다. 이 해석에 부재하는 영향소로 김종삼을 게재하면 결론은 달라진다. 단순한 인유의 수단으로서의 매체와 예술이 아니라, 세계를 반영하는 언어를 공유하는 매개라는 의미에서의 취향으로 읽을 수 있기 때문이다. 요컨대, 김현의 진단에는 마종기의 영향사적인 맞쪽으로 '김종삼'이라는 보론을 요구하는 것으로 고쳐 읽을 여지는 충분하다.

김영태 역시 주제부와 변주의 대위적인 메아리로 구성되는 음악적 형식인 '푸가'를 제호로 선택하면서 '아우슈비츠'라는 어사를 직접 시에 가져다 쓰기도 했다. "나는 다시/너의 새로운 肉體를/획득하지 않으면 안된다/아우슈뷔치 收容所의 기나긴/겨울 밤에/逃走한 너를/武橋洞 곰탕집 아랫묵에서 발견하였다"(김영태, 「FUGA」, 『평균율 1집』)가 그것이다. "아우슈뷔치"라는 단어 뿐 아니라 'FUGA'라는 제목, 그리고 아래 이어지는 '배음(背音)'이라는 단어들은 모두 이른바 '김종삼 계열'의 어휘들로 볼 수 있다. 특히, 아래 작품의 경우 문장이 끝나지 않고 단속적으로 중첩되는 양상은 형식적인 특성에서부터 김종삼의 영향을 짐작케 한다.

있는 힘을 다 해서
나를 다시 發見해 보려는
하루가 지나갔다
마침, 새의 모이와
食水는 동이 났으므로
더 近來에 와서 우리는
지나가는 언덕에
무슨 풀이든지 심고 있었으므로

……바람 한 점에도 상당히

휘청거리게 되는 모양이었다
　　　— 김영태, 「背音」(『평균율 2집』, 1972, 현대문학사) 전문

　　『평균율 1집』에 수록된 「첼로」와 같은 작품이 김영태의 대표작으로 꼽히지만, 김영태의 작품 세계는 김수영과 김춘수는 물론 김종삼이라는 동시대 '선배'와 주고받은 문법적인 특징을 고루 노출한 결과로 읽힐 여지도 있다. '~이었다'라는 결말부의 '대과거형'이나 '~면', '~므로'와 같은 연결형을 통해 정황을 병치하는 수법 등은 김종삼의 시세계 전반에 걸쳐서 빈번하게 나타나는 특징 가운데 하나로 손꼽히기 때문이다. 1966년 2월 『현대문학』 지면에 발표된 같은 제목의 김종삼의 시를 덧대어 보면 이 시가 일종의 오마주로 쓰였을 수도 있으리라는 추측까지 가능해진다. "줄여야만 하는 생각들이 다가오는 대낮이 계속되었다./어제의 나를 만나지 않는 날이 계속되었다."라던가 "누가 그린지 모를/風景의 背音이 있으므로, 나는 세상엔 나오지 않은/악기를 켠 아이와/손쥐고 가고 있었다."라는 김종삼의 시구는 그대로 김영태의 작품의 표현법과 모티브 및 주제에 습합된 것으로 읽힐 여지가 있기 때문이다. 이 시기 김영태는 자신의 작품 세계를 주조하는 내면에 대해 "비명을 지르면서 구제할 수 없는/內部를 수리하고 있다"(김영태, 「內部修理」, 『평균율 1집』)라고 '수리공'의 알레고리를 동원하여 쓰기도 했다. 드빗시의 피아노 소품집 제목인 '베르가마스크'는 김종삼이 1950년대 초반에 쓴 초기작 가운데 하나다. 바로 그 '베르가마스크'가 부제로 붙어 있고, "內容이 없는 아름다움"이라는 표현을 '가져다쓴' 작품에 김영태는 '시'라는 연작 제목을 붙이기도 했다.

너는
境界線을 하나 긋기도 하고
다시 지우기도 하였다
나비가 지워질듯 말듯 허공에
사라지고 있었다
한쪽 날개가 바다에 기울면서
물감이 풀어지고 있었다
너무 자세하게 들여다보면
아무 것도 보이지 않는
나비는 베르가모風의
內容이 없는 아름다움을
만나곤 하였다

— 김영태, 「詩 · Ⅵ : suite bergamasque」
(『평균율 2집』, 1972, 현대문학사) 전문

물론 이 시에서 '너'를 김종삼으로 읽을 수는 없다. '詩' 연작을 통틀어서
화자로 설정되고 있는 존재가 바로 '너'이기 때문에 연작의 주제와 결부시
켜서 해석해야 할 터이다. 김종삼이 「북치는 소년」을 발표한 지면은 신구
문화사에서 '현대한국문학 전집 18권'으로 간행된 『52인 시집』(1967)이
다. 「북치는 소년」은 "내용 없는 아름다움처럼"으로 시작된다. 여러 논자
들에 의해 바로 이 시구는 김종삼의 시세계의 특질 가운데 하나로 지적된
바 있다. 김영태는 나비의 몸짓을 '길고 하늘하늘한 총천연색의 보풀이 하
늘거리는 천과 같은'이라는 의미에서 '베르가모 풍(風)'이라는 수식어를
덧대어 썼다. 마지막 2행 김종삼을 인유한 부분은 이 시의 주제다. 시의 주
제의 표현적 인유와 부제에 삽입된 음악적인 인유가 향하는 지점은 말할
것도 없이 김종삼인 셈이다.

　김현은 "김영태의 예술적 모순은 그가 형태 없는 아름다움을 시적으로

표현하였다 하더라도 그것이 그가 길들인 것, 살벌하지 아니한 것의 도전을 받을 때 아무런 의미를 띨 수 없다는 데에 있다."라고 썼다.[29] 김현의 진단은 일면적인 데가 있다. 황동규와 마종기의 이미지론에 김종삼의 앵포르멜론을 덧대서 읽듯, 김영태의 미학적인 직관에 김종삼의 미학적 체취를 덧대어 읽어야 오롯한 해석적 의미를 길어 올릴 수 있을 것이다.

4. 마무리

김종삼의 시세계는 '내용 없는 아름다움'과 순수한 음의 세계의 주제적인 길항으로 요약되어 왔다. 부재 의식, 죽음 인식, 내부 망명자 의식, 전쟁체험, 생 체험과 종교의식 등등의 주제의식은 순수에의 회구, 병치의 미학, 파편과 잔해의 미학, 알레고리의 시학을 통해 구체화된다. 주제와 방법론의 긴장은 해석에 대한 저항을 유발하는 애매성의 한 사례로 읽힐 공산도 있다. 김종삼은 '한국어 문법'의 자장을 벗어나는 것처럼 보이는, 근원을 짐작하기 힘든 조어(造語)를 그만의 시학 안에 안착시키면서도, 그것을 고유한 방법론적인 개성으로 선보인 시인으로 규정지을 수 있을 것이다.

본고에서는 이처럼 우뚝한 개성으로 특징지어지는 김종삼의 시적 계보를 시인과 당대적으로 반향(反響)한 '평균율 동인'과의 영향 관계를 톺아 읽는 데서 찾고자 했다. 김종삼의 시적 스타일은 '앵포르멜'로 요약될 수 있다. 이성이나 직접적인 관찰로는 낚아챌 수 없는 현실의 일면을 바라보는 새로운 방식으로 배면에 도사리는 '모호한 절반의 세계'를 시화하는 형

---

29) 위의 책, 241쪽.

식이 그것이다. 기하학적인 추상의 세계로 그리는 차가운 냉철함이 아니라 따뜻한 모호함으로 그리는 '절반의 더 큰 세계'를 향한 '비구상'의 형식적 균제는 김종삼 식으로 말하자면 '음역(音域)'의 세계와 상통한다.

김종삼의 시학은 한국전쟁이라는 참화에서 비롯된 정념을 '앵포르멜'로 균제하고 그것을 '음역' 즉 음의 세계, 음의 고양으로 표상되는 경지형태의 형이상학으로 끌어올리려는 시도로 정리된다. 황동규, 마종기, 김영태는 1960년대 후반에서 1970년대 초반 이미 신인을 벗어나 각자의 고유한 미학 세계를 개척하고 있는 시인들이었다. 본고에서는 김종삼의 '앵포르멜'이 이들에게서 '음역'으로 받아들여지며, 이것은 '스타일과 취향을 매개로 한 정신의 구조'를 반영하는 양상으로 읽힌다는 사실을 논증하는 데 논의의 분량을 할애했다.

김종삼은 「詩作 노트」를 통해 "예순이 넘어서야 시에 대해 조금 눈뜨기 시작했다 함부로 써선 안된다 누군가 뭐라고 하겠지/ 이런 것도 시냐고 나는 나를 잘 알고 있다 시 문턱에도 가 있지 못함을."[30]이라고 썼다. 이처럼 지극한 겸사(謙辭)를 동원해 가며 김종삼은 스스로 자신을 단호하게 요약 평가하기도 했다. 단 한 번도 '시인의 영역에 있는 시인'이라고 여겨본 적 없는 시인, 그럼에도 "그렇다/非詩일지라도 나의 職場은 詩이다."(「制作」, 1959)라고 자신을 다그쳐가며 시를 썼던 시인, "나는 音域들의 影響을 받았다"[31]라고 썼듯 '音'의 도움으로 '불쾌함'과 '노여움'에서 벗어나 스스로 '도취되고 고무된 정신과 감각'으로 시를 쓰고 '사랑할 수 있었던' 시인이라고 말이다. 본고에서는 이러한 시인 김종삼의 영향이 당대의 시인들에게 습합되는 양상을 '평균율' 동인들의 변모를 통해 확인해볼 수 있었다.

---

30) 시 「어머니」에 붙이는 「시작 노트」, 『문예중앙』, 1983, 가을. 『김종삼 정집』, 703쪽.
31) 「音—宗文兄에게」, 『現代詩學』, 1982.12, 『김종삼 정집』, 693쪽.

김종삼 시「왕십리」에 나타난 주체 의식*

이은실

1.「왕십리」를 어떻게 읽을까

이 논문의 목적은 김종삼의 시「왕십리」에 나타난 주체 의식과 타자와의 관계성을 밝혀, 김종삼 초기시의 의미를 살펴보는 데 있다. 이 텍스트는 그의 시가 견지하고 있는 시공간의 특수성이 구현되어 있음과 동시에, 초기시 세계를 형성하는 근본 기저를 살펴볼 수 있게 해준다. 따라서 본고는 이 시가 독특한 미학적 특질을 내장하고 있다는 사실과, 기존 연구에서 단일 텍스트로 조명된 바가 없다는 점에 주목하여 자세히 읽기를 시도하

* 이은실,「김종삼 시「왕십리」에 나타난 주체 의식」,『동아시아 문화연구』81권, 한양대학교 동아시아문화연구소, 2020.5.

려 한다. 이러한 추적 과정을 통해 김종삼 초기시의 방향성을 밝혀보는 데
궁극적인 목표가 있다. 이를 실현하기 위해 시세계 이해에 대한 참조점으
로 시인의 산문 텍스트를 적극적으로 활용할 것이다. 또한 구조적 측면에
대한 분석을 시도할 때 '스크린', '오버랩', '페이드아웃' 등의 영화적 기법
을 적용하여 시의 이행 과정 및 의미를 해석해 보고자 한다.

지금까지 김종삼의 시에 대해 다양한 측면의 연구가 진행되었는데 특
히, '내용 없는 아름다움'에서 파생된 미학주의 관점의 연구[1]가 그 중심에
위치한다고 할 수 있다. 이에 대해서는 그의 시적 특수성으로 정립되어 있
는 음악적 영향력을 살펴보는 논문[2]이 다수 존재한다. 나아가 미술과의
관련성 연구[3]역시 활발하게 진행된 바 있다. 또한 김종삼의 현실 인식과
세계관에 대한 연구가 진행된 바[4] 있으며, 그가 처한 시대적 상황에 주목

1) 류경미, 「김종삼 시 연구−내용 없는 아름다움의 내용을 중심으로」, 『한국문화기술』
   14(단국대학교 한국문화기술연구소, 2012); 김정현, 「김종삼 시의 형상화 양상 연구
   −누미노제의 시적 실현을 중심으로」, 『국제어문』 60, 국제어문학회, 2014); 박민규,
   「김종삼 시의 숭고와 그 의미」, 『아시아문화연구』 33(가천대학교 아시아문화연구
   소, 2014); 이성일, 「한국 현대시의 미적 근대성: 김수영·김종삼을 중심으로」(국민
   대학교 국어국문학과 대학원 박사학위논문, 2015).
2) 김윤정, 「김종삼의 시 창작의 위상학적 성격 연구」, 『한민족어문학』 65(한민족어문
   학회, 2013); 오형엽, 「전후 모더니즘 시의 음악성과 시의식」, 『한국시학연구』 25
   (한국시학회, 2009); 오형엽, 「풍경과 배음과 존재의 감춤−김종삼론」, 『한국 근대시
   와 시론의 구조적 연구』(태학사, 1999); 조용훈, 「김종삼 시에 나타난 음악적 기법
   연구」, 『국제어문』 59(국제어문학회, 2013); 유채영, 「김종삼 시에 나타난 음악과 주
   체의 상호 생성적 관계 연구」(서울대학교 국어국문학과 대학원 석사학위논문, 2015).
3) 류순태, 「1950−60년대 김종삼 시의 미의식 연구」, 『한국현대문학 연구』 10(한국
   현대문학회, 2001); 최호빈, 「김종삼 시에 나타난 미학적 죽음에 관한 연구−전봉래
   의 죽음과 관련하여」, 『한국문학과예술』 19(숭실대학교 한국문학과예술연구소,
   2016).
4) 이숭원, 「김종삼의 시의식과 생의 아이러니」, 『태릉어문연구』 10(태릉어문학회,
   2002); 김기택, 「김종삼 시의 현실 인식 방법의 특성 연구」, 『한국시학연구』 12(한
   국시학회, 2005); 이승규, 「김종삼시의 현실 대응 양상 연구」, 『한국현대문학연구』
   23(한국현대문학회, 2007); 강계숙, 「김종삼의 후기 시 다시읽기: "죄의식"의 정동

하여 전쟁 경험 세대에서 비롯되는 절망과 고통을 시적 환상으로 그려내고 있다는 평도 다수 존재한다.[5] 이러한 연구는 모두 김종삼 시 텍스트의 내용 및 형식적인 특성을 살펴보는 과정 중에서 도출된 성과라고 볼 수 있다. 김종삼 시의 미적 특성과 관련하여, 모호한 단어나 급격한 맥락 전환으로 인한 해석 불가능성은 다층적인 시적 의미를 형성하기도 한다. 하지만 그의 시적 세계관 및 기법적 특수성에 대한 해석을 제공하지 못한 채, 의미적 다양성만을 강조하는 데 그치고 만다는 비판 역시 존재한다. 상황이 이러할 때, 김종삼의 세계관을 조망하는 데 있어 입체적 시공간에 대한 분석과 시적 주체와 타자의 관계에 대한 조명이 요청된다. 이러한 맥락 아래 그동안 연구사적으로 조명 받지 못했던, 텍스트에 대한 자세히 읽기 작업을 시도해야 한다. 그 요청에 값하는 시가 바로 우리가 살펴볼 텍스트인 「왕십리」이다. 이 시를 부분적으로 조명한 연구사를 살펴보면 다음과 같다.

먼저 상호텍스트 관련 연구를 들 수 있다. 손진은[6]은 김소월과 박목월, 김종삼의 동일한 제목의 시 「왕십리」가 많은 시간의 편차를 두고 쓰였다는 점에 착안하여, 김소월의 「왕십리」가 박목월, 김종삼의 시 「왕십리」에 미치고 있는 영향과 변용 양상을 고찰하고 있다. 그는 이를 통해 선행 텍

과 심리적 구조를 중심으로」,『동아시아 문화연구』 55(한양대학교 동아시아문화연구소, 2013); 최도식, 「김종삼 시의 비극적 세계인식 연구」,『국제어문』 60(국제어문학회, 2014).
5) 백은주, 「김종삼 시에 나타난 환상의 현실적 의미 고찰」,『현대문학의 연구』 35(한국문학연구학회, 2008); 이성민, 「김종삼 시의 환상성 연구」,『한민족어문학』 54(한민족어문학회, 2009); 홍승희, 「김종삼 초기 시의 주체: 타자 관계 양상 연구―『전쟁과 음악과 희망과』를 중심으로―」,『서강인문논총』 52(서강대학교 인문과학연구소, 2018); 홍승진, 「김종삼 시의 내재적 신성 연구: 살아남는 이미지를 중심으로」 (서울대학교 국어국문학과 대학원 박사학위논문, 2019).
6) 손진은, 「시 「往十里」의 상호텍스트성 연구―김소월, 박목월, 김종삼의 시를 중심으로」,『어문학』 76(한국어문학회, 2002), 363–388쪽.

스트가 후대 시인들의 의식지향에 영향을 미치고 있음을 밝힌다. 선행 텍스트인 김소월의 「왕십리」의 시구 "가도가도 왕십리"의 형식과 의식이 후대 시인들의 시에 지대한 영향을 미치고 있었다는 전제하에, 창작의 기제와 정신으로 활용되거나(박목월), 전거를 내재화하여 나타냄으로써 의경(意境)을 수용하는 방식으로 활용되고(김종삼) 있음을 확인한다. 특히 그는 김종삼이 시적 정황을 통해 끝없이 가야 하는 도정으로서의 '왕십리'를 보여주고 있다고 말한다. 그에게도 가상의 시공간에 대한 지향이 김소월의 '왕십리'와 같이 '늘 십리를 더 가야 하는 곳'이라는 삶과 시를 아우르는 화두로 드러난다는 것이다. 김종삼의 「왕십리」에서는 김소월의 「왕십리」에 나오는 "가도가도 왕십리"라는 구절이 직접적으로 제시되지 않고 있지만, 전체 내용의 흐름에서 의미적 인접성이 있음을 밝히고 있다. 따라서 그는 김종삼의 시 「왕십리」의 시적 의미를 비극적인 삶의 조건과 아름다움의 희원, 시공간의 구현이라는 결론[7]을 내리고 있다.

다음으로 공간 관련 연구가 있다. 한명희[8]는 기존의 연구자들에게 주목받지 못했던 김종삼 시의 집·학교·병원 등의 공간 이미지에 주목한다. 그는 김종삼 시에 빈번히 드러나는 공간 이미지를 중심으로 작품 분석을 시도하여 시세계의 특징을 밝히고 있다. 보다 구체적으로 살펴보면, 시 「왕십리」에서 시적 주체가 거주하는 공간은 '삼칸초옥'이다. 이 집에 '시계가 없'다는 것은 시간의 흐름이 정지되었다는 것을 의미하며, '인력거가 다니지 않'는다는 것은 사람의 통행이 없다는 것을 의미하는 것으로 봐야함을 강조한다. '삼칸초옥'에 자리하는 시적 주체의 특징적인 면은 '챠리챠플린', '나운규', '김소월' 등 부재하는 인물들과의 만남인데, 이 과정에

---

7) 손진은, 앞의 논문, 385−386쪽 참고.
8) 한명희, 「김종삼 시의 공간 집 학교 병원에 대하여」, 『한국시학연구』 6(한국시학회, 2002), 257−282쪽.

서 '마라톤'을 하거나 '구경'하는 모습을 지켜본다는 것이다. 이를 바탕으로 시간의 흐름 정지, 인적 없음, 죽은 사람들의 등장으로 '삼칸초옥'이 죽음과 밀접한 관련이 있음을 밝히고 있다. 그는 특히 '초옥'이라는 기표에 의미를 부여하는데, 풀로 만들어졌다는 측면에서 무덤의 분위기를 환기한다는 설명이 이어진다. 시에서 '집'은 사람이 다니지 않는 곳에 위치해 있으며 '풀'(잡초, 초옥)과 관련되어 있어 '집'과 '무덤'의 연관성을 입증해 준다는 것이다. 원형적 측면에서 무덤은 "지하의 주거지"로 이해된다는 점에 착안하여, 김종삼 시에 나타난 '집'이라는 공간이 그의 죽음 지향[9]과 연관되어 있다고 본다.

이어서 실재와 비실재의 측면과 관련하여 김승희[10]는 김종삼 시에 미니멀리즘의 특징인 어조와 서술의 최소화가 드러난다는 점에 주목한다. 그는 어조란 발신자와 수신자 사이의 관계와, 위계질서 내에서의 권력의 차이에 의해 생성된다고 말한다. 그러면서 완결되지 않은 구문으로 끝나는 미완의 문장, 단절된 대화와 혼자만의 독백, 논리성이 결여된 병치 등의 기법적 특성을 언급한다. 특히 어조와 서술의 불완전함은 예술적 인물들이 등장할 때 두드러지는데, 맥락 전환을 통해 지시성을 축소하고 의미의 불확정성을 확대한다고 보고 있다. 그는 이러한 맥락에서 시 「왕십리」를 분석하는데, 가난한 왕십리의 철길 옆 거리의 찰리 채플린, 나운규, 김소월이라는 인물들의 등장 방식에 주목한다. 문화 텍스트와 관련된 인물들의 서사와 상징성을 최소화하고, 다른 맥락으로의 전환으로 비현실성이 강조되고 있음을 밝힌 것이다. 이에 관한 시적 효과에 대해서는 삶/예술, 실재/비실재의 경계가 무너지고 실재와 가상의 결합을 통하여 현실과

---

9) 한명희, 앞의 논문, 280쪽 참고.
10) 김승희, 「김종삼 시의 전위성과 미니멀리즘 시학 연구」, 『비교한국학』 16권(국제비교학회, 2008), 195－223쪽.

예술이 상호의존적이라는 점을 드러낸다고 강조한다. 해당 관점 아래 김종삼 시세계가 현실 자체가 불가해한 뫼비우스적인 것임을 보여주고 있다. 또한 간접화법 형식은 타자의 목소리를 포괄하려는 시적 주체의 태도에 기인한다고 말한다. 이는 이질적인 것을 수용하는 포스트모던한 자아의 특성으로, 실재/비실재의 경계 없음과 환상적인 심미적 세계[11]에 대한 시적 견지라고 분석하였다.

끝으로 현실 의식과 알레고리 기법에 대한 연구가 있다. 대표적으로 김유자[12]는 김종삼 시세계의 추상성, 환상의 시공간적 특성으로 인해 현실 회피나 초월의식으로 해석되는 것에 문제를 제기한다. 그동안 현실과는 무관한 미학주의로 평가된 바 있는 사실을 토대로 '환상의 세계'에 대한 정치한 분석의 필요성을 강조한다. 특히 '부재하는 자를 호명'하여 연극 무대와 같은 '다른 시공간'을 구축한다는 점에서 시인의 현실 인식이 드러난다고 보았다. 여기서의 '다른 시공간'은 과거도 현재도 아닌 무대 위의 시간이며 알레고리적 시간을 지칭한다. 호명된 이름들은 생애와 사상과 작품을 배경으로 시의 무대에서 엠블럼적 재현의 대상이 된다. 이러한 재현 속에서 다양한 의미가 발생되는데 이를 발터 벤야민의 '알레고리론'을 바탕으로 분석한다. 특히 영화라는 근대적 형태의 예술에 대해 주목하여, 사회에 저항 정신을 가진 채플린, 나운규와 같은 영화인들이 등장한다고 보았다. 시인인 김소월과 시적 화자로 분한 김종삼이 이 풍경을 바라보는 국면을 집중적으로 분석하고 있다. 영화라는 새로운 장르의 인물들이 현실 비판적인 작품을 통해 시대정신을 보여줄 때, 시인은 그 풍경을 구경하는 주체로 존재한다는 점을 언급한다. 그러면서 시인 김종삼이 김소월과

11) 김승희, 앞의 논문, 220쪽 참고.
12) 김유자, 「김종삼 시의 알레고리—'죽은 자를 호명하는 시'를 중심으로」, 『서정시학』 (계간 서정시학, 2018), 208−218쪽.

함께 당대 문학의 위치와 역할 그리고 시의 미래 등을 고민했을 거라고 유추한다. 결론적으로 그 모색의 과정에서 현실 반영 측면[13])을 시적으로 형상화하고 있다고 보았다.

따라서 본고는 지금까지의 연구를 비판적으로 수용하여, 김종삼의 시 「왕십리」를 자세히 읽고자 한다. 시에 드러나는 주체 의식과 타자성에 대한 보다 구체적인 분석을 위해, 시인의 산문을 보조 텍스트로 활용할 계획이다.[14]) 잘 알려져 있듯, 김종삼이 남긴 산문의 편수가 많다고 하기는 어렵다. 또한 "자기 시에 대해 직설하지 않았으며 시론을 내세우지도 않았다"라는 점을 부인할 수 없다. 하지만 몇 편의 중요한 산문들은 그의 시에 대한 다층적인 분석을 시도하는 과정에 유효한 참조점이 되어 줄 것이다. 만약 우리가 "그의 시를 난해하다 한다면 독서의 방기일 뿐"이며, "닫힌 읽기의 편협함은 늘 한 가지 의미를 찾아 헤"맬 수밖에 없다. "어쩌다 정설처럼 누릴 의미에 도달했다 해도 그저 죽은 시의 잔해일 뿐"일 것이다. 이러한 상황이 반복될 때, 그의 "시는 이미 다른 의미로 옷을 갈아입고 유유히 사라"질 가능성이 높다. 그의 시는 "언제나 의미의 여백을 구가할 수 있어서 좋다. 그만큼 자유를 준 시인이 한국 시단에 몇 명이나 있는가."[15])라

---

13) 김유자, 앞의 논문, 208–211쪽 참고.
14) 이러한 맥락 아래 다양한 산문을 인용하고자 하는데, 특히 「의미의 백서(白書)」, 「먼 시인의 영역」 두 편의 산문 텍스트는 김종삼 시세계에 대한 실감을 가능하게 하는 역할을 한다. 전자는 시 「주름간 대리석」 외 14편이 『한국전후문제시집』(신구문화사, 1964)에 실릴 때 게재한 산문으로 알려져 있다. 후자는 시 「고향」을 『문학사상』(1973.3)에 발표하면서 함께 수록된 산문이다. 이를테면 두 편 모두 '시작 노트'에 해당하는 글로서 담백한 화법을 지향하고 있지만, 김종삼 특유의 세계관을 이해하는 데 부족함이 없는 내용을 담고 있다. 요컨대 시와 산문은 세로축과 가로축이 만나는 지점에서 보다 강력한 의미를 산출하게 될 것이다. 우리는 이를 통해 시 「왕십리」의 구조적 퍼즐을 재구성하여 혹은 재맥락화하여 궁극적인 이해에 도달하는 것을 목표로 삼는다.(이민호, 「김종삼 문학의 메타언어」, 『작가들』 64(인천작가회의 작가들, 2018), 227면 참고.)

는 물음에 절대적으로 동의할 때, 산문의 보조 텍스트성은 김종삼 시세계에 대한 새로운 해석의 방향타가 되어 줄 것이다.

나아가 시와 산문의 입체적 조명과 더불어, 정신분석학16)을 방법론으로 활용하고자 한다. 이는 텍스트가 단조로운 의미로 환원되지 않고 다층적인 효과를 창출할 수 있는 방법이며, 의식적 세계와 무의식적 세계가 혼재한 시적 주체의 언어를 이해하는 데 적실하다. 또한 시적 주체와 타자와의 관계성을 확인하여 텍스트의 내용과 형식의 긴밀한 조응을 살펴볼 수 있는 방식이기도 하다.

시「왕십리」에 나타난 주체 의식과 타자와의 관련성을 보다 명확하게 분석하기 위한 정신분석학의 주요 개념으로 '응시', '결여', '공백', '환상' 등을 적용해보고자 한다. 이를 바탕으로 이어지는 2장에서는 스크린을 점유하는 아토포스적 시공간 '왕십리'에 대해 구체적으로 살펴보려고 한다. 다음으로 3장에서는 부재하는 인물들의 '오버랩'과 '응시'에 대해 면밀하게 분석할 계획이다. 4장에서는 부재의 현전과 '페이드아웃' 이후의 공백을 살펴보고자 한다. 5장에서는 '환상'의 시적 윤리학의 제목 아래 김종삼 시에 나타난 주체 의식을 규명하려 한다. 이를 통해 그의 시에 구현되어 있는 시공간의 특수성과, 초기시를 형성하는 근본 기저를 살펴볼 수 있을 것이다. 왕십리'는 아토포스적 환상의 공간이며, 인물들과의 '응시'와 그 교차지점이 포착되며, 시적 주체를 다시 현실의 질서 속으로 되돌려 놓은 시인 자신의 윤리적 결말로 이어진다. 현실로 돌아온 시적 주체를 보며 시인은 그 사실에 안도한 것 아니었을까. 그러나 우리는 김종삼의 안도감을 넘어서 들려오는 또 다른 목소리에 귀 기울여야 한다. 그리고 시적 주체의

---

15) 이민호, 앞의 글, 227쪽.

16) 홍승희, 「김춘수 시에 나타난 주체와 타자의 위상학적 변형 양상 연구」, 『서강인문논총』 52(서강대학교 인문과학연구소, 2015).

이러한 행위야말로 도착이 영원히 유예되는 '왕십리'에서 (불)가능성을 타진해볼 수 있는 유일한 도착의 윤리일 것이다. 이는 과거/현재, 가시/비가시, 존재/비존재의 세계를 시라는 텍스트로 구현하고자 했던 김종삼의 '미학주의'를 증명하고 있기 때문이다.

2. 스크린을 점유하는 아토포스적 시공간 '왕십리'

황현산[17]은 김종삼의 대표작 「북치는 소년」에 대해 다음과 같이 말한다. 다소 길지만 중요한 맥락이기에 내용을 인용하자면 다음과 같다. "북치는 소년이 그렇게 북을 친다는 말이겠다. 나는 이 시를 읽을 때마다, 김종삼에게 붙은 미학주의자라는 꼬리표가 싫다. 내 친구에게서 들은 이야기가 있다. 내 친구는 대학 다닐 때 어느 고아원에서 자원봉사를 했는데, 미국의 자선가들이 고아들에게 보내는 크리스마스카드의 몇 줄 사연을 우리말로 번역하는 일이었다. 대개는 판에 박은 내용이지만, 한 카드에는 이런 말이 들어 있더라는 것이다. "선물을 보내고 싶지만 그게 네 손에 들어갈 것 같지 않아 대신 비싼 카드를 사서 보낸다." 그는 울기만 하고 이 말을 번역하지는 '않았다'고 했다. 자칫 하다가는 그 카드마저 아이 손에 들어가지 못할 것 같았기 때문이다. 이중으로 내용 없는 카드를 받았을 그 불행한 아이에게 이 내용 없는 것보다 더 현실인 것이 어디에 있었을까. 미학주의라는 말도 다른 말로 번역되면 그 내용 없음조차 없어질까."[18]라고 질문하고 있다.

---

17) 황현산, 「김종삼과 죽은 아이들」, 『잘 표현된 불행』(문예중앙, 2012), 710—718쪽.
18) 황현산, 앞의 책, 711쪽.

그는 여기서 "김종삼에게 붙은 미학주의자라는 꼬리표"에 대해 문제를 제기하고 있다. 문제 제기를 위해 하나의 이야기를 제시하는데, "이중으로 내용 없는 카드를 받았을 그 불행한 아이에게 이 내용 없는 것보다 더 현실인 것이 어디에 있었을까"라고 묻는다. 그러니까 이러한 맥락 아래서 "내용 없는 것보다 더 현실인 것"은 없다는 진실을 강조하고 있는 것이다. 이는 바로 "내용 없음"이 주체의 실재를 보여준다는 의미일 것이다. 또한 언어의 세계보다 비언어의 세계가 더 시적 진실에 가깝다는 의미로도 확장될 수 있다. 핵심은 발신인이 수신인에게 전달하고자 하는 메시지 혹은 내용 자체가 아니라, 내용이 전달되는 형식의 중요성에 있다. 이 형식에 따라 내용은 소급적으로 의미를 획득하게 되기 때문이다.

이러한 측면은 시 「왕십리」를 분석하는 데에도 적용될 수 있다. 김종삼은 어떠한 내용을 담고자 왕십리라는 공간을 정하고, 부재하는 인물들을 호명했을까. 또한 부재하는 인물들과 시적 주체의 조응 방식은 결과적으로 어떠한 메시지를 전달하고 있는지와 관련해서 말이다. 김종삼 시의 합당한 독법은 무엇을 말하고 있는가라는 내용적 측면보다, 어떻게 말하고 있는가라는 형식적인 측면으로 중심 이동을 해야 한다.[19] 나아가 황현산이 "미학주의라는 말"이 "다른 말로 번역"되는 과정에서 "그 내용 없음조차 없어질" 수 있다고 우려한 것에 대해 귀를 기울여야 한다. 이러한 우려가 현실화되지 않기 위해 그는 김종삼 시세계에서 "미학주의의 '내용'"[20]

---

19) 이 시는 김종삼 시의 특징이 과감 없이 구현된 작품이다. 우리가 문제작에 대해 정의할 때 'problem' 또는 'question'이라는 단어를 호출하게 된다. 당대 논란이(problem)이 되었거나 후대에 지속적으로 질문(question)을 던지는 작품을 우리는 문제작이라고 부른다. 시 「왕십리」는 그의 시편들 중에서 개별 텍스트로서 연구의 대상으로 조명 받지 못했다. 그러나 우리에게 김종삼의 특수한 시공간에 대한 의식, 그리고 타자와의 관계성과 관련해 중요한 질문들을 가능하게 한다는 점에서 문제작이다.
20) 황현산, 앞의 책, 715쪽.

이 주체의 행위에 따른 시적 개진과 밀접한 관련이 있음을 강조한다. 그가 미학주의와 관련하여 진행한 문제 제기는 우선적으로는 그간 김종삼에게 잘못 붙여진 꼬리표를 제거하는 데 의도가 있다. 궁극적으로는 김종삼의 미학주의적 시세계에 대한 정당한 평가 및 (재)정립의 목표를 갖는다.[21]

> 새로 도배한
> 삼칸초옥 한칸 방에 묵고 있었다
> 시계가 없었다
> 인력거가 잘 다니지 않았다.
>
> 하루는
> 도드라진 전차길을 옆으로 챠리 챠플린씨와
> 나운규씨의 마라톤이 다가오고 있었다.
> 김소월씨도 나와서 구경하고 있었다.

---

21) 뿐만 아니라 김종삼 전집의 편자인 권명옥은 "「북치는 소년」에서 '크리스마스 카드'란 '가난한 아희'에게는 '내용 없는 아름다움'이 되므로, 따라서 무용지물의 의미로 해석한 경우"를 언급한다. 그는 "문제는 이보다 훨씬 심한 오해들도 적지 않다는 점"을 지적하면서 원인으로 "오도성 혐의"를 제시한다. "요즘 같이 '연구나 비평이라는 이름의 2차 문서'가 양산되고 있고, 이것이 무책임한 인용 및 재생산으로 이어지고 있는 현상은 하루 빨리 사라져야"함을 강조하는 것이다. 그는 「북치는 소년」의 "이미지들/유의(vehicle)가 어디까지나 본체/본의(tenor)—우리는 이미 그것이 무염성 또는 그것의 표상으로서의 순백의 흰색으로 전제했다—를 드러내기 위해 시인이 선택적으로 창안한 것이라는 데" 동의한다. 그러면서 "북을 치는 소년을 그린 그림(서양화)을 보고, 또는 크리스마스 카드에 그려진 단상들을 보고 재현(복사)해 낸 것으로 단언한 일련의 견해들을 이해할 수 없다. 왜냐하면, 묘사 또는 이미지란 주위를 둘러싸고 있는 현상들에 대해 갖는 놀라운 이중 경험의 표현이며, 그런 의미에서 인간의 서명인 까닭"임을 밝히고 있다. 그가 목소리를 높이는 의도는 "보다 열려 있는 활발한 김종삼 시 논의"의 필요성에 닿아 있다.(권명옥, 「적막의 미학—김종삼의 「북치는 소년」, 「돌각담」, 「라산스카」」, 『김종삼전집』(나남출판사, 2005), 7—34쪽.)

며칠 뒤
누가 찾아 왔다고 했다
나가본즉 앉은방이 좁은
굴뚝길 밖에 없었다.

　　　　　　　　　—시「왕십리」(1969) 전문22)

　우선적으로 이 시는 시적 주체가 소급성 아래 현재의 시점에서 과거의
일들을 서술하는 형식인 "있었다", "없었다", "않았다", "했다" 등의 종결
형 구문을 사용하고 있다. 이는 외견상 객관적 시선을 유지하고 주관적 정
서의 개입을 차단하는 방식의 문체이지만, 구체적인 상황 설명을 소거하
여,23) 현실과 환상의 결합에 따른 효과 창출로 이어진다. 특히 서로 다른
시간대에 존재했던 인물들을 등장시킴으로써 시적 공간을 구성하는 과정
에서 지배적인 역할을 한다. 시 속에서의 "과거는 사라진 현재 자체가 아
니라 그 안에서 이 사라진 현재가 겨냥되는 요소"24)이기 때문이다. 이어

---

22) 김종삼, 홍승진·김재현·홍승희·이민호 엮음, 『김종삼 정집』(북치는소년, 2018),
　　307쪽. 본고에서 인용하는 김종삼의 시와 산문은 모두 이 정집을 정전으로 삼았음
　　을 밝힌다.
23) 황현산은 김종삼의 시 「민간인」을 분석하면서 "시인의 생애에 일어났던 한 사건에
　　토대를 두고 있는 시인 것이 분명하다"라고 말하면서도, "나는 대부분의 독자들처
　　럼 그가 황해도 은율 태생이라는 것과 말년의 기이했다는 그 행적 밖에는 그의 이
　　력에 대해 아는 것이 없다."고 밝힌다. 이어서 "의문은 많다. 시는 자세하게 말하는
　　듯 하지만 실은 그것이 차마 자세하게 말하지 못할 정황을 생략하는 방법일 것으로
　　짐작된다. 아니 거기서 그치지 않을 수도 있다. 정황의 생략 때문에 더욱 상세하게
　　부각되는 시간과 장소로 '민간인'이라는 제목이 설명되는 것은 아닐까."라고 말하
　　고 있다. 여기서 그의 강조점은 "정황의 생략 때문에 더욱 상세하게 부각되는 시간
　　과 장소"에 있다.(황현산, 앞의 책, 713쪽.) 또한 김승희 역시 김종삼의 시세계를 포
　　스트모더니즘의 한 갈래인 '미니멀리즘 시학'으로 규정한 바 있다. '최소한의 표현
　　으로 최대한의 효과를 내고자 하는 생략과 절제의 시학'을 가지고 있으며, 그러한
　　시학을 추동한 기저의 발생적 욕망을 아방가르드적고 말한다.(김승희, 앞의 논문,
　　196－205쪽 참고.)
24) 질 들뢰즈, 김상환 옮김, 『차이와 반복』(민음사, 2004), 190쪽.

서 공간적인 측면을 보면 1연은 집, 2연은 길, 3연은 집과 길로 구성되어 있음을 확인할 수 있다.

위의 내용들을 바탕으로 볼 때 다음과 같은 특징이 두드러진다. 첫째, 시적 주체가 "새로 도배한/ 삼칸초옥 한칸 방에 묵고 있"는 이유와 둘째 "챠플린씨와/ 나운규씨의 마라톤이 다가오고 있"는 장면과 그 장면을 "김소월씨도 나와서 구경하고 있"는 상황, 셋째 "며칠 뒤/누가 찾아 왔다고 했"지만 "나가본즉 앉은방이 좁은/굴뚝길 밖에 없었다"와 관련된 구체적인 정황이 생략되어 있다는 점이다. 이로 인해 우리는 시의 제목인 왕십리의 장소성과 과거와 현재가 혼재하는 시간성 속에서, 부재하는 자의 출현과 시적 주체의 시선 등이 더욱 부각되고 있음을 확인할 수 있다.

이러한 맥락 아래 우리는 김종삼 시의 특성인 '여백'에 대해 살펴보아야 한다. 시행 생략과 공백의 내부에는 '인간 부재 의식'이 들어있는데, 특히 그러한 부재는 '스크린'처럼 비어 있는 잔상이 비치는 부재에 가깝다. 그러한 연유로 김종삼 시는 현실과의 관계를 단절하고 '내용 없는 아름다움'을 추구하는 미학주의이며 순수시의 표본으로 읽힌 것이다. 그러나 김종삼은 보헤미안이며 환상으로 현실을 견디려는 의지로 시를 쓴 것이다.[25] 여기서 '스크린'처럼 비어 있는 잔상이 비치는 부재의 측면을 시 1연에 적용해보기로 하자. "새로 도배한/ 삼칸초옥 한칸 방에 묵고 있었다/ 시계가 없었다/ 인력거가 잘 다니지 않"는 공간이 전면화되고 있다. 이러한 공간은 "스크린처럼 비어 있"으며 "시계가 없는" 집과 "인력거가 잘 다니지 않"는 길을 연상하게 한다. 시공간의 경계가 모호한 시적 상황에서 "잔상이 비치는 부재"가 두드러진다.

---

25) 김유자, 「김종삼 시 연구 : 시적 기록의 방식과 알레고리」(동국대학교 국어국문학과 대학원, 석사논문, 2018), 3쪽.

공간은 한 주체가 그곳에서 어떤 경험을 했을 때 비로소 장소가 된다. 경험에 의해 어떠한 감정이 생기는 장소감(senes of place)은 장소와 개인, 집단, 자연 환경, 인문 환경의 상호작용에 의해 형성된다. 이와 같은 의미가 부여된 장소는 '장소성'을 갖게 된다. '장소성'은 어떠한 장소에 대한 애착이며 그 장소의 정체성으로 구성된다.26) 설화적 배경과 김소월의 시적 자장으로 인해 '왕십리'라는 공간의 정체성은 반복과 도착의 지연, 유예 등을 상징하게 되었다. 그러한 맥락에서 '왕십리'는 최종적인 정착지가 될 수 없으며 항상 연착된 상황 자체를 지시한다. 여기서 우선적으로 살펴보아야 할 특징은 일인칭 화자를 지칭하는 대명사인 '나'가 생략되어 있다는 것이다. 이러한 '나'의 생략은 '한칸 방'이라는 공간에 대한 집중을 이끌어낸다. 또한 "시계가 없"다는 점과 "인력거가 잘 다니지 않았다"라는 진술 역시 '적막감'을 고조시킨다.

이때의 '적막감'은 세계상실과 관련하여 김종삼이 남한 사회에서 겪은 삶의 고통과 소외, 그 안에서 살아가는 동안 굴욕을 느낄 때 시쓰기를 했다는 내용의 산문 「이 공백을」을 떠올리게 한다. 그는 이 산문에서 자신의 시쓰기를 기독교인의 기도와 유비적으로 설명한다. 숭고라는 의미를 직접적으로 서술하고 있지는 않지만 유비적 설명을 통해 시쓰기에 관한 그의 의식을 추측해볼 수 있다. 그에게 시쓰기는 "기독인이면 기도할 마음이 생기듯이 나 역시 되건 안되건 무엇인가 천천히 그적거리고 싶었다. 나의 좁은 창고속에서 끄집어내는 몇 줄의 메모를 나열해 보는 것"에 해당한다. 산문의 결말을 맺으며 그는 "그런데 앞으론 무엇을 더 써야 할 것인가?"27)라는 질문을 스스로에게 던진다. 물론 그에 대한 대답은 서술되지 않는다.

---

26) 에드워드 렐프, 김덕현·김현주 옮김, 『장소와 장소상실』(논형, 2005), 108쪽 참고.
27) 김종삼, 홍승진·김재현·홍승희·이민호 엮음, 앞의 정집, 912쪽.

이러한 내용을 토대로 추측해보면 낯선 이방에 갇혀 사는 삶과 소외 그리고 시쓰기에 대한 구도적 자세, 나아가 "자신에 대한 실존적 자문"이 "김종삼 시인의 문학적 요체"[28]임을 파악할 수 있다.

적막과 소외에 대한 시적 주체의 의식은 김종삼의 전기적 사실을 통해 유추적 해석이 가능하다. 잘 알려져 있듯, "김종삼이 가족들(양친과 형 종문, 아우 종수)과 함께 월남한 것은 1947년 그의 나이 스물일곱 되던 해 봄이다. 이후 타계하기까지 근 40년 동안 그는 낯선 남한(서울) 땅에서 소외와 가난에 시달리며 살았다. 그는 이 기간 내내 자신이 어떤 막간(幕間) 같은 시간대에 끼어 있다는 인식에서 벗어나기 힘들었던 것으로 보인다. 그의 시편들에 예외 없이 드리워져 있는 짙은 적막(감)은 바로 이 끼인 시간대 인식의 정서인 것이다.[29] 이러한 맥락에서 보면 '왕십리'라는 장소는 이러한 경계성이 두드러지는 의미를 갖고 있다고 할 수 있다. 그렇기 때문에 "시계"도 없으며, "인력거도 잘 다니지 않는" 상황을 설정한 것이다.[30]

---

28) 김종삼, 권명옥 편, 앞의 전집, 9쪽.

29) 김종삼, 권명옥 편, 앞의 전집, 223쪽.

30) 이와 관련하여 김종삼의 시 「몇해 전에」의 본문을 살펴보자. "자전거포가 있는 길가에서/자전걸 멈추었다./ 바람 나간 튜브를 봐 달라고 일렀다./ 등성이 낡은 목조 건물들의 골목을 따라 올라 간다./ 새벽같은 초저녁이다./ 아무도 없다./ 맨 위 한 집은 조금만 다쳐도 무너지게 생겼다./ 빗방울이 번지어졌다./ 가져갔던 각목과 나무 조각들 속에 연장을 찾다가 잠을 깨었다."(「몇해 전에」(1964)전문, 김종삼, 홍승진·김재현·홍승희·이민호 엮음, 앞의 정집, 204쪽.) 이 적막감과 위기감과 근본적인 결여감의 근원에는 무엇이 자리하고 있을까. 이 시의 시적 주체는 "꿈속에서 판잣집 하나를 고치려다 그만두었다. 이는 '몇 해 전에' 이 꿈을 꾸었던 것일 수도, '몇 해 전에' 그런 꿈같은 계획을 세웠다가 그만두었다는 말일 수도 있다. 그때 그 집을 고쳤어야 했다고 말하려는 것일 수도 있다. 문제는 만약 그 집을 고쳤더라도 그것이 시적 주체가 원하는 집은 아니었을 가능성이 높기 때문이다. 지속되는 '결여감'만이 시적 주체에게 낯익은, 반복되는 정서이기 때문이다. 이처럼 상처 입은 시적 주체는 민간인의 집을 짓지 않았으며, 죽음의 풍경 안에서 삶을 바라보고 있는 것이다. 상황이 이러할 때 풍경은 항상 꿈속의 풍경이며, 항상 '몇 해 전' 풍경이 된다.

이와 같이 시적 주체의 결여가 갖는 특성은 시간을 상실한 것이 아니라 애초에 선형적 시간 의식을 갖는 데 실패했다는 사실에 기인한다.[31] 그러나 이러한 실패는 문학적 시간 의식의 우위로 이어진다. 또한 인간 부재의 측면 역시 역설적인 의미에서, 부재 확인 상황에 따른 특정 인물을 호명하는 방식으로 강조되고 있음을 확인할 수 있다.

그러므로 시 「왕십리」 1연의 "새로 도배한/ 삼간초옥 한칸"은 완전한 정주의 장소가 아니라 "잠시 묶고 있는" 임시 거처로서의 성격을 지닌다. 또한 "시계가 없"다는 사실은 무엇을 의미할까. 시적 주체는 시계가 없는 이 방에서 다음의 자유를 지향했던 것으로 보인다. "시간은 공간이 되고 마치 열린 공간에서 이곳저곳을 돌아다니듯이 시간을 따라 앞뒤로 자유자재로 과거와 미래를 마음대로 택해 움직일 수 있는 기묘한 자유가 우리에게 주어"[32]지는 이치와 관련해서 말이다. 그러나 상황이 간단치만은 않은데 임시거처인 "삼칸초옥 한칸"은 안정적인 거주 공간이 아니기 때문이다. 집 안과 집 밖, 집과 길, 거리의 구분 역시 명확하지 않다. 시계의 부재는 시적 주체가 현실적 시간과 그 질서 속에 살고 있지 않다는 것의 암시이다. 이를 달리 말하면 현실로부터의 소외와도 연관될 수 있다. 4행의 인력거의 부재 역시 혼자 걸으면서 방랑해야 하는 존재감과 고독을 드러내고 있다.

정리해보면 '왕십리'는 물리적인 공간에 한정되는 것이 아닌 아토포스(Atopos)적 속성을 갖는다.[33] 나아가 정체가 모호한 공간, 규정되지 않은

---

31) 숀 호머, 김서영 옮김, 『라캉 읽기』(은행나무, 2006), 158-160쪽 참고.
32) 슬라보예 지젝, 조형준 옮김, 『헤겔 레스토랑』(새물결, 2013), 66쪽.
33) 잘 알려져 있듯 아토포스란 '어떤 장소에 고정되지 않은 것, 정체를 알 수 없는 것, 특정 지을 수 없는 것'이라는 뜻을 가진 그리스어다. 장소성을 뜻하는 그리스어 토포스(topos)에 부정의 접두사 a가 붙은 단어이다. 롤랑 바르트의 저서 『사랑의 단상』(김희영 옮김, 동문선, 2004)에 등장한 개념이다. 저자는 이 책에서 소크라테스의

공간을 시적 공간으로 바꿔버리는 일이 문학과 아토포스의 관계성이다. 문학의 파열 지점을 보지 못하면 "예술을 정치·사회적 영향 관계를 그대로 작품 속에 반영하는 인식적 거울로 국한시켜 버린다. 그리고 그 결과 인식의 거울을 넘어서는 고유한 문학적 시도들을 작품 속에서 찾아내는 견해들을 아나크로니즘이라고 비판한다." 특히 김종삼의 '왕십리'에서 "시계가 없는" 세계의 시간성과 관련해서 주목할 지점은 "예술의 동시대성을 비—사건으로 만들어 버리는 사유이다. 거기서 예술은 바늘이 멈춘 시계처럼 그 예술이 만들어진 순간에 붙들려 있다. 이와 달리 앞서가는 시계로서의 예술은 시대착오를 일으키는 정치와 실천의 거울이다. 이 앞서가는 거울은 니체의 유명한 표현대로 '반시대적인'것이 된다. 그것은 스스로를 반시대적인 것으로 만듦으로써 가장 격렬한 동시대성을 획득"[34]하기 때문이다. 이와 관련하여 김종삼의 산문 「의미의 백서」[35]는 우리에게 그가 추구한 시적 지향점과 환상에 대한 언급을 들려준다.

어쨌든 노동의 뒤에 오는 휴식을 찾아 나는 인적 없는 오솔길을
더듬어 걸어가며 유럽에서 건너온 고딕식 건물들이 보이는 수풀 속

대화자들이 소크라테스를 아토포스라 불렀다고 언급했다. 그들에게 소크라테스는 한 장소에 머물러 있지 않아 정체를 파악할 수 없는 인물이었기 때문이다. 또한 사랑하는 사람에게 사랑하는 대상은 어떤 것으로도 분류할 수 없는 유일한 것이라는 의미에서 아토포스와 같다고 표현했다.

34) 진은영, 『문학의 아토포스』(그린비, 2014), 270쪽.

35) 이 산문은 1960년대 전후 한국 시단의 문제점으로 '자연모사'의 그릇된 풍조에 두고 새로운 언어를 추구하는 시 정신에 대해 언급한다. 이에 김종삼은 발레리와 릴케를 시쓰기의 신조로 거명한다. 발레리의 경우 '지적 투시화법'과 '정신의 정치학'에 눈길 두었는데 '개아(個我)와 타아(他我)가 제각기 지니는 정신면의 제 현상을 조절하는 정신의 기능'에 대해 김종삼이 이해한 경지를 파악하기 쉽지 않다. 릴케의 경우 '언어의 도끼'라는 언어 수단설을 새로운 시의 언어로 주목한다.(이민호, 앞의 글, 228쪽 참고.)

을 재재거리며 넘나드는 이름 모를 산새들의 지저귀는 시간을 거닐면서 나의 마음의 행복과 이미지의 방직(紡織)을 짜 보는 것을 나의 정신의 정리라고 생각하고 그러한 나의 소위(所爲)를 몹시 사랑하고 있다. (중략)

　만유애(萬有愛)와도 절연된 나의 의미의 백서 위에 노니는 이미지의 어린이들, 환상의 영토에 자라나는 식물들, 그것은 나의 귀중한 시의 소재들이다.36)

　　　　　　　　　　　　　　　　—산문 「의미의 백서(白書)」 부분

위의 산문에서 김종삼은 "이미지의 방직(紡織)을 짜 보는 것을 나의 정신의 정리라고 생각하고 그러한 나의 소위(所爲)를 몹시 사랑하고 있"다고 고백한다. 또한 "만유애(萬有愛)와도 절연된 나의 의미의 백서 위에 노니는 이미지의 어린이들, 환상의 영토에 자라나는 식물들, 그것은 나의 귀중한 시의 소재들이"라는 점도 밝힌다. 여기서 "이미지의 방직"은 이미지를 통한 시의 구조화를 지시하며, "환상의 영토" 구축은 시의 장소성과 관련이 있음을 추측할 수 있다. 이렇게 볼 때 시 「왕십리」에서의 '왕십리'는 "이미지의 방직"을 위한 "환상의 영토" 즉 시의 장소성을 체현하고 있다.

김종삼 시에서 경계에 놓인 시간대의 적막은 악몽, 유적, 황야, 광야, 변방, 낯섦, 떠돎 등 다양한 이미지들로 구체화된다. 끼인 시간대에 대한 기록으로는 구약성서의 황야의 시간대에 해당한다. 헤브루인들에게 황야는 비록 해방을 위한 계시의 장소이지만, 실질적인 의미로는 낯설고 척박한 유사 고향일 뿐이었다. 그러므로 그들에게 일상은 다만 결핍의 고통에 지나지 않았는데 김종삼 시간 의식 역시 이와 동일한 맥락에서 이해될 수 있다.

---

36) 김종삼, 홍승진·김재현·홍승희·이민호 엮음, 앞의 정집, 903-906쪽.

이를 정리해보면 1연에서 제시되고 있는 왕십리의 "삼간초옥 한칸 방"은 "메마르고 생소하고 낯선 땅이었으며, 임시로 주어진 가짜 고향일 뿐"인 것이다. 또한 왕십리의 지명과 관련하여, 도착이 지연되고 유예되는 장소성이 지배하는 세계인 것이다. 김종삼 시인이 경제적 가치나 주거에 집착을 보이지 않았던 사실은 잘 알려져 있다. 그는 평생 가족과 함께 옥인동이나 정릉의 산동네와 같은 도심 변두리로 전전했으며, 월세방 신세를 벗어나 보지 못했기 때문이다. 그리고 "그의 일상이 마치 "풀잎 하나 뜯는 일", "성냥 한 개피 켜는 일"까지 인간과 자연 간의 조화를 파괴하는 것으로 간주한 저 샤바트의 안식/휴식을 연상시킬만큼 무위(無爲)로 일관했던 것 등은 모두 이 끼인 시간대 인식이 표출로 이해할 수 있다."[37]

뿐만 아니라 "김종삼 시에서 장소는 이야기의 의미 또는 테마와 완전히 절연된 것이라기보다도, 오히려 이야기의 의미 부분을 진정으로 의미 있게 만드는 상적 중립성의 가치(value of relative neutrality)를 지닌다. 즉 장소는 의미를 무조건 해체하는 기능보다도, 다양한 의미를 생성하는 가능성의 바탕이 되는 것이다. 1950년 김종삼의 시에서 장소는 특히 그것이 의미하거나 지시하는 내용('무엇')보다도 의미화하는 방식('어떻게')이 훨씬 더 중요한 것으로 해석"[38]될 수 있다.

이러한 맥락에서 1950년 김종삼 시편에서의 장소가 고정적 의미 해석을 넘어설 수 있는 까닭은, 단순히 환상이나 무의식을 추구했기 때문이 아니다. 장소는 언제나 표면상으로 분명하게 드러난 모티프 또는 이야기와 상적으로 결합됨으로써, 고정된 의미를 넘어서는 동시에 새로운 의미 생성의 가능성을 확보한다. 따라서 이 시기 김종삼이 지향하였던 시적 전략

---

37) 김종삼, 권명옥 편, 앞의 전집, 334−335쪽.
38) 홍승진, 「1950년대 김종삼 시에서 장소로서의 이미지와 내재성」, 『한국시학연구』 53(한국시학회, 2018), 256쪽.

은 장소와 모티프, 장소와 이야기의 사이를 표현하는 데 있다. 더 정확히 말하자면 장소와 이야기의 병치 기법은 양자 간의 이행 및 전치와 관련된 다. 이러한 이행과 전치의 과정 자체야말로 김종삼이 1950년 시편에서부 터 추구하기 시작하였던 '이미지' 개념인 것이다.[39] 이를 적용해보면 '왕십리'는 일상과 역사를 두루 포괄하며 이성과 정념, 인식과 존재, 사유와 행동, 재현과 매개, 영화와 시, 동시대성과 비동시대성 등을 부단히 오가 는 '부유하는 기표'(floating signifiant) 자체로도 보인다. "시계가 없는" 시 간이 부재한 곳, "인력거가 잘 다니지 않"는 인간이 부재한 곳이다. 이러한 장소에서 그는 다른 시간대의 인물들을 시적 공간에 출현시킨다.

3. 부재하는 인물들의 '오버랩'과 '응시'

김종삼의 시편들 대부분은 단시(短詩)에 해당한다. 단시에서 두드러지 는 것은 "이미지의 비약과 의미의 단절"이다. 이는 초현실주의의 영향에 따른 결과이기도 하지만 "그는 누구보다도 출중한 이미지스트이다." 특히 그러한 점이 돋보이는 부분은 "서술적 이미지를 배제하고 영화적 수법에 서 도입한 오버랩 같은 장면전환으로 독자들의 시적 상상력을 이끌고 간 다"는 사실이다. 이에 대해 김광림은 "풍경을 그린 듯 하면서 풍경 뒤의 상황을 그린 <배면(背面)의 세계>"라고 말한 바 있다. 그렇기 때문에 "김종 삼은 풍경 뒤의 세계를 메이크업 하는 데 이바지한다." 우리는 이를 "도시 적인 풍경의 조형화"라고 부를 수 있다. 그의 "시적 소재는 삶에 대한 참회 와 원망, 예술가의 고달픈 삶에 대한 애정 어린 음미"[40]에 집중되어 있기

---

39) 홍승진, 위의 논문, 256−257쪽.

도 하다. 특히 이 지점에서 "영화적 수법에서 오버랩 같은 장면전환으로 독자들의 시적 상상력을 이끌고" 가는 전략은 시 「왕십리」의 1연과 2연으로의 이행 과정 및 장면 전환에서 더욱 명확하게 확인된다.

2연에서는 다음의 상황들이 제시되어 있다. "하루는 도드라진 전차길을 옆으로 찰리 채플린씨와/ 나운규씨의 마라톤이 다가오고 있었다/ 김소월씨도 나와서 구경하고 있었다." 여기서 우리가 주목해야하는 사실은 2연이 이중적 구조로 읽힌다는 점이다. 전차 길 옆의 채플린과 나운규의 마라톤을 보여주고, 이를 구경하는 김소월의 모습을 드러냄으로써 의외로운 상황이 제시된다. 말하자면 현실공간과 가상공간이 착종되어 비의적 이미지와 상징을 이루고 있는 것이다. 1연에서의 "시계가 없는"으로 표상되는 시간의 부재는 2연에서 더욱 확장되는데 이는 시공간 착종으로 이어지기 때문이다.

등장인물들의 면면을 살펴보면 채플린, 나운규, 김소월은 시간적으로도 동시대인이 아니며, 마라톤과는 무관한 인물들이라고 할 수 있다. 먼저 채플린의 영화들은 희극이지만 그 속에 서글픔과 비애가 전제되어 있어 일종의 희비극을 떠올리게 한다. 다음으로 나운규는 여러 편의 신파극과 영화 「아리랑」의 주연 배우이다. 물론 여기서의 마라톤과 구경의 장면은 전경화된 요소일 뿐, 시인이 말하려는 의도는 은폐되어 있다. 영화배우인 채플린과 나운규 이 두 명을 마라톤에 참여시킨 이유는 무엇일까. 그리고 그 모습을 김소월 시인은 왜 바라보고 있는 것일까. 이러한 시적 정황에서 가장 핵심적인 것은 영화인들의 마라톤을 바라보고 있는 김소월 시인에 대한 시적 주체의 시선이다. 시인의 상상력이 만들어 낸 공간에 과거에 존

---

40) 최원규, 「김종삼의 시」, 김종삼, 홍승진 · 김재현 · 홍승희 · 이민호 엮음, 앞의 정집, 938쪽.

재하는 인물들을 모아놓고 일련의 장면을 연출한 것이다. 더욱이 그 모습을 진행형으로 처리하여 실감을 더하고 있다.

그럼에도 불구하고 이 설명만으로 2연의 이면적 의미가 다 밝혀졌다고 할 수 없다. 문제는 왜 김소월 시인이 영화인들의 마라톤을 '구경'하고 있는가이다. 그런 점에서 김소월 시인과 시적 주체는 '구경'이라는 행위를 통해 시간의 흐름에 균열을 일으키는 존재이다. 이러한 시선에 포착된 영화인들의 마라톤은 마치 영화의 한 장면과 같이 시라는 스크린 위에 놓여 있다. 김종삼은 "그동안 무엇을 하였느냐는 물음에/다름 아닌 인간을 찾아다니며 물 몇 통 길어다 준 일밖에 없다"(「물桶」)고 말한 바 있다. 채플린과 나운규 그리고 김소월은 그동안 김종삼이 그토록 만나기를 희구했던 "인간"을 대표하는 인물들일 가능성이 높다. 그러나 직접적인 소통은 불가능하며, 채플린과 나운규는 김소월 시인과 시적 주체를 지나쳐갈 뿐이다. 채플린과 나운규는 영화의 장르적 속성과 같이 현시적이며 속도감을 갖고 등장했다가 사라진다. 움직이는 이미지의 역사는 영화가 보다 넓은 의미의 시각문화의 일부로 출현했음을 보여준다.

반면에 김소월 시인은 이 마라톤에 동참하지 않으며, 그 풍경을 '구경'하고 있을 뿐이다. '구경'이란 시의 시각적 요소와 밀접한 관련을 맺는다. 시와 영화는 길항관계를 통해 '왕십리'라는 장소에 함께 위치한다. 그렇다면 김소월 시인에 대한 김종삼의 인식은 어떠했을까. 우리가 이러한 질문을 떠올릴 때 시적 '영향과 불안'에 대한 논의는 이러한 질문의 실마리를 제공해줄 것이다. 다음의 문장에 집중해보자. "영향에 대한 불안이라는 특별한 병을 언캐니의 한 변종으로 제시"할 수 있다. "거세에 대한 무의식적 공포는 자신이 눈에 발생하는 명백히 신체적인 문제로 발현된다. 시인이 시인이 되지 못하는 것에 대한 공포 역시 흔히 자신의 눈의 문제로 드러난다. 그는 자신의 눈이 마치 세상뿐 아니라 자신의 신체 나머지 부분에도 반대하여 자신을 주장하는 것처럼 폭군처럼 날카롭게 고정된 시선으로 아주 뚜렷이 보든가, 그렇지 않으면 그의 시야가 흐려져 낯설게 하는 안개를 통해 모든 것을 보게 된다."⁴¹⁾ 과연 "시인이 시인이 되지 못하는 공포"란 무엇일까. 이러한 공포는 김종삼의 진정한 시인이고자 하는 열망에서 기인하며 문학적 자의식의 산물이라고 할 수 있다.

잘 알려져 있듯, 산문 「먼 시인의 영역」은 김종삼 시론 혹은 시작법을 담은 글이다. 그는 시쓰기의 동기에 대해 적는다. "나는 살아가다가 불쾌해지거나, 노여움을 느낄 때 바로 시를 쓰고 싶어진다." 이 현실적인 시작 동기를 어떻게 읽을까. 이어서 "내가 시작에 임할 때 내게 뮤즈 구실을 해주는 네 요소" 즉 시작 원리에 대해 말한다. "명곡 <목신의 오후>의 작사자인 스테판 말라르메의 준엄한 채찍질 화가 반고흐의 광기어린, 열정, 블란서의 건달 장폴 사르트르의 풍자와 아이러니칼한 요설, 프랑스 악단의 세자르 프랑크의 고전적 체취—이들이 곧 나를 도취시키고, 고무하고 채찍질하고, 시를 사랑하게 하고 시를 쓰게 하는 힘이다"⁴²⁾라는 문장들이 바로 그것이다. 이들의 채찍질과 풍자와 요설과 체취는 김종삼의 쉬운 시쓰기, 시의 정신, 현실 인식과 연결될 수 있다. 그런 측면에서 "김종삼의 산문은 김종삼 문학을 해석하는 메타언어"⁴³⁾로 해석되어야 한다.

나는 시론(詩論)이란 것을 못 쓴다. 써 봤자 객설(客說)이 되기 십상일 테니까. 또 나는 시인이라고 자처해 본 적이 한번도 없다. 굳이 꼬집어 말한다면 시론 나부랑이를 중얼댈 형편이 못 되는 '엉터리

---

41) 해럴드 블룸, 양석원 옮김, 『영향에 대한 불안』(문학과지성사, 2012), 154쪽.
42) 김종삼, 홍승진·김재현·홍승희·이민호 엮음, 앞의 정집, 916쪽.
43) 이민호, 앞의 글, 228-229쪽.

시인'이라고나 할까. 스스로 반성할진대 '시인의 영역(領域)'에 도달하기엔 터무니없는 인간인 때문인지도 모른다. (중략)

　공연히 시인을 자처하는 자들이 영찬조의 노래를 읊조리거나, 자기 과장의 목소리로 수다를 떠는 것을 보면 메슥메슥해서 견디기 어렵다. 시가 영탄이나 허영의 소리여서는, 또 자기합리화의 수단이어서는 안 된다고 믿는다.
　이미 내 나이 쉰셋. 시는 쉽사리 잡히지 않고. '시인의 영역'은 아주 먼 곳에, 결코 도달할 수 없이 먼 곳에 있다는 느낌뿐이다.
—산문, 「먼 시인의 영역」 부분[44]

　이처럼 김종삼은 "시인이라고 자처해 본 적이 한 번도 없"는 엄결성을 가지고 있었다. 뒷받침 설명을 살펴보면 "스스로 반성할진대 '시인의 영역(領域)'에 도달하기엔 터무니없는 인간인 때문인지도 모른다"라는 것이다. 그는 "시는 쉽사리 잡히지 않고. '시인의 영역'은 아주 먼 곳에, 결코 도달할 수 없이 먼 곳에 있다는 느낌뿐"임을 토로하고 있다. 그렇기 때문에 그가 도달하고자하는 시인의 체현으로 김소월 시인을 시적 공간에 초대한 것은 아닐까. 그럼에도 불구하고 그가 호명하는 인물 중에 김소월 시인에 대한 의미는 은폐되어 있으며 소급적인 해석만이 가능하다. 앞서 언급한 바와 같이, 2연은 이중적 구조로 작품 읽기를 요구하고 있다. 전차 길 옆의 채플린과 나운규의 마라톤을 보여주고, 이를 구경하는 김소월의 모습을 제시한다. 자세히 살펴보면 이중 구조에서 나아가 삼중 구조의 형식을 갖고 있다는 사실을 알 수 있다. ①"도드라진 전차 길을 옆으로 챠리 챠플린씨와/ 나운규씨의 마라톤이 다가오고 있"는 장면, ②'김소월씨도 나와서 구경하고 있"는 장면, ①과 ②의 장면을 바라보고 있는 시적 주체의 장면

44) 김종삼, 홍승진·김재현·홍승희·이민호 엮음, 앞의 정집, 916—917쪽.

에 해당하는 것이 바로 ③이다. 이를테면 '구경의 구경'인 것이다. 물론 ③에 대한 별도의 진술은 이뤄져 있지 않으며 시적 주체의 시선만이 의미적 행간에 존재할 뿐이다.

이는 우리에게 '응시' 개념을 떠올리게 한다. 관련하여 "시차의 표준적인 정의는, 관찰하는 위치가 변함에 따라 새로운 시선이 제시되고, 이 때문에 초래되는 대상의 명백한 전치(배경에 거스르는 위치의 전환)"이다. "주체와 대상은 본질적으로 "매개"되어 있으며 이 때문에 주체의 관점의 "인식론적" 전환은 항상 대상 자체의 "존재론적" 전환을 반영한다. 그러므로 ①"도드라진 전차길을 옆으로 챠리 챠플린씨와/ 나운규씨의 마라톤이 다가오고 있"는 장면과 ②'김소월씨도 나와서 구경하고 있"는 장면 그리고 ②의 장면을 바라보고 있는 시적 주체의 시선인 ③은 "주체와 대상이 본질적으로 "매개"되어 있다는 사실을 드러내고 있다.

나아가 "주체의 응시는 이미 인식된 대상 자체"에, "대상 안에 들어있는 대상 자체를 넘어서는 부분"인 "맹점(blind spot)의 모습으로, 각인되어 있는데, 이 지점으로부터 대상 자체가 응시를 되돌려 보"내는 것이다. 그러므로 김소월 시인과 시적 주체는 찰리 채플린과 나운규를 바라보고 있으며, 채플린과 나운규는 김소월과 시적 주체를 바라보고 있는 것이다. 이를 "대상 자체가 응시를 되돌려 보"내는 것으로 해석할 수 있다. 영화라는 근대적 장르와 시라는 고전적 장르는 이러한 응시의 교환으로 길항관계를 맺고 있는 것이다.

관련하여 라캉은 "그림은 내 눈 속에 있다. 하지만 나 또한 그림 속에 있다"라고 진술한 바 있다. 이 진술은 "주체화, 주관적 구성에 대한 현실의 의존"을 나타낸다. 반면에 두 번째 부분은 "얼룩으로(눈 속의 대상화된 파편으로) 가장하여 주체를 그 자신의 이미지 속에 재각인시킴으로써 유물론적 보충을 제시"한다. 유물론은 객관적 현실 속에 내가 포함되어 있다는 것에 대한 직접적 주장이 아니다. 그러한 주장은 발화행위에서 내가 현실 전체를 꿰뚫어 볼 수 있는 외부 관찰자의 위치에 있다는 것을 전제하기 때문이다. 그보다 그것은 반성적 굴절에 근거하는데, 이로 인해 나 자신이 내가 구성한 그림 속에 포함된다. 바로 이러한 반성적 단락, 내가 내 그림의 안과 밖 모두에 서 있도록 만드는 나 자신의 필수적 배가에 의해 나의 "물질적(질료적) 존재"가 입증된다. 유물론은 내가 바라보는 현실이 결코 "전체"가 아니라는 것을 의미한다. 그 대부분이 나를 속이기 때문이 아니라 그것이 내가 그 속에 포함되어 있음을 나타내는 얼룩, 맹점을 내포하기 때문이다."45) 이렇게 볼 때 시는 시인의 눈 속에 위치한다. 하지만 시인 또한 시 속에 자리하는 존재가 된다.46)

---

45) 슬라보예 지젝, 김서영 옮김, 『시차적 관점』(마티, 2009), 40쪽.

46) 이와 관련하여 유사한 구조를 갖고 있는 시 「배음(背音)」을 함께 살펴보자. "몇 그루의 소나무가/ 얕은 언덕엔/배가 다니지 않는 바다,/ 구름 바다가 언제나 내다 보였다// 나비가 걸어오고 있었다/ 줄여야만 하는 생각들이 다가오는 대낮이 되었다./ 어제의 나를 만나지 않는 날이 계속되었다./ 골짜구니의 대학건물은/ 귀가 먼 늙은 석전은/ 언제 보아도 말이 없었다.//어느 위치엔/ 누가 그린지 모를/풍경의 배음이 있으므로,/ 나는 세상에 나오지 않은/ 악기를 가진 아이와/ 손쥐고 가고 있었다.(「배음(背音)」 전문)" 이 시에도 「왕십리」의 경우와 같이, 현실과 환상의 의도적 단락이 두드러진다. 이 불일치는 김종삼 시세계의 특질과도 밀접한 관련이 있다. 「배음(背音)」에 나타나고 있는 "대낮에 보는 이 환영들, 이 "줄여야만 하는 생각들"은 그의 기억의 일관성을 자주 끊어놓는다. 대학의 석조건물이 변함없이 굳건한 것을 보면 그가 꿈을 꾸고 있거나 다른 세계로 진입한 것은 아니다. "실제의 풍경 뒤에 다른 풍경이 있을 뿐인데, 연극의 음향 전문가이기도 했던 이 시인은 그 풍경을 무대의 장면 뒤에 깔린 배경음으로 '듣는다'. 한 아이가 있다. 이 아이는 배음처럼 떠오르는 그 풍경 속에 살며 "세상에 나오지 않을 뿐만 아니라, 동시에 그가 가진 악기로 이 풍경—배음을 만들고 있다. 물론 죽은 아이다. 시인은 아이의 손을 잡고 그 풍경 속으로, 그 배경 음악 속으로 걸어 들어간다. 거기서는 오히려 그의 기억의 일관성이 끊어지는 일은 없을 것이다. 그리고 그 걸어 들어가는 자리가 미학주의의 '내용'이기도 할 것"이라는 추측은 시 「왕십리」에 등장하는 부재하는 인물들을 떠올리게 한다.(황현산, 앞의 글, 715쪽.)

이는 우리에게 김종삼 시에 나타난 환상 혹은 환영의 세계를 떠올리게 한다. 그의 시 「배음(背音)]과 같이 「왕십리」에서도 현실과 환상의 의도적 단락이 두드러진다. 이 불일치는 김종삼 시세계의 특질과도 밀접한 관련이 있다. 「배음(背音)」에 나타나고 있는 "대낮에 보는 이 환영들", 이 "줄여야만 하는 생각들"은 기억의 일관성을 단절시킨다. 대학의 석조건물이 변함없이 굳건한 것을 보면 그가 꿈을 꾸고 있거나 다른 세계로 진입한 것은 아니다. "실제의 풍경 뒤에 다른 풍경이 있을 뿐인데, 연극의 음향 전문가이기도 했던 김종삼은 그 풍경을 무대의 장면 뒤에 깔린 배경음으로 '듣는다'. 한 아이가 있다. 이 아이는 배음처럼 떠오르는 그 풍경 속에 살며 "세상에 나오지 않을 뿐만 아니라, 동시에 그가 가진 악기로 이 풍경—배음을 만들고 있다. 물론 죽은 아이이다. 시인은 아이의 손을 잡고 그 풍경 속으로, 그 배경 음악 속으로 걸어 들어간다. 거기서는 오히려 그의 기억의 일관성이 끊어지는 일은 없을 것이다. 그리고 그 걸어 들어가는 자리가 미학주의의 '내용'이기도 할 것"47)이라는 추측은 시 「왕십리」에 등장하는 부재하는 인물들을 떠올리게 한다.

이와 관련하여 다음과 같은 언급은 김종삼 시의 미학주의에 대한 새로운 관점을 제시한다. "김종삼 시에는 전쟁의 비극성, 종교적 가치관, 문학적 영향으로 해명할 수 없는, 죽음에 관한 특별한 성격의 갈등들이 내재되어 있다. 그중 가장 두드러지게 나타나는 갈등은 예술과 죽음이 맺고 있는 강한 결속력에 대한 것이다. 그의 시에 등장하는 예술가 대부분은 자신이 이룬 높은 예술적 성취와 대조적으로 삶 또는 죽음이 비참했던 자들이다. 김종삼은 예술가의 삶을 살피면서 예술/예술가와 죽음의 관계, 즉 미학적 죽음에 천착했다."48)는 사실이 그것이다. 이 중에서도 김종삼 시세계에서

---

47) 황현산, 앞의 글, 715쪽.

여러 번 호명되고 있는 시인 김소월의 죽음은, 그가 상정한 '미학적 죽음'의 체현이라고 할 수 있다.

그렇다면 이를 토대로 볼 때 김종삼 시의 '환영'이 의미하는 바는 무엇일까. "여기에도 역시 정신분석의 심오한 교훈이 있다. "우리가 그 대상을 거기에 위치시킨 것이 아니라 거기서 "실재의 응답"으로서 발견된다는 것", 그리고 "환영을 수단으로 해서만 빈자리를 점유할 수 있다"는 사실이다. 이런 점에서 김소월 시인은 김종삼의 의식에 기인하는 "실재의 응답"에 따라 출현한 것이 된다. 나아가 "우리는 매혹의 힘이 그와 같은 대상에 속하는 것"과 관련하여 "구조적 필연성에 의한 것이라는 환영의 포로가 되어야 한다"는 것이다. "그것이 주는 매혹의 힘이 그 직접적인 속성에서가 아니라 구조 속에서 그것이 점유하는 장소에서 나온 것인 한"49)에서 말이다. 상황이 이러할 때 김종삼에게 김소월 시인은 "매혹의 힘" 그 자체가 아니라 시라는 장르와 시적 "구조 속에서 그것이 점유하는 장소에서 나온" 존재가 된다.

우리는 김종삼의 다른 시편에서도 김소월의 존재성을 그려볼 수 있다. "김소월 사형(詞兄)/ 생각나는 곳은/ 미개발 왕십리/ 초옥 두어서넛 풍기던 삼칸초옥 하숙에다/ 해질 무렵/ 탁배기 집이외다/ 또는 흥정은 드물었으나/ 손때가 묻어/ 정다웠던 대들보가 있던/ 잡화상집이외다."50)(「장편」)라고 적고 있다. "김종삼은 인간 세계보다도 더 인간적인 신들의 신화 속에서 인간됨을 찾을 수밖에 없는 아이러니를 영화 속에서도 여전히 지켜보고 있다. 그러므로 「의미의 백서」에서 언급한 정신현상학이 개별적 인간 속에서 발견하는 현실 자체를 대상으로 하고 있음을 추측할 수 있게 된다.

---

48) 최호빈, 앞의 논문, 221쪽.
49) 슬라보예 지젝, 김소연 옮김, 『삐딱하게 보기』(시각과 언어, 1995), 3쪽.
50) 김종삼, 홍승진·김재현·홍승희·이민호 엮음, 앞의 정집, 434쪽.

그래서 영화 자체가 표출하는 환상에서 의미를 찾을 것이 아니라, 환상을 일구는 생활 속에서 기인해야 함을 강조하고 있는 것이다. 그에게 김소월 시인은 "사형"이며 "미개발 왕십리" 전체를 표상한다. 또한 "삼칸 초옥 하숙에다/ 해질 무렵 탁배기 집"이며 "손때가 묻어/ 정다웠던 대들보가 있던 /잡화상집"과 같이 생활이자 생활을 뛰어넘는 문학의 다른 이름인 것이다.

이를 토대로 볼 때 산문 「먼 시인의 영역」에서 제기했던 시작법의 핵심이 폭압적 현실에 순응하지 않고 부단히 자유를 추구하는 인간 정신의 발현임을 보여준다. 그것은 죽음을 마다하지 않는 숭고한 것이다."51) 이를 토대로 살펴볼 때 김종삼에게 '왕십리'는 "김소월 사형/ 생각나는 곳"으로 자리한다. 물론 "초옥 두어서넛 풍기던 삼칸초옥"과 함께 말이다. 여기서는 시 「왕십리」에서 보다 더욱 구체적인 장소성이 제시되고 있는데, 바로 "하숙에다 해질 무렵 탁배기 집"인 것이다. "손때가 묻어 정다웠던 대들보가 있던 잡화점집"은 문학의 영토 안에서만 존재하는 집이다. 그 집에서 김종삼과 김소월의 조우는 가능해진다. 이와는 상대적으로 「왕십리」에서의 김소월 시인과 김종삼은 구경의 구경을 통해 거리를 사이에 두고 자리한다. 채플린과 나운규가 영화적 동지라면, 김종삼과 김소월 시인 역시 문학적 동지의 성격을 내포하고 있는 것이다.

4. 부재의 현전과 '페이드아웃' 이후의 '공백'

3연을 보면 다음과 같다. "며칠 뒤/ 누가 찾아 왔다고 했다/ 나가본즉 앉은방이 좁은/ 굴뚝길 밖에 없었다." "다시 현실에 돌아온" 시적 주체 모습이

---

51) 이민호, 앞의 글, 230-231쪽.

제시되는데, "그가 머무르고 있는 집이 길과 구분되어 있지 않음"이 강조되어 있다. "누가"라고 지칭되는 대상이 시적 주체를 찾아오지만 "그는 이내 부재 속으로 사라진다." 이는 "존재만 남기고 주변 대상을 지움으로써 존재의 무상성을 각인시키는 방법이다." 이 방법에서 우리는 영화적 기법에서의 화면이 처음에 밝았다가 점차 어두워지는 '페이드아웃(fade-out)'을 떠올려 보아도 좋을 것이다. "앉은방이 좁은 굴뚝길"로 표상되는 험한 길 위에 서 있는 시적 주체는 "다시 세계를 끝없이 걸어가야 할 운명에 놓여 있다. 시대와 자아로부터 이중적으로 소외된 비극적 조건을 끝까지 감수해야 하는"52) 상황을 나타내고 있는 것이다.

과연 여기서 시적 주체를 찾아온, "누가"라고 지칭되는 인물의 정체는 무엇일까. 이에 대한 참조점으로 정신분석 논의를 살펴보자. "대상 a, 욕망의 원인 대상에서 가장 명확히 나타"남을 확인할 수 있다. 다른 주체에게 "그저 일상적인 대상이" 주체에게는 "리비도 부착의 초점이 되는데, 이 전환은 대상 속에 있지만 결코 그 특정 성질 중 하나로 정의될 수 없는 일종의 미지의 X, 무엇인지 모르는 것에 의해 초래된다." 그렇기 때문에 "대상 a는, "당신 안에 당신 이상의 것"이 있다는 점에서, 미지의 X, 현상 너머에 있는 대상 안의 본체적 중심을 대표"한다. 그래서 "대상 a는 순수한 시차적 대상으로 정의될 수 있다." 이는 "주체의 전환에 따라 그 윤곽들이 변하는 것은 아니"므로 "오직 풍경이 특정 관점에서 조명될 때 그것이 존재하며 그 현존이 식별될 수 있는 것이다. 더욱 구체적으로, 대상 a는 바로 영원히 상징적 통제를 회피하는 시차적 간극, 저 미지의 X의 원인이며, 그러므로 상징적 관점들의 다양성을 초래"53)하는 것으로 이어진다.

---

52) 손진은, 앞의 논문, 382−384쪽.
53) 슬라보예 지젝, 김서영 옮김, 앞의 책(2009), 40−41쪽.

우리는 여기서 사라진 존재를 "미지의 X라고 추측하는 것으로 그 존재의 의미가 갖는 지평을 확장하고자 한다. "김종삼의 시에서 우리가 주목하고 있는 것은 이처럼 잘 보이지 않고 밝혀지지 않는 불확정 상태의 지평"이기 때문이다. "그것은 주체의 경계 바깥에 놓인 사물로서 위에서 살펴본 것처럼 주체의 시선에 잘 포착되지 않고 사라져가는 사물들의 영상으로 나타날 뿐만 아니라, 바라보고 있지만 그것이 무엇인지 명확하게 알 수 없는 사물로 나타나기도 한다."[54] 시에서 시적 주체를 찾아왔다 사라진 존재 즉 "사라져가는 사물들의 영상" 혹은 "무엇인지 명확하게 알 수 없는 사물로 나타"난 대상은 소거되어 있다. 유예의 공간인 '왕십리'는 만남보다는 헤어짐의 장소이기 때문이다.

"김소월의 시 「왕십리」가 이별과 관련된 장소이듯 김종삼의 화자에게도 '찰리 채플린'과 '나운규'와 '김소월'을 만나고 이별하는 장소"이다. "김소월이 시 「왕십리」에서 "하늘과 땅을 가득 채우고 모든 마음들 속에 안온하게 파고들어가는 비애를 말함으로써 현대시의 한 감수성에 대한 그의 이해를 표현"[55]했다. 김소월의 경우와 같이 김종삼의 시에서도 '왕십리'는 부재하는 이를 호명하여 출현시켰다가 또 다시 상실하고 마는 텅 빈 장소이다. 김종삼은 현실과 다른 시공간인 환상의 세계를 만들었지만 그곳에서도 인간의 '부재'라는 슬픔과 관련된다. 멜랑콜리가 상실에 대한 감성이라면, 이러한 감성의 배후에서 알레고리는 탄생한다. 잘 알려져 있듯, 벤야민은 바로크 비애극을 분석하면서, 멜랑콜리와 알레고리가 내적으로 결합되어 있다고 말한 바 있다. 상실을 경험한 김종삼은 '부재' 의식으로 인해 멜랑콜리한 내면[56]을 갖게 되었다고 추측된다.

---

54) 서진영, 「'경계성'의 표지와 시의 인식론적 지평: 1950년대 김춘수와 김종삼의 시를 중심으로」, 『한국문화』 85(서울대 규장각한국학연구원, 2019), 13−14쪽.
55) 황현산, 앞의 책, 668−669쪽.

그렇다면 시적 주체의 시선은 어디에 가닿아 있을까. 시적 주체의 시선이 "저 먼 지평을 향해 있으며 그 발걸음은 지상의 어느 한 공간에 머무르지 않고 끊임없이 앞을 향해 나아가고 있을 때, 그들의 시는 궁극적으로 미래의 시간이자 저 세계 너머에 있는 것들을 향하"고 있다고 할 수 있다. "한편 이처럼 먼 지평을 향해가는 주체의 시선 속에서 지상의 사물들은 온전히 그 모습을 드러내지 않고 오히려 주체의 시선 바깥으로 사라져 버림으로써 주체가 명확히 인식할 수 없고 말할 수도 없는 것의 형상을 띠"게 되는 것이다. 이와 같이 시적 '페이드아웃'은 결말의 의미를 확장시킨다. 나아가 "대상에 대한 명료한 인식과 재현적 표상이 불가능해진 이 지점에서, 의미 너머에 있는 보이지 않는 것을 욕망하는 시인의 언어는 무엇을 표상할 수 있을 것인가." 이것은 "언어에 의한 개념적 경계와 범주적 질서를 무화시키는 동시에 언어를 질료로 하기에 의미와 세계에 발을 걸쳐놓을 수밖에 없는 시의 운명"[57])에 관한 질문을 떠올리게 한다.

우리는 이 지점에서 다음 시편을 떠올리게 된다. "그해엔 눈이 많이 내렸다. 나이 어린/ 소년은 초가집에서 살고 있었다/ 스와니강이랑 요단강이랑 어디메 있다는/ 이야길 들은 적이 있었다./ 눈이 많이 내려 쌓이었다./ 바람이 일면 심심하여지면 먼 고장만을/ 생각하게 되었던 눈더미 눈더미 앞으로/ 한 사람이 그림처럼 앞질러갔다."[58])(「스와니강이랑 요단강이랑」) 여기서 "한 사람"은 왜 "그림처럼 앞질러갔"을까. 왜 "앞질러" 가서 사라진 것일까. 시 「왕십리」에서 시적 주체를 찾아온 "누가" 사라져버린 상황처럼 말이다. 시는 "'가시적인 세계와 비가시적인 세계의 경계이자 동시에 그것을 아울러 조망할 수 있는 결절의 지점'과도 같은 것이라고 할 수 있

56) 김유자, 석사논문, 40쪽 참고.
57) 서진영, 앞의 논문, 16–17쪽.
58) 김종삼, 홍승진 · 김재현 · 홍승희 · 이민호 엮음, 앞의 정집, 247쪽.

다. 즉 의미의 체계로서의 자기 본질을 넘어서서 개념적으로 의미화할 수 없는 것을 지향하는 시의 언어와, 지상적 현실 위에 놓여 있으나 저 먼 지평 너머에 시선을 두고 끝없이 나아가는 시인"[59]의 시선은 모든 '페이드 아웃'되는 것들의 '공백'에 가닿는다.

그러나 여기서의 핵심은 김종삼 시에서의 '공백'은 허무로 연결되지는 않는다는 사실이다. 다음의 문장들은 우리에게 김종삼의 '공백'이 갖는 의미를 추측할 수 있게 한다. 이 "공백은 의지의 욕망이라는 긍정적인 힘"이기 때문이다. "모든 시작은 부재에 있다. 모든 것을 꽉 잡고 있는 가장 심오한 힘은 비존재이며, 존재에 대한 비존재의 굶주림이다." 나아가 "논리와 논리의 선험적 영역으로부터 우리는 현실적 삶의 영역으로 넘어가는데, 후자의 출발점은 갈망, 적극적인 현실적 존재에 의해 채워져야 할 공백의 '굶주림'이다. 따라서 존재/없음으로부터 '무엇인가' 적극적인 것을 낳는 현실적인 생성으로 정말로 넘어가려면 우리의 출발점인 '무'는 '살아 있는 무', 어떠한 내용을 생성하려는 또는 움켜쥐려는 의지를 표현하는 공백이어야 한다"[60]는 것이다. 이처럼 김종삼이 견지했던 '공백'은 시적 의미와 시적 주체의 의지를 담보하고 있는 의미의 장으로서 자리한다.

5. '환상'의 시적 윤리학

이와 같이 본고는 시 「왕십리」가 독특한 미학적 특질을 내장하고 있다는 사실과, 기존 연구에서 단일 텍스트로 조명된 바가 없다는 점에 주목하

---

59) 서진영, 앞의 논문, 18−19쪽.
60) 슬라보예 지젝, 조형준 옮김, 앞의 책(2013), 44쪽.

여 자세히 읽기를 시도했다. 나아가 이러한 추적 과정을 통해 김종삼 초기 시의 방향성을 밝히는 데 궁극적인 목표가 있다. 이를 실현하기 위해 시세계에 대한 참조점으로 시인의 산문 텍스트를 적극적으로 활용하였다. 또한 구조적 측면에 대한 분석을 시도할 때 '스크린', '오버랩', '페이드아웃' 등의 영화적 기법을 적용하여 시의 이행 과정 및 의미를 해석해 보았다. 시「왕십리」에는 시적 '환상'뿐만 아니라, '환상' 이후 자신의 비약과 고통의 틀을 상실하는 것에 대한 시적 주체의 두려움까지가 담겨 있기 때문이다. 이처럼 시와 '환상', '공백' 그리고 문학적 진실에 관해 논의될 수 있는 모든 상상이 시「왕십리」라는 시공간의 스크린에서 상연되고 있다. 이처럼 시「왕십리」는 김종삼 시세계에서 새로운 윤리적 지평을 여는 시적 주체의 등장을 알리고 있다.

이러한 맥락 아래 마지막으로 우리가 이 시에서 놓치지 말아야 할 것은 시적 주체의 의식에 남겨진 시인 김종삼의 흔적이다. 시인의 고투는 3연에서 빛을 발한다. 인력거도 다니지 않는 왕십리라는 공간에 시계도 없는 삼간초옥 한칸을 만들어놓고, 채플린과 나운규와 김소월을 출현시켜 놓은 후 시인은 두려움에 휩싸였는지도 모른다. 현실 원리에서는 불가능한 인물들을 출현시켜 놓고 결말을 어떻게 내릴 것인가에 대한 당혹감은 결과적으로 시의 미완결성 및 불가해함이라는 결과를 낳았다. 그러나 이는 시인이 스스로 납득할 수 있는 방식으로 서사를 진행시킨 것일 뿐이며, 시적 주체는 시인의 서술 뒤에서 '환상 이후의 주체'적 면모를 보여주고 있다. 시인은 극단적 지점까지 환상성을 이끌어냈지만, 결국 당황하고 만다. 하지만 우리는 시인의 당혹스러움에서 '행위' 이후를 감당해야 하는 시인을 발견할 수 있다. '아무것도 없음' 즉 '공백' 제시를 통해 마무리하고 있는 것이다. 그리고 이 결말이 시「왕십리」를 보다 핍진한 윤리적 극장으로 만들어주고 있다.

시 「왕십리」에는 시적 '환상'뿐만 아니라, '환상' 이후 자신의 비약과 고통의 틀을 상실하는 것에 대한 시적 주체의 두려움까지가 담겨 있기 때문이다. 이처럼 시와 환상 그리고 문학적 진실에 관해 논의될 수 있는 일련의 상상이 시 「왕십리」라는 공간의 스크린에서 상연되고 있다. 이렇게 본다면 시의 마지막에서 "며칠 뒤 누가 찾아왔다고 했다. 나가본즉 앉은방이 좁은 굴뚝길 밖에 없"는 부재와 공백의 의미는 명확하다. '왕십리'는 아토포스적 환상의 공간이며, 인물들과의 '응시'와 그 교차지점이 포착되며, 시적 주체를 다시 현실의 질서 속으로 되돌려 놓은 시인 자신의 윤리적 결말로 이어진다. 현실로 돌아온 시적 주체를 보며 시인은 그 사실에 안도한 것 아니었을까. 그러나 우리는 김종삼의 안도감을 넘어서 '공백' 저편에서 들려오는 또 다른 목소리에 귀 기울여야 한다. 그리고 시적 주체의 이러한 행위야말로 도착이 영원히 유예되는 '왕십리'에서 (불)가능성을 타진해볼 수 있는 유일한 도착의 윤리가 아닐까. 이는 궁극적으로 과거/현재, 가시/비가시, 존재/비존재의 세계를 시라는 텍스트로 구현하고자 했던 김종삼의 '미학주의'를 증명한다.

김종삼 초기시에 나타난 주체 인식 연구*
─반복된 실패 양상을 중심으로

장예영

1. 서론

김종삼의 생애 연보에 따르면 그는 1921년 황해도 은율 출생으로 1938년 도일해 일본 유학 생활을 하다가 1942년 동경문화학원 문학과에 입학하였으며 1944년 6월 동경문화학원을 중퇴한다. 1945년 8월 해방이 된 이후 그의 형 김종문 집에 살았다고 한다. 이때 그의 나이 24세였다. 이후 1953년 32세의 나이에 『문예』로 등단하려고 하였으나 시가 난해하다는 이유로 거부당하지만, 1954년 6월 「돌」을 발표하며 등단한다. 특이한 사

---

* 장예영, 「김종삼 초기시에 나타난 주체 인식 연구」, 『동아시아 문화연구』 78권, 한양대학교 동아시아문화연구소, 2019.8.

항은 원적은 황해도이지만 정확한 지번을 확인할 수 없고, 본적이 서울시 성북구 성북동 164−1로 되어 있다는 점이다.[1]

김종삼과 관련한 기존의 연구 갈래를 먼저 살펴보자면 그의 동경 생활 및 동경문화학원의 경험과 시 창작을 통해 파악할 수 있듯 음악과 주체의 관련성[2]과 구원의 시 쓰기 의식[3] 쪽으로 살피는 연구가 있다. 또한 모더니즘 시인이라는 평가를 기반으로 하여 시적 모더니티[4]와 미적인 근대성[5]을 중심으로, 아울러 죄의식[6]과 죽음의식[7]을 바탕으로 연구가 진행되어 왔다.

김종삼의 텍스트가 상실된 세계에 대한 대응 양상을 드러낸다고 파악하고, 나아가 상실된 어떠한 대상이 복원될 것이라는 믿음과 동시에 불신을 드러내며 이러한 세계에 대한 대응 태도를 보이고 있다고 말하고 있다는 연구[8]와 김종삼이 현실을 죄악과 죽음으로 인식하고 저 너머의 초월을 지향하는 이른바 기독교적 세계관을 드러냈다는 주장이 맥락의 모호성을

---

1) 김종삼, 홍승진 · 김재현 · 홍승희 · 이민호 엮음, 『김종삼 정집』(북치는소년, 2018), 1012−1013쪽. 본고에서 인용하는 김종삼의 시와 산문은 모두 이 정집을 텍스트로 삼았음을 밝힌다.
2) 유채영, 「김종삼 시에 나타난 음악과 주체의 상호 생성적 관계 연구」(서울대학교 국어국문학과 대학원 석사학위논문, 2015).
3) 송현지, 「김종삼 시의 올페 표상과 구원의 시쓰기 연구」, 『우리어문연구』 61권(우리어문학회, 2018).
4) 김도형, 「김종삼 시의 미적 모더니티 연구」(한국교원대학교 국어교육학과 대학원 석사학위논문, 2015).
5) 이성일, 「한국 현대시의 미적 근대성: 김수영 · 김종삼을 중심으로」(국민대학교 국어국문학과 대학원 박사학위논문, 2015).
6) 강계숙, 「김종삼의 후기 시 다시읽기: "죄의식"의 정동과 심리적 구조를 중심으로」, 『동아시아 문화연구』 55권(한양대학교 동아시아문화연구소, 2013).
7) 송경호, 「김종삼 시 연구: 죄의식과 죽음의식을 중심으로」(서울시립대학교 국어국문학과 대학원 박사학위논문, 2007).
8) 주완식, 「김종삼 시의 죽음의 수사학 연구: 기도와 애도의 수사학을 중심으로」(서강대학교 국어국문학과 대학원 석사학위논문, 2010).

가지고 있음을 지적하며 문화적 토양인 동학에 잠재되어 있다는 전제하에 살펴보고 있는 연구[9] 등이 있다.

초기시와 주체에 관한 연구로는 시적 주체가 타자와 맺는 관계의 양상을 정신 분석학적으로 분석하여 초기시의 의미를 밝힌 연구[10]와 시의 시제와 주체 관계를 통해 말라르메와 릴케의 순수시론과 언어 개념과의 연관성 및 김종삼의 시 세계의 기원을 찾고 있는 연구[11]가 있다. 이들 연구 각각은 김종삼 초기시의 형식적 특성과 전체적인 텍스트 사이의 이질성을, 「園丁」(1953)・「背音」(1968)・「風景」(1982) 이 3편을 가지고 김종삼 시의 주체의 미적 윤리와 성찰을 다루고 있다.

본 논문의 목적은 이러한 기존 연구들에서 한걸음 더 나아가 김종삼 시 안에 드러난 주체 인식 양상을 밝히는 데 있다. 김종삼의 시 안에서 드러나는 주체 인식이 초기에 어떻게 발현되었는지를 살피고 이를 통해 중기, 후기시와 연속성을 가질 수 있는지에 대한 가능성을 타진해보고자 한다.

김종삼의 시 세계를 1964년 작품 「나의 本籍」 이전까지를 초기, 이 작품 이후 1960년대까지를 중기, 1973년 작품 「올페」를 기준으로 이후 후기로 나누어 봤을 때,[12] 시기 구분의 중심 역할을 하고 있는 이 시편은 본

---

9) 홍승진, 「김종삼 시의 내재적 신성 연구: 살아남는 이미지를 중심으로(서울대학교 국어국문학과 대학원 박사학위논문, 2019).
10) 홍승희, 「김종삼 초기 시의 주체: 타자 관계 양상 연구 —『전쟁과 음악과 희망과』를 중심으로—」, 『서강인문논총』 52권(서강대학교 인문과학연구소, 2018).
11) 송승환, 「김종삼 시의 시제와 주체의 상관성 연구 —「園丁」・「背音」・「風景」을 중심으로—」, 『한국문예창작』 12권(한국문예창작학회, 2013).
12) 김종삼의 시 세계 구분이 기존의 연구에서는 모호한 부분이 있다. 홍승희는 『전쟁과 음악과 희망과』의 시 열 편을 초기로 설정하여 주체와 타자의 관계 양상을 통해 의미를 살피고 있다(홍승희, 앞의 글). 강은진은 1950년대 후반까지를 초기시로 설정하여 초기시에 나타난 시행 구조 미학의 의의를 밝히고 있다(강은진, 「김종삼 시의 행 구조 연구 —1950년대 초기시를 중심으로—」, 『국제어문』 69권(국제어문학회, 2016)). 이 둘 연구자는 명확한 기준을 제시하지 않고 1950년대를 초기시로 설

격적으로 제목에서 '나'를 언급한 만큼 주체 인식을 고민하기 시작한 중요한 시발점이라고 할 수 있다. 이후 작품들에서 유독 '나'라는 시어가 많이 사용되고 있는데, 끊임없이 '나'에 대해 정의 내리고 자 하는 것이 김종삼 중기 이후 시의 특징이다. 후기에 해당하는 1982년 작품 「누군가 나에게 물었다」에서 표현된 "누군가 나에게 물었다. 시가 뭐냐고 나는 시인이 못 됨으로 잘 모른다고 대답하였다."라는 구절을 통해 알 수 있듯, 중기 이후부터 고민하던 시 안에서의 주체 인식은 후기에 이르러 모른다는 대답으로 귀결되며 부재하는 주체의 정의 내림에 실패한다. 스스로를 "시인이 못 됨으로" 정의함으로써, 주체를 정의 내리는 하나의 불가능성에 대해 이야기한다. 이러한 고백을 통해 김종삼의 시에서는 텅 빈 주체의 자리가 드러난다. 이 지점에서 본고의 문제의식이 있다. 「나의 本籍」부터 「누군가 나

정했다는 점에서 시기 구분에 있어 아쉬움을 남기고 있다. 심재휘는 김종삼의 시 세계를 초기를 1953년부터 1969년 『12음계』까지, 중기를 두 번째 시집 『시인학교』에 실린 작품 1977년까지, 후기를 세 번째 시집 『누군가 나에게 물었다』를 중심으로 유고작을 포함해서 세 시기로 구분하고 있다. 심재휘는 일관된 시작 풍토와 이전 시기와의 변모 지점 파악을 통해 시기를 구분한다는 점에서 비교적 명확한 기준을 제시하고 있다(심재휘, 「김종삼 시의 공간과 장소」, 『아시아문화연구』 30권 (가천대학교 아시아문화연구소, 2013)). 홍승진은 김종삼의 시 세계를 1950년대, 1960년대, 1970년대 이후 세 시기로 구분해야 한다고 주장한다. 그는 1960년 4월 혁명, 1970년대 이후 작가적 생애와 역사 배경에 근거하여 시 세계를 구분하고 있다(홍승진, 앞의 글). 본고는 시 세계 구분에 있어서 중기에 해당하는 작품 「나의 本籍」을 기준으로 김종삼의 시 세계를 초기와 중기로 나누고 있다. 「나의 本籍」 이후 북한말 사용과 방언이 눈에 띄게 줄어들었다는 점, 본적을 향한 본격적인 물음이 그의 중기시를 통해 직접적으로 드러난다는 점이 본고가 김종삼의 시 세계를 구분 짓고 있는 입장을 뒷받침해준다고 볼 수 있다. 또한 본고는 중기와 후기를 1973년 작품 「올폐」를 기준으로 나누고 있다. 이때 본고가 주목하고 있는 것은 "나는 죽어서도 나의 직업은 시가 못된다"라는 실패의 자기 고백이다. 이 고백은 앞서 살펴본 1982년 후기에 해당하는 작품 「누군가 나에게 물었다」에서 드러난 고백과 같은 맥락으로 읽을 수 있다. 이처럼 본고는 초기부터 후기까지 주체 인식을 기준으로 김종삼의 시 세계를 구분하고 있으며, 이때 내용은 반복되는 실패와 이를 통한 주체의 구성이라고 할 수 있다.

에게 물었다」에 이르는 과정 속에 있는 수많은 시편들 속 일종의 '나'라는 정의의 실패 사이에서, 그의 시를 통해 이 결여의 자리를 김종삼이 '원래 있는데 볼 수 없던 것인지', '없기 때문에 볼 수 없던 것인지'를 밝혀내는 것은 중요한 작업이라고 볼 수 있다. 그러나 더욱 중요한 것은 이러한 '나'에 대한 고민과 후기에 이르러 그의 고백에서 볼 수 있듯, 일종의 정의 내리기 실패를 성공으로 바라볼 수 있느냐에 있다.13)

이러한 문제의식을 바탕으로 본고는 후기에서 드러난 실패의 자기 고백에서 출발하여 소급적으로 초기로 되돌아가 반복되는 실패와 이것의 재확인을 통해 구성되는 주체 인식을 살펴보고자 한다. '나'에 대한 인식이 중기부터 갑자기 발현됐다기보다는, 초기부터 토대가 될 만한 작품이 숨겨져 있을 것이라는 것이 본고가 전제로 하고 있는 입장이다.

김종삼은 1973년 작품 「올페」에서 그리스 신화의 인물인 오르페우스를 통해 시에 대한 고민을 보여준다. 앞서 살펴봤던 기존의 연구에서는 김종삼이 올페의 표상을 통해 구원의 시 쓰기14)로 나아갔다고 보고 있다. 이

---

13) 본고는 김종삼이 초기부터 시에서 자신의 본적과 자신을 표상하기 위해 반복된 시도를 보이고 있다고 전제하고 있다. 이때 반복을 통해 '휨'이라는 것을 떠올릴 수 있다. 여기서의 휨(충동의 회전 운동)은 원초적 결여라는 교착 상태를 피하기 위한 한 가지 방법이며, 이때 원초적 결여라는 표현을 통해 유추할 수 있듯 전제되어 있는 것은 결여이다. 따라서 욕망의 대상, 즉 욕망이 붙잡을 수 없는 것 또는 붙잡고자 하는 것은 물자체가 아닌, 이것의 향유일 뿐이다. 따라서 물에 가닿지 못하는 이러한 반복은 실패할 수밖에 없다. 그러나 이러한 반복된 실패가 그 자체로 만족으로 규정되면 실패는 성공으로 뒤바뀔 수 있다. 이처럼 결여를 전제했을 때 김종삼이 「나의 本籍」에서 보인 본적이라는 지점은 어쩌면 상실된 것이 아닌, 부재하는 것으로 읽어야 할 필요가 있다. 그렇기에 '나'라는 주체가 인식하는 '나'의 자리를 채우고자 하는 수많은 시도들은 후기시에 이르러 실패할 수밖에 없는 운명을 지니게 되는 것이다. 하지만 본고는 이러한 반복된 실패가 그의 "모른다"라는 고백을 통해 성공으로 뒤바뀔 수 있는 가능성에 대해 주목하고 있다(슬라보예 지젝, 조형준 옮김, 『헤겔 레스토랑』(새물결, 2013), 674-675쪽 참조).
14) 송현지, 앞의 글.

부분에서 주목해야 할 것은 김종삼이 올페를 전략적으로 선택하고 설정하고 있다는 점이다. 본고는 김종삼의 이러한 올페의 표상을 통한 시 쓰기 전략에도 불구하고, 끝내 시인이 못 된다는 그의 불가능성의 고백에 주목하고 있다.

일례로 「올페」를 들었지만 위와 같은 입장에 입각하여 본 논문은 김종삼의 초기시에 주목하여 후기까지 이어질 수 있는 '나'라는 일종의 '본적'에 대한 인식과 그것을 향한 실패와 반복에 주목하고자 한다.

2. 상실된 것으로 표상하는 본적

'나'와 '원', '본', 이런 단어들은 일종의 '본적'을 지칭한다. 이러한 단어들이 직접적으로 드러나지는 않더라도 이와 관련된 내용을 통해 본적과 연관된 내용을 유추할 수 있다. 먼저 1955년 작품 「베르카·마스크」의 내용과 그 연관성에 관해 살펴보도록 하자.

> 토방 한결에 말리다 남은/ 반디 그을끝에 밥알 같기도한/ 알맹이가 붙었다// 밖으로는: 당나귀의 귀같기도한/ 입사귀가 따우에 많이들/ 대이어 있기도 하였다// 처마끝에 달린 줄거리가/ 데룽거렸던 몇 일이 지난/ 어느 날에는// 개울 밑창 퍙아란 嵌崙를 드려다 본것이다 내가 먹이어주었던/ 강아지 밥그릇 생각이 났기 때문이다// 몇해가 지난/ 어느 날에도/ 이 앞을 지나게 되었다// 略曆 四二五五生 本籍 平南 東京中野高等音樂學院卒 無台生活多年間 「아데라이데」로서 詩壇에데비유 現演劇人
>
> ─「베르카·마스크」 전문15)

---

15) 김종삼, 앞의 책, 25─26쪽.

1연에서 드러나는 시적 공간은 한적하다. "토방 한켠"으로 "반디"나물 끝에 "알맹이"가 달라붙는다. 이 알맹이는 어딘가로부터 떨어져 나와 반디나물까지 밀려와 붙어있는 것이다. 2연의 "밖으로는" "당나귀 귀"같은 "잎사귀"가 땅 위에 "대이어" 있다. 여기서 중요한 점은 "대이어"라는 시어가 "대다"의 북한말이라는 점이다.16) 김종삼이 의도적으로 썼든 그렇지 않든 이 작품을 포함하여 이전과 이후 작품에서 지속적으로 북한말과 사투리를 사용하고 있다는 점은 눈여겨볼만하다.17) 3연은 "몇일이 지난" 어느 날 문득 "개울 밑창"의 "嵌苔"를 들여다본다. 시적 주체에 의해 포착된 "썩은 냄새가 나는 찌끼"는 어떻게 보자면 시적 주체의 현재 상태를 말해주는 것이라고 볼 수도 있다. 그곳에서 "내가 먹이어주었던 강아지 밥그릇"을 떠올린다. 시적 주체는 그 냄새 나는 것 속에서 이전의, 지금에는 없는 강아지 밥그릇을 생각하는 것이다. 지금도, 이전에도, 그리고 "몇해가 지난 어느 날에도 이 앞을 지나게" 되었다는 고백은 어쩌면 "강아지 밥그릇"으로 표상되는 것과 영원히 마주할 수 없을 것만 같은 자신의 슬픈 운명을 예감하고 있는 것이다. 시는 여기에서 끝맺지만 편자들은 "약력 4255생 본적 평남 동경중야고등음악학원졸 무대생활다년간 「아데라이데」로서시단에데비유 현연극인"을 덧붙인다. 비록 김종삼 자신이 시 안에 덧붙

---

16) 김종삼, 앞의 책, 26쪽.

17) 김종삼이 「베르카·마스크」 이전과 이후 시편에서 북한말과 사투리를 지속적으로 쓰고 있음에 주목할만하다. 먼저 이전 작품에 한정해서 살펴보면 다음과 같다. 「돌」에서는 "힌"을, 「뾰죽집이 바라보이는」에서는 "뜨짓하게"를 사용하고 있는데 「베르카·마스크」가 작품 연보 중에서 4번째에 해당하는 작품이라는 점과 이전 시편들과 이후 중기에 해당하는 「나의 本籍」 이전까지 수많은 작품들에서 북한말과 방언을 지속적으로 사용하고 있다는 사실을 바탕으로 김종삼의 초기시에서 이러한 사용은 중요하다고 볼 수 있다(김종삼, 앞의 책, 18−23쪽). 본고는 이와 같은 입장을 바탕으로 김종삼의 초기시에서 고향이 본적으로 표상되고 있다고 바라보고 있다. 이때 고향은 실질적으로 상실한 고향인 동시에 김종삼의 너머를 향한 지향이 담긴 심상적인 공간이라고 전제하고 있다.

인 것은 아니지만 편자들에 의해 본적이 밝혀지고 있는 이 시는 김종삼의 초기시에서 중요한 위치를 차지한다고 볼 수 있다. 전기적인 사실을 바탕으로 살펴보았을 때 김종삼이 상실한 본적을 '고향'이라고 섣불리 결론지을 수도 있을 것이다. 한국전쟁을 치르며 실제로 김종삼이 고향을 상실하기는 했지만, 본고는 이러한 고향이라는 표상의 상실이 애초부터 불가능한 것임에 주목한다.[18] 뒤이어 살펴볼 시편들에서 본적으로 표상되는 공간들은 실제 고향이라기보다는 일종의 심상적인 지향으로 드러나기 때문이다. 김종삼의 후기시에 나타난 "누군가 나에게 물었다. 시가 뭐냐고 나는 시인이 못됨으로 잘 모른다고 대답하였다."라는 실패의 자기고백적인 구절을 가지고 소급적으로 살펴보았을 때, 이때 본적은 상실의 불가능성과 결여라는 없음을 확인하는 과정 중에 있는 것이라고 볼 수 있다. 하지만 이러한 의미는 초기시를 지난 이후에서야 비로소 확인할 수 있을 것이다.

뒤이어 발표된 「개똥이」 역시 「베르카·마스크」와 같은 맥락으로 읽을 수 있다.

    1// 뜸북이가 뜸북이던// 동뚝// 길/ 나무들은/ 먼 사이를 두고/ 이어갑니다// 하나/ 있는 곳과// 연달아 있고// 높은 나무 가지들 사이에/ 물 한 방울을 떠러 트립니다/ 병막에 가 있던/ 개똥이는 머리위

---

18) 고향이라는 표상의 상실이 애초부터 불가능한 것과 관련하여 사물과 연결해 생각해 볼 수 있다. 사물은 알 수 없고 항상 너머의 그 무엇을 가리키기 때문에 그것을 찾으려고 하면 할수록 헤맬 수밖에 없는 상실된 대상이다. 하지만 이 사물은 역설적으로 애초에 존재하지 않은 대상이기에 상실할 수 없는 "잃어버릴 수도 없었던 대상"이라는 사실을 내포한다. 이와 같은 내용을 바탕으로 김종삼이 표상하는 고향은 존재하지 않는 것이며, 잃어버릴 수도 없었던 결여의 지점으로 이해할 수 있다. 김종삼의 시 세계에 있어 이러한 결여를 향한 지향은 실패할 수밖에 없을 것이다. 하지만 본고가 주목하고 있는 것은 이러한 불가능성에도 불구하고 다시금 시도하는 김종삼의 '심상적 지향'의 반복된 자세에 있다(숀 호머, 김서영 옮김, 『라캉 읽기』(은행나무, 2006), 158쪽 참조).

에/ 불개미알만이 썰고 어지롭다고/ 갔읍니다// 소매가 짧았읍니다//
산당 꼭대기/ 해가 구물 구물 하다/ 보며는// 웃도리가 가지런한/ 소
나무 하나가/ 깡충 합니다// 꿩 하마리가/ 까닥 합니다// 2// 새끼줄
치고/ 소독약 뿌린다고/ 집을 나왔읍니다/ 해가 남아 있는 동안은/
조곰이라도 더 가야겠읍니다/ 엄지발톱이 돌뿌리에 채이어/ 앉아볼
자리마다 흠이 잡히어/ 도라다니다가 말았읍니다// 도라다니다가 말
았읍니다/ 가다가는 빠알간/ 해ーㅅ물이/ 돌아/ 저기/ 어두어 오는/
北門은 놀러 갔던/ 아이들을 잡아 먹고도/ 남아 있읍니다// 빠알개
가는/ 자근 무덤만이/ 돋아나고 나는/ 울고만 있읍니다// 개똥이……
일곱살 되던해의 개똥이의 이름

—「개똥이」 전문19)

시적 주체는 "일곱살 되던해의 개똥이의" 이름을 다시금 기억하고 있
다. 앞서 살펴보았던 "강아지 밥그릇"이나 "개똥이"는 과거에 존재했던 것
들이다. 1부에서는 먼저 뜸부기가 살고 있던 평화로운 "동뚝"(동둑의 북한
말)의 풍경과 이와는 이질적인 "병막에 가 있던" 개똥이를 생각하는 내용
이 제시된다. 개똥이의 머리위에 불개미알이 "썰고"(슬다의 북한사투리),
그는 "어지롭다고" 가버리고 만다. "산당 꼭대기"로 소나무 하나가 "깡
충"(북한말)하고 "꿩 하마리가 까닥" 하는 이유는 아마도 "개똥이" 때문일
것이다. 오래 살아달라고 지은 이름이 제 기능을 다하지 못하자 "소나무"
도 "꿩"도 다 잘못이 되는 것이다.

2부에서 시적 주체는 "새끼줄 치고 소독약 뿌린다고" 집을 나온다. "해
가" 떠있는 동안 한 걸음이라도 더 가야 한다고 생각했지만 "엄지발톱이
돌부리에 채이어" 그만 "도라다니다가 말았"다고 고백하고 있다. 해가 뜬
시간에만 허락된 것들, 제한된 시간 때문에 "빠알간 해ーㅅ물이 돋"는 줄

---

19) 김종삼, 앞의 책, 27−30쪽.

도 모르고 돌아다닌 것이다. "새끼줄 치고 소독약 뿌린다고" 멀리 멀리 집에서 벗어나야 했던 시적 주체가 문득 바라본, "저기 어두어 오는 北門(극락문)"은 "놀러 갔던 아이들을 잡아 먹고"도 남아 있다. 그 문은 "극락"으로 통하는 길이기에, 그 문으로 사라진 아이들은 현실을 벗어나 안락하고 행복한 세상으로 들어간 것으로 읽을 수 있다. 그러나 시적 주체는 그곳으로 들어가는 것을 거부하고 계속해서 돌아다니고 있다. 그렇기에 "빠알개 가는 자근 무덤만이 돋아"나지만 나는 그곳으로 갈 수 없기에 "나는 울고만 있읍니다"라고 고백한다. 저 너머에 극락이라는 행복한 세상이 있을 것이라고 가정된 곳으로 아이들이 갔다고 생각하지만, 시적 주체만은 그곳으로 결코 가닿을 수 없기에 "일곱살 되던해의" 개똥이의 이름을 생각하는 것이다. 그렇다고 해서 아이들이 그곳을 선택해서 간 것은 아닐 것이며, 어쩔 수 없이 떠나보내야 하는 그곳이 부디 극락이길 바라는 시적 주체의 바람이 투영된 것이라고 볼 수 있다.

그렇다면 시적 주체가 추구하고 있는 안락하고 완전한 세계라는 것이 존재하는가에 대한 질문으로 넘어가 봐야 할 것이다. 만약 이 세계가 있다면 그곳으로 들어가면 될 것이었겠지만, "울고만 있"었다는 고백을 극락이라는 충만한 세계가 없음을 확인한 계기로 읽을 가능성은 충분히 있어 보인다.[20] 그렇다면 이후 초기시편들에서 이러한 없음의 충만한 세계가

20) 충만한 세계와 관련해서 이때 칸트와 헤겔의 '물자체'와 관련한 입장을 연결시켜 생각해 볼 수 있다. 칸트에게 있어 물자체는 너머에 알 수 없는 X이자 초월적으로 구성되어 있는 것이다. 이와 반대로 헤겔의 입장은 너머에 어떠한 초재적이고 무한한 절대자를 찾는 것을 포기하며 주체의 반성적 이동 및 생성 과정 속에서 드러나는 "구체화된 결과"이다. 이를 김종삼과 연결해 살펴보자면 본적이라는 것은 앞서 살펴보았던 "극락"과 뒤이어 살펴볼 "오동나무가 많은 부락"과 같은 김종삼의 초기시에서 너머에 있는 공간 즉, 물자체를 향한 지향으로 읽을 수는 있다. 하지만 이때 이러한 표상의 반복된 실패를 통해서 떠오르는 것은 상실이 아닌 결여라는 지점이다(슬라보예 지젝, 정혁현 옮김, 『분명 여기에 뼈 하나가 있다』(인간사랑, 2016),

어떤 방식으로 표상되는지를 살펴보는 일 역시 중요한 작업이 될 것이다.

> 　　오동나무가 많은 부락입니다.// 어머니의 배ㅡㅅ속에서도/ 보이었던/ 세례를 받던 그 해였던/ 보기에 쉬웠던/ 추억의 나라 입니다.// 누구나,/ 모진 서름을 잊는 이로서,// 오시어도 좋은 너무/ 오래되어 응결되었으므로/ 구속이란 죄를 면치 못하는/ 이라면 오시어도 좋은/ 오동나무가 많은 부락 입니다.// 그것을,/ 씻기우기 위한 누구의 힘도/ 될수 없는/ 깊은/ 빛갈이 되어 꽃피어 있는/ 시절을 거치어 오실 수만 있으면/ 오동 나무가 많은 부락이 됩니다.// 오동 나무가/ 많은 부락 입니다.// 수요 많은 지난 날짜들을/ 잊고 사는 이들이 되는지도 모릅니다.// 그 이가 포함한 그리움의/ 잇어지지 않는 날짜를 한번/ 추려주시는, 가저다/ 주십시요.// 인간의 마음이라 하기 쉬운/ 한 번만의 광명이 아닌/ 솜씨가 있는 곳임으로/ 가저다 주시는/ 그 보다,/ 어머니의 눈물가에 놓이는/ 날짜를 먼저 가저다/ 주시는…………// 오동나무가 많은 부락이 됩니다.
> 　　　　　　　　　　　　　ㅡ「오동나무가 많은 부락입니다」 전문21)

　　1연의 시작은 "오동나무가 많은 부락"이다. 이곳은 홀로 존재하지 않고, 여러 민가가 모여 있는 까닭에 오동나무와 사람들이 연대하고 있다. 그런데 이 부락은 "어머니의 배ㅡㅅ속에서도 보이었던" 곳이었고, "세례를 받던 그 해"에도 보기 쉬웠던 "추억의 나라"이다. 추억의 나라에서 유추할 수 있듯, 이 "오동나무가 많은 부락"은 어머니의 뱃속에서 보았다는 일종의 상상이자 환상의 공간으로 읽을 수 있다. 이 장소는 "누구나, 모진 서름"(설움의 북한말)을 잊고 오시어도 좋고 "구속이란 죄를 면치 못하는 이라면 오시어도 좋은" 곳이기에, 오동나무라는 표상에는 일종의 환상과 구

---

21) 김종삼, 앞의 책, 42ㅡ44쪽.

　570ㅡ571쪽 참조).

원의 의미가 부여되어 있는 것처럼 보인다. 인간의 힘으로 "씻기우기 위한 누구의 힘도 될수 없는" 시절을 거치어 올 수 있다면 그 사람들이 쌓여 "오동 나무가 많은 부락이" 될 수 있는 것이다. 그런 곳에서 시름이 많아 어지러웠던 "지난 날짜들은" 모두 "잊고 사는 이들"이 될 수 있는지도 모르기에 이는 앞서 「개똥이」에서 살펴보았던 극락과도 같은 곳이다. 그런 곳이기에 시적 주체는 어떤 "그리움이 잇어지지(이어지지의 잘못) 않는" 그 단절되고 고결한 날짜를 가져다 달라고 기도하고 있다. "한번만의 광명"의 반짝임으로 끝나지 않을 솜씨로 모든 것보다 "어머니의 눈물가에 놓이는 날짜를 먼저 가져다" 달라고 기도하며 말을 줄이고 있다.

살펴본 바와 같이 "극락"이라든지 "오동나무가 많은 부락"은 김종삼이 지향하지만 끝내 도달할 수 없는 공간으로 제시된다. 이는 곧 김종삼의 초기시에서 상실로 표상하고 있는, 고향이라는 일종의 본적이 실질적인 물리적 고향을 의미하지는 않는다고 볼 수 있다. 그가 상실로 표상하고 있는 심상적 지향의 공간은 애초부터 없는 결여의 공간이기에 그 주위를 배회할 수밖에 없다[22]. 이미 상실된 없음의 공간인 결여를 향한 이러한 지향은

---

22) 상실과 관련하여 심화시켜 살펴보자면 다음과 같다. "결여는 상실과 같은 것이 아니다." 우울증과 관련한 이와 같은 주장은 앞서 고향을 사물과 연관시켜 살펴보았던 애초에 존재하지 않은 대상이기에 상실할 수 없는 대상임을 떠올리게 한다. 우울증은 욕망의 대상—원인을 착각하여 결여를 상실로 받아들인다. 이 지점에서 결여를 상실로 받아들이는 것이 "대상의 소유를 주장"할 수 있게 해준다는 점이 특징적이다. 무엇인가를 상실했다는 포즈 속에는 "그것을 가지고 있었다는" 뜻을 내포하고 있으며, 우울증자는 자신을 상실한 대상에 고착시킨다. 이와 같은 논의를 가지고 김종삼을 우울증과 연결하고자 하는 것은 아니다. 이것은 3장에서 다룰 결여로 드러나는 본적과 구분 짓기 위해 중요하다. 상실과 결여가 어떻게 다른 것인지 구분할 필요가 있다. 본고는 앞서 살펴보았던 '휨'과 관련하여 김종삼이 상실로 표상하는 본적이 점차 반복된 결여로 드러난다는 논점을 이끌기 위해 이와 같은 내용을 다시 한 번 살펴보았다(슬라보예 지젝, 한보희 옮김, 『전체주의가 어쨌다구?』(새물결, 2008), 220–221쪽 참조).

반복해서 실패할 수밖에 없는 운명에 처해있지만, 그럼에도 본고가 주목하는 것은 이러한 반복된 실패에도 불구하고 불가능성에 대처하는 김종삼의 자세에 있다. 이와 같은 김종삼의 시 세계가 뒤이어 중기 이전까지 어떤 양상을 보이고 있는지 다음 장에서 살펴보도록 하자.

3. 결여로 드러나는 본적

앞서 살펴보았듯이 상실은 결여의 속성과 같은 것이 아니다. 상실이라고 생각했던 표상이 결여로 드러남에도 불구하고, 뒤이어 살펴볼 시편들에서도 김종삼은 자신의 본적과 관련한 단초가 될 수 있는 것들을 시 안에서 반복적으로 상상하며 설정하는 것을 볼 수 있다. 이것의 의미는 후기시에 나타난 실패의 자기 고백으로부터만 그 의미 부여가 가능할 것이다. 그렇다면 초기시를 미래인 후기로부터 소급적으로 과연 어떤 의미를 부여할 수 있을 것인지에 대해 생각해보아야 한다. 없음으로 드러나는 결여된 고향을 지향하는, 이러한 지향을 통해 없음을 확인하는 이 과정 자체에서 반복의 중요성을 다시금 상기해야 할 것이다.[23] 이와 같은 입장에 입각하

---

23) 본고가 전제하고 있는 입장은 김종삼 후기시에 나타난 실패의 자기 고백을 통해 초기시부터 읽어 내려가는 이른바 "미래로부터 빌려오고 과거를 바꾸는 것"이다. 이때 핵심적인 개념은 소급성이다. 이러한 개념은 칼비노의 「아름다운 3월의 어느 날」 카이사르 이야기를 통해 보다 쉽게 이해할 수 있다. 카이사르를 죽이고 공화정의 영광을 되돌려주려던 공모자들의 의미는 카이사르가 제거됨과 동시에 그 세계 자체와 함께 사라져버리고 만다. 암살자들은 자신들의 행동이 가져올 결과를 예상하지 못했기 때문이다. 자신들의 행동이 가져올 "역사적 성격"을 계산에 넣지 못했던 것이다. 이는 곧 그들이 "미래의 해석들의 소급적 효과"를 고려하지 못했음을 의미한다. 이것을 김종삼의 초기시와 연결해 생각해보자면 상실된 고향이라고 표상되는 것은, 없지만 김종삼이 있다고 가정하고 살아간 결여를 향한 일종의 전략적 선택으로 볼 수 있다. 이것의 의미는 오로지 '소급적'으로만 부여할 수 있을 것이다.

여 살펴볼 1957년 작품 「빛갈 깊은 꽃 피어있는 시절에 대한 이야기」는 하나의 좋은 예가 될 수 있을 것이다.

> 슈 샤인들의 눈 보라가/ 밀리어 갔던 새벽을/ 기대려 갔던/ 아스팔트/ 安全地帶와// 하늘 같은 몇군데인/ 안테나의 아침과/ 청량리로 가는 맑은/ 날씨인 다음인/ 다름 아닌 맑으신/ 당신이었읍니다/ 그 보다// 오래인 日月이 지니어 온/ 苦膃의 꿈인 연류이기도/ 했읍니다// 누구의 이야기 ㄹ 하는지/ 나는 모르며/ 그 이는 인간에 依하여 지는/ 누구의 힘도 아니었으므로// 빛갈깊은 꽃 피어 있는/ 시절에대한 그이의/ 이야기ㄹ—
>
> ─「빛갈 깊은 꽃 피어있는 시절에 대한 이야기」 전문24)

제목에서 유추할 수 있듯이 이 시는 "빛갈"(빛깔의 북한말)이 깊었던 아름다웠던 시절에 대한 이야기이다. 시적 주체는 1연의 "슈 샤인"들 즉, 구두닦이들이 "눈 보라가 밀리어 갔던" 그 곳에서 잠시 잠깐 피할 수 있었던 "아스팔트 안전지대"를 생각한다. 낮은 자세로 다른 이의 구두를 닦아주는 이러한 사람들을 거친 풍파 속에서 안전지대로 안내해준 이는 다름 아닌, 하늘과 연결된 것 같은 "안테나의 아침"과 "청량리로 가는 맑은 날씨" 다음으로 맑은 존재인 "당신"으로 표상된다. 당신은 이후 "맑은 날씨"의 고요 속에서 드러나며, 나는 그를 본 것이 "오래인 日月"과 세월의 흔적인 "苦膃"를 들여다보며 "꿈인 연류"라고 생각하고 있다. 그는 "당신"을 보면

또한 결여는 애초부터 없는 것이기에 김종삼이 보여주는 시도들은 반복적으로 그곳에 다다르려고 하지만 닿을 수 없고 실패할 수밖에 없으며, 그의 의도와는 전혀 다른 결과들로 나타날 수밖에 없다. 그럼에도 불구하고 있다고 가정한, 하나의 진리에 도달하려는 반복 그 자체가 진리라는 헤겔적 입장을 짚고 넘어가고자 한다(슬라보예 지젝, 조형준 옮김, 『라캉 카페』(새물결, 2013), 996─997쪽 참조).
24) 김종삼, 앞의 책, 76─77쪽.

서도 "누구의 이야기 ㄹ 하는지 나는 모른"다고, "그"에 대해서도 "인간에 依하여 지는 누구의 힘도" 아니었다고 고백하고 있다. 그가 본 것은 당신 이었으나, 곧 "누구"인지도 모를 "그"로 점차 호칭의 거리감으로 드러난 다. 하지만 모른다는 고백과 다르게 "빛갈깊은 꽃 피어 있는" 시절만큼은 확실하며, "그이"의 이야기라며 시를 끝맺고 있다.

이 시절에서 드러나고 있는 "당신"의 이야기는 따스함과 스스로를 감내 해온 인간에 의지하는 것과는 다른, 일종의 구원과 절대적인 힘을 암시한 다. 이 시절은 역시나 지금에는 존재하지 않는 먼 과거의 "시절에 대한 이 야기"일 것이며, 그곳을 계속해서 바라보고 그리워하지만 그곳은 상실된 곳이 아니라 결여된 곳이기에 "누구의 이야기 ㄹ 하는지 나는" 모른다고 시 안에서 말하고 있는 것이다. 이것은 앞서 살펴본바 보여주고 있는 상실 을 결여로 이해하는 결과이자 그 확인으로 밖에 설명될 수 없는 것이다.[25]

---

25) 이러한 김종삼의 상실을 확인하는 것에 의미를 부여하자면 다음과 같은 내용을 떠 올릴 수 있다. '절대적인 되튐'이라고 불리는 사례는 불가능성의 산물인 주체의 상 실을 통해 발생하는 "주체 그 자체의 사례"이다. 이러한 사례는 주체가 실체의 진리 라는 헤겔적인 의미까지 나아간다. 이것은 "모든 실체적 사물의 진리는 그것이 바 로 그 자신의 상실의 소급적인 효과"라는 것이다. 다시 말해 $(빛금 그어진 S)로서 의 주체가 존재하기 위해서는 자기 자신으로 복귀하는 상실을 필요로 한다. 그 이 유는 주체는 이러한 사실 이전에 존재하지 않고, 상실로부터만 발생하기 때문이다. 이와 같은 입장에 입각하여 살펴보자면 김종삼이 이전 시절이나 어떠한 세계를 그 리는 일종의 '심상적 지향'을 보일 때, 그것은 이미 없는 결여의 곳이다. 하지만 결 여를 상실로 이해하는 포즈, 이러한 '착각' 속에서 자신의 실패를 확인하는 것이 곧 주체라는 것이다. 본고가 주목하고 있는 것은 이러한 의미에서 김종삼이 반복된 상 실을 확인하는 곳에 진리가, 주체가 있다는 점이다. 그러므로 이때 주체라 함은 일 관될 수 없으며, 초기부터 후기까지 이르러 다양한 변모양상을 보일 수밖에 없다는 것이 본고의 입장이다. 이는 초기시에 나타난 주체 인식을 살펴보는 것을 통해 중 기, 후기와의 연속성에 대한 가능성을 타진해 보는 것이라 할 수 있다(슬라보예 지 젝, 『분명 여기에 뼈 하나가 있다』, 정혁현 옮김(인간사랑, 2016), 249-250쪽 참조).

옛 이야기로서 고리타분하게 엮어지는 어릴 적의 이야기이다./ 그 때만 되려는 까닭이라곤 없이 재미롭지도 못했고, 죽고 싶기/ 만 하였다.// 그 즈음에는 인간들에게는 염치라곤 없이 보이리만큼 너무 지/ 나치게 아름다움이 풍요하였던 자연을 즐기며/ 바라보며 가까이 하면 할수록 더욱 그러하였다.// 고양이는 고양이대로/ 쥐새끼는 쥐새끼대로 웅크려져 있었고 강아지란 놈은 강아지/ 대로 밤 늦게 까지 살라당거리며 나를 따라 뛰어놀고는 있었다.// 어렴풋이 어두워지며 달이 뜨는/ 옥수수대로 만든 바주 울타리너머에는 달이 오르고/ 낯익은 기침과 침뱉는 소리도 울타리 사이를 그 때면 간다.// 풍식이네 하모니카는 귀에 못이 배기도록 매일같이 싫어지도/ 록 들리어 오곤 했다./ 자라나서 알고 본즉 「스와니江의 노래」였다./ 선률은 하늘 아래 저 편에 만들어지는 능선 쪽으로 향하기도/ 했고,// 내 할머니가 앉아계시던 밭이랑과 나와 다른 사람들과의 먼/ 거리를 만들어 주기도 하였다.// 모기쑥 태우던 내음이 자연스럽게 없어지는 무렵이면 그러하/ 였고,// 용당패라고 하였던 해변가에서 들리어 오는 오래 묵었다는 돌/ 미륵이 울면 더욱 그러하였다.// 자라나서 알고 본즉 바다에서 가끔 들리어 오곤 하였던 기적/ 소리를 착각하였던 것이었다.// ─이 때부터 세상을 가는 첫 출발이 되었음을 모르며.

─「쑥내음 속의 동화」전문26)

이 시는 "옛 이야기로서 고리타분하게 엮어지는 어릴 적 이야기"로 시작하고 있다. 그러나 이때 시절은 "재미롭지" 못하고 "죽고 싶기"만 하다. 앞서 살펴보았던 시들의 내용과는 사뭇 다르다. 시적 주체는 자연이 "지나치게 아름다움이 풍요"로웠고 "강아지란 놈은 강아지대로 밤 늦게 까지 살라당거리며 나를" 따라 놀고"는" 있었다고 고백한다. 놀고"는" 있었지만 "풍식이네 하모니카" 소리도 유난히 "매일같이 싫어지도록 들리어"오

---

26) 김종삼, 앞의 책, 87─88쪽.

곤 했던 것이다. 이 소리는 "「스와니江의 노래」27)"였고, 이 사실을 안 이후 "선률은 하늘 아래 저 편에 만들어지는 능선" 쪽을, 다시 말해 저 너머를 향해 흘러가는 지향의 노래로 뒤바뀐다. 이 노래는 고향 사람들을 떠올리게 하면서 "할머니가 앉아계시던 밭이랑"과 "다른 사람들과의 먼 거리를" 만들어 주기도 한다. "용당패(황해남도 해주시 해주만 용당반포 끝에 있는 포구) 해변가에서 들리어오는 돌미륵"이 울 때 그리운 사람들이 더욱 떠오른다. 하지만 이 모든 것들은 "자라나서 알고 본즉 바다에서 가끔 들리어 오곤 하였던 기적 소리"를 착각한 것이었다. 지금의 시점에서 과거에 들리던 "기적소리"는 결국 착각이었지만, 이러한 착각 속에서만 "나"는 자라날 수 있었던 것이다. "─이 때부터 세상을 가는 첫 출발이 되었음을 모르며"라는 고백은 뒤이어 중기에 해당하는 '나의 본적' 찾기와 깊은 연관성이 있음을 확인할 수 있다. 상실된 고향을, 아니 이미 결여된 고향을 "착각"하는 것으로부터 주체의 세상을 향한 "첫 출발"은 이미 시작되고 있는 것이다. 이러한 의미에서 본 작품은 초기시에서 드러나는 김종삼의 본격적인 본적 확인과 주체 인식의 시발점이라고 볼 수 있다.

뒤이어 살펴볼 「原色」 역시 제목의 뜻과 더불어 본적 찾기와의 연관성 속에서 살펴보도록 하자.

> 어둠한 저녁녘 지난 해에의 蛇足투성이를 알아내이는 夜市의/ 기럭지는 움직이는/ 斜線./ 이 가파로운 畵幅이 遼遠하다가는 말아버리었다./ 間或/ 賣店 같은 것들의 親舊인 燈불의 沿岸이 줄기차 있기

---

27) 스와니江의 노래에 대한 내용을 간략히 살펴보자면 다음과 같다. "≪고향 사람들 The Old Folks at Home≫이라는 원제로 "멀리 스와니강을 따라 내려가면 그리운 고향 사람들이 살고 있다."라는 흑인들의 애수가 깃든 망향의 노래로 알려져 있다." 시 본문에서 들려오는 스와니江의 노래는 "그리운 고향 사람들"을 떠올리게 한다(김종삼, 앞의 책, 89쪽 참고).

도 하였다.// 아직은 原色으로 돌아가기 위하여 勞苦의 幻覺을 잃고
난 다음.

—「原色」전문28)

　시 제목인 "原色"은 "본디의 제 빛깔"이라는 뜻을 지니고 있다. 이 시의
시간적 배경은 "어둠한 저녁녘"이다. 이러한 어둠 속에서 "지난 해" 자신
의 "蛇足투성이"인 쓸데없는 짓들을 공간적 배경인 "夜市의 기럭지(길이
의 사투리)"가 알아내려 한다. 하지만 어두운 밤이기에 밤 시장의 기럭지
는 올바르지 못하고 "斜線"으로 비스듬히 어긋나 있다. 밤은 어둠만큼만
세상을 인식하게 하고, "가파로운 畫幅"은 까마득하게 "말아버리"고 만
다. 그 쓸데없는 것들을 알아내는 것을 실패하였음에도 "燈불"만이 늘어
서 있는 것이 보인다. "賣店"이 주는 안락함과 이것의 "親舊인 燈"불이 가
지는 한 줄기 빛과 안락함이 "줄기차"게 있어 위로를 주는 것이다. 어둠과
희미한 등불 속에 있는 시적 주체는 자신의 처지를 "原色으로 돌아"가기 위
한 "勞苦의 幻覺"을 잃고 난 다음이라고 고백하고 있다. 모든 힘듦과 고통
은 어둠 속에서 모두 환각으로 치부하며 오로지 등불만이 자신이 바라보
고, 믿고 싶어 하는 대상이 되는 셈이다. 고통의 환각 뒤에 원색으로 돌아
갈 수 있을 것이라 생각하지만, 시적 주체는 그럴 수 없고 그렇게 하지 못
하는 상태를 보여주고 있다. 원색의 세계는 가닿을 수 없으며 이곳은 이미
없는 결여된 곳이다. 시적 주체는 이곳으로 돌아가기 위한 작업만을 할 뿐,
계속되는 지연을 보여준다. 결국 돌아가지 못함을 고백하고 있는 것이다.
　앞서 살펴본 내용을 바탕으로 「原色」 읽을 때, 그 중요성은 다시금 부
각된다. 1964년 작품 「나의 本籍」과 함께 살펴보자면, 두 작품 모두 '본적'

---

28) 김종삼, 앞의 책, 126쪽.

을 향한 지향을 보여주고 있다는 점에서 연관성을 찾을 수 있을 것이다. 이것은 곧, 중기시부터 본격적으로 나타난 본적 찾기의 지향이 앞서 지속적으로 살펴보았던 초기 작품들을 관통하여 이어져 있었다는 것을 의미한다.

4. 결론

본고는 김종삼의 후기에 해당하는 1982년 작품 「누군가 나에게 물었다」에서 표현된 "누군가 나에게 물었다. 시가 뭐냐고 나는 시인이 못됨으로 잘 모른다고 대답하였다."라는 실패의 자기 고백에 주목하였다. 이러한 후기의 고백으로부터 출발하여 초기로 되돌아가 소급적으로 반복되는 실패의 양상과 이것의 확인을 통해 구성되고 있는 주체 인식 변모 양상을 살펴보고자 하였다.

중기에 해당하는 1964년 작품 「나의 本籍」은 제목에서 '나'를 언급하고 있는 만큼 주체 인식을 고민하기 시작한 중요한 시발점이라고 할 수 있다. 이후 작품들에서 끊임없이 '나'에 대해 정의 내리고자 하는 것이 김종삼 중기 이후 시의 특징이다. 하지만 본고는 '나'에 대한 인식이 중기부터 갑자기 발현됐다기보다는 초기부터 토대가 될 만한 작품이 있을 것이라는 전제로 초기시를 살펴보았다.

초기 작품에 해당하는 「베르카·마스크」에서 출발하여 이후 작품 분석을 통해 시적 주체가 추구하고 있는 안락하고 완전한 세계라는 것의 불가능성을 확인해보았다. 이러한 세계가 확인시켜주는 결여와 불가능성에도 불구하고 이것에 대처하는 김종삼의 반복과 실패에 주목하였다. 본고는 「

쑥내음 속의 동화」 분석을 통해 결여된 고향을 상실로 '착각'하는 것으로부터 주체의 세상을 향한 첫 출발이 시작되었다고 바라보았다. 이를 바탕으로 본적을 향한 지향을 중기와의 연관성 속에서 살펴보았다. 중기시부터 본격적으로 나타난 본적 찾기의 지향이, 앞서 지속적으로 살펴보았던 초기 작품들을 관통하여 이어져있었다는 것을 가늠해 볼 수 있었다.

이러한 본적 찾기를 향한 지향과 반복된 실패의 양상에 의미 부여를 하기 위해 상실의 소급적 효과라는 주체의 사례를 예시로 들었다. 이것은 곧 주체는 사실 이전에 존재하지 않고 상실을 통해 발생한다는 것이었다. 이와 같은 입장에 입각하여 초기시에서 드러나는 김종삼이 이전 시절이나 어떠한 세계를 그리고 있을 때, 그것은 결여를 상실로 착각한 곳이기에 없음을 재차 확인할 수밖에 없다고 바라보았다. 이때, 반복된 상실과 결여를 재확인하는 구조가 곧 김종삼의 주체가 발생하는 지점이라는 것이 본고가 전제하고 있는 입장이었다. 이와 같은 내용에서 주체 인식의 양상이라는 것은 초기에서 후기에 이르는 과정 속에서 일관될 수 없고 변모할 수밖에 없다.

초기에서 시작하여 후기에 이르는 반복되는 실패의 양상을 성공으로 바라볼 수 있는지에 대한 가능성을 확인하기 위해서는, 이후 중기에 해당하는 시편들을 면밀히 살펴보아야 할 것이다. 중기, 후기와의 연속성은 후속 연구로 남겨두기로 한다.

김종삼 시집『십이음계』의 위상과 의미*

정치훈

1. 김종삼 시의 또 다른 독법

2018년『김종삼 정집』이 출간됨에 따라 김종삼 연구는 새로운 국면을 맞이했다.『김종삼 정집』에서 '정집(正集)'이라는 용어를 채택함으로써 작품을 모아 묶는 '일반적인 전집(collection)'과 차이를 두고자 한 점을 주목[1]할 필요가 있다. 원전 비평을 토대로 정본을 제시하고자 했음을 알 수 있

---

* 정치훈, 「김종삼 시집『십이음계』의 위상과 의미」, 『한국시학연구』 제60호, 한국시학회, 2019.11.
1) 김종삼 저,『김종삼 정집』편찬위원회 편,『김종삼 정집』, 북치는소년, 2018,(이하 『김종삼 정집』) 8쪽.

으며, 특히 구성을 통해 김종삼 시의 접근 방향을 제시해주었다. 신문, 잡지, 연대시집, 개인시집, 선집에 수록된 작품을 발표순으로 전체를 나열하되, 부분에 해당하는 시집의 흔적 역시 온전히 남겨놓아 그 실체를 쉽게 확인할 수 있게 되었다.

『김종삼 정집』의 이러한 구성은 김종삼 시의 특징을 잘 포착해낸 것이라 할 수 있다. 김종삼은 1950년대부터 1984년 작고하기 전까지 약 30여 년동안 시단에서 활동하면서 230여 작품을 남겼다. 긴 시력(詩歷)과 적지 않은 작품을 남겼음에도 불구하고 그의 시세계가 어떻게 변해왔는지 살펴보고자 할 때 난관에 봉착한다. 6.25전쟁을 비롯하여 독재정권 속에서 민주사회로 나아가고자 했던 시대적 요구에 적극적으로 가담했던 시인과는 달리 김종삼은 거대담론에 적극적으로 편입하는 태도에서 벗어나있었다. 김종삼은 시대적 흐름, 특히 정치적 상황에 직접적으로 대응하며 자신의 시를 전개하기 보다는 개인의 일관성 있는 미학관과 개인사적 측면에서 전개되었다고 볼 수 있다.2) 따라서 초기작과 후기작은 비교적 명확하게 시적 변화를 구분할 수 있지만 그 중간 과정에 대한 보충이 조금 더 필요하다.

또한 김종삼 시의 또 다른 특징으로는 개작과 재수록 된 작품이 많다는 점이다. 개작과 재수록이 이루어짐에 따라 그 작품에 대한 시기 분류가 모호해졌다. 개작과 함께 재수록 된 작품이 있는 반면, 판본의 변화 없이 그대로 재수록 된 작품도 있다. 특히 김종삼의 대표작이라고 할 수 있는 「돌각담」의 경우를 살펴보면 1954년 작품명을 「돌」로 발표하였으며, 이는

---

2) 여기서 김종삼의 문학을 순수문학으로 규정함으로써 현실과의 대응이 전혀 없었음을 말하고자 하는 것이 아니다. 그의 전반적인 시세계를 관통하는 '죽음'에 대한 사유는 한국전쟁이라는 사건이 큰 영향을 주었다고 할 수 있으며, 다사다난했던 민주화과정 역시 그의 시에 영향을 주었다. 다만, '순수/참여' 등의 이분법적인 대응에서 벗어나 자신만의 노선을 가고자 했으며, 그 방법으로써 그의 미적 취향이 활용되었다고 할 수 있다.

개인시집『십이음계』와『시인학교』에 수록된다. 이는 곧,「돌각담」은 50년대와 60년대 각각 다른 유효한 의미를 지니고 있음을 알 수 있다. 바로 이러한 점이 김종삼 시의 시기구분 뿐만 아니라 정본을 확정하는 데 있어 어려움을 준다.

이를 단순히 시간을 기준으로 접근하여 가장 앞선 '최선본(最先本)' 혹은 가장 나중의 '최후본(最後本)'을 정본으로 삼는다면 여러 문제가 발생한다. 출판 과정에서 오탈자가 발생했을 수도 있으며, 시인이 앞선 판본에서 미흡하다고 판단하여 적극적으로 개작이 이루어질 수도 있다. 그러나 시인이 이에 대해 직접적으로 언급하지 않는 이상 정본에 대한 논의는 사실여부에서 해석의 층위로 전환된다. 이는 곧 편찬자의 관점이 반영됨을 의미하기 때문에 정본 확정 작업은 신중히 이루어져야한다. 이러한 점에서『김종삼 정집』은 김종삼 시의 특성을 바탕으로 심혈을 기울여 구성했음을 확인할 수 있다.

『김종삼 정집』은 구성을 통해 김종삼 시를 접근할 수 있는 방향을 제시해주고 있다는 점에서 의의가 있다. 김종삼 시편 각각은 "한 가지 형태의 원전으로 고정할 수 없을 만큼 다양한 개작 과정을 거치며 이질적인 판본들로 흩어져 있다. (중략) 김종삼 시 각각의 판본들을 일종의 성좌형세"[3]로 접근할 필요가 있다. 정집은 여러 판본을 수록함으로써 개별 작품의 재수록과 개작 양상을 수월하게 확인할 수 있도록 구성되었다. 이를 통해 시기구분이 어려운 김종삼의 시를 하나의 작품이 어떻게 개작되고 재수록되었는지 살펴봄으로써 김종삼 시의 흐름을 파악할 수 있다.

최근의 연구에서는『김종삼 정집』을 바탕으로 김종삼 시의 흐름을 읽어내고자 하는 작업이 진행되고 있다. 재수록 횟수와 재수록된 시를 크게

---

3) 홍승진,「김종삼 시 10편 발굴」, 작가들, 221쪽.

원문을 거의 그대로 재수록한 경우, 부분적으로 개작된 경우, 동일한 제목으로 재창작하여 재수록한 경우를 통해 시의 변화 양상을 밝히고자 한 연구[4]와 재수록 작품 중에서 가장 많이 재수록된 「돌각담」이 개인시집 『십이음계』와 『시인학교』에 수록되었을 때 의미의 변화에 주목한 연구[5]는 『김종삼 정집』의 구성과 맥락을 같이한다.

　본고에서는 『김종삼 정집』의 구성에 힘입어 그동안 미진하게 다뤄졌던 개인시집 『십이음계』를 집중적으로 조망해보고자 한다. 시인과 그의 작품을 연구하는 데 있어 '전집'은 '전체'로써 기능한다. 전집의 일반적인 구성은 시기순으로 등단작부터 발견된 마지막 작품까지 일괄적으로 나열되면서 그 흐름을 파악할 수 있도록 되어있다. 그렇기에 대체로 연구는 전집을 대상으로 진행되었다. 전집 구성 과정에서 '부분'이라고 할 수 있는 개인시집은 '전체'에 의해 파편화되고 시기별로 재분류되면서 그 흔적을 찾기 어려워졌으며, 이로 인해 개인시집 연구에 초점을 맞추기 어려웠다.

　『김종삼 정집』은 개인시집의 흔적이 고스란히 담겨 있기 때문에 이를 살펴보는데 용이하다. 판본을 비교할 때, 시어나 혹은 구조의 변화에 대해 의미를 밝히는 작업도 이루어져야한다. 특히 개별 판본이 어떤 맥락에 놓여있는지 주변을 살펴보는 것이 중요하다. 똑같은 판본임에도 시집에 수록될 때 다른 작품과의 관계를 통해서 의미의 변화가 나타난다. 따라서 그 맥락이라고 할 수 있는 '시집'에 대한 정리가 필요하다. 그 일환으로 김종삼 시 전반의 맥락 속에서 개인시집 『십이음계』를 접근함으로써 시의 변모 양상을 살피기 위한 기반을 다져보고자 한다.

---

4) 김지녀, 「김종삼의 재수록 시에 나타난 개작의 양상과 그 의미」, 『人文學研究』, 제31집, 인천대학교 인문학연구소, 2019.
5) 정치훈, 「김종삼시 '돌각담'의 재수록 양상과 의미—『십이음계』와 『시인학교』를 중심으로」, 『한국시학연구』, 제58호, 2019.

2. 개인 시집의 위상

본격적으로 개인시집 『십이음계』를 다루기 앞서, 김종삼의 시에서 '시집'이 의미하는 바가 무엇인지 조금 더 논의할 필요가 있다. 시집은 이전에 발표했던 작품을 모아서 혹은 미발표 신작시를 수록하여 구성된다. 미발표 신작시는 수가 많지 않으며 대체로 지면에 발표한 작품이 대다수를 이룬다. 요컨대 시집은 시인이 작품을 선택과 배제, 그리고 배열한 결과물이다.

발표작은 시집에 그대로 수록되거나 혹은 약간의 개작되어 수록될 수 있다. 개작 여부에 따라 의미가 변화하는 것을 포착할 수 있지만, 그대로 수록된 작품 역시 이전의 개별적으로 발표했을 때와 다른 의미를 담아낼 수도 있다. 왜냐하면 시집의 표제에 따라 선택되고 배열되었기 때문이다. 함께 수록된 다른 작품과의 관계를 통해 작품은 또 다른 의미를 갖게 된다. 따라서 '시집'단위의 접근은 시인의 전반적인 시세계를 조망하는 데 있어 하나의 참조점이라 할 수 있다.

그럼에도 불구하고 대체로 전집이 출간된 시인의 경우 시집단위의 분석은 많이 다루어지지 않았다. 전집은 모든 작품을 포섭하는 기표로 작동하였으며, 연구자는 개별 작품들을 특정 시기로 구분함으로써 작품의 전체를 사유하고자 했다. 여기서 언급하고자 하는 것은 이러한 접근 방법과 결과를 전면적으로 부정하고자 하는 것이 아니며, 전집으로 묶이면서 탈락된 시집이 갖는 의미를 통해 기존의 논의를 보완하는 데 있다.

특히 개작과 재수록이 많은 김종삼의 시에서 '시집'단위의 접근은 더욱 중요하다. 김종삼의 여러 판본의 시를 '성좌형세'로 두고 접근할 때, 시집은 판본 사이를 연결해주는 다리로써 기능한다. 지면에 발표된 판본과 시집에 수록된 판본을 함께 놓고 볼 때, 시집의 맥락을 더해 접근한다면 판본간의 의미 변화를 더욱 뚜렷하게 밝힐 수 있을 뿐만 아니라 김종삼 시의 외연을 조금 더 확장시킬 수 있을 것이다.

따라서 이러한 분석을 위한 선행 작업의 일환으로 시집을 살펴볼 필요가 있다. 지면에 개별발표된 것이 아닌, 일종의 작품군으로 수록된 정황을 보면 다음과 같다.

> 50년대: 『전시 한국문학선 시편』(1955), 『전쟁과음악과희망과』(1957), 『1959년 사화집』(1959), 『신풍터＜신풍토시집Ⅰ＞』(1959), 『한국문학전집 35시집(하)』(1959),
> 60년대: 『한국전후문제시집』(1961), 『현대한국문학전집 18 · 52인 시집』(1967), 『한국시선』(1968), 『본적지』(1968), 『십이음계』(1969)7
> 70년대: 『신한국문학전집 37 시선집3』(1974), 『시인학교』(1977), 『주머니 속의 시』(1977), 『삼성판 한국현대문학전집 38 시선집 Ⅱ』(1978), 『북치는 소년』(1979),
> 80년대: 『누군가 나에게 물었다』(1982), 『평화롭게』(1984), 『큰소리로 살아있다 외쳐라/「현대시」 1984 · 24인 시집』1984)

이를 다시 김종삼이 직접 작품을 선정했는가의 여부에 따라 분류할 수 있다. 개인시집과 공동시집의 경우 김종삼이 직접 작품 선정과 배열에 힘 썼을 것이다, 그렇지 않은 경우는 편찬자의 개입을 통해 구성된 것으로 볼 수 있다. 이중에서 가장 우선적으로 다루어져야하는 것은 김종삼의 사유가 가장 온전히 반영된 개인시집 『십이음계』, 『시인학교』, 『누군가 나에게 물었다』이다. 이후 공동시집에서 한 데 모은 작품을 통해 김종삼은 무엇을 전달하고자 했는지 파악하는 작업이 필요하다. 마지막으로 편찬자에 의해 구성된 시선집은 그 당시 김종삼이 어떻게 사유되어 왔는지 파악할 수 있는 지점이다. 이와 같이 개별 작품과 세부 작품군을 함께 분석한다면 최종적으로 김종삼의 문학의 핵심을 더욱 조밀하게 밝혀낼 수 있을 것이다.

본고에서는 그 초석인 개인 시집부터, 그 중에서 『십이음계』를 중심으로 다루어보고자 한다. 김종삼은 총 3편의 개인 시집을 남겼는데, 60·70·80년대에 출간되었다. 시집 제목만 놓고 봤을 때 첫 번째 시집 『십이음계』는 김종삼의 개인적 취향이 내재된 '음악', 두 번째 『시인학교』는 '시', 세 번째 『누군가 나에게 물었다』는 '나'라는 '주체'를 중점으로 구성되었음을 짐작할 수 있다. 이는 곧, 김종삼 시의 전개 과정을 설명하기 위한 핵심어라고 할 수 있다.

개인 시집을 놓고 봤을 때 작품 수록에 있어 흥미로운 점을 발견할 수 있다. 『십이음계』와 『시인학교』는 서로 중복되어 수록된 작품이 있는 반면, 『누군가 나에게 물었다』에서는 앞선 시집에 수록된 작품에서 재수록 되지 않았다. 따라서 세 시집에 대한 개별적인 논의가 이루어진 이후에 『십이음계』와 『시인학교』에 중복해서 수록된 작품들이 각 시집에서 어떤 의미를 갖는지 변별점을 정리하는 작업이 차후에 필요하다.

3. 『십이음계』의 의미

1. 김종삼과 음악

주지하다시피 김종삼의 시에서 음악은 밀접한 관계를 맺고 있다. 생애를 간단하게 살펴보면 26세 때 극단 극예술협회 연출부에서 음악을 담당했으며, 이후 국방부 정훈국 방송과에서 음악담당, 이후 여러 곳에서 음악을 담당하는 직책을 맡는다. 이러한 점을 비추어볼 때 김종삼의 음악적 역량은 단순히 취미를 넘어 경제활동을 할 만큼 전문성을 갖추었다고 볼 수 있다. 또한 김현의 산문에서 "17, 8세 때에는 베토벤을 가장 좋아했고, 그 외에는 음악가가 없는 줄 알았지만, 바하와 모차르트를 들은 후로부터는 그를 거의 듣지 않는다는 것이었고, 쎄자르 후랑크나 라벨, 드빗시 같은 음악가를 즐겨 듣는다"[6]는 대목과 일본 유학시절 처음엔 작곡을 하려고 음악을 공부했으며, 매일 르네상스 다방에서 온종일 음악을 듣곤 했다는 일화[7]는 김종삼의 삶에서 음악이 차지하는 비중이 크다는 사실을 알 수 있다.

> 나는 音域들의 影響을 받았다
> 구스타프 말러와
> 끌로드 드뷔시도 포함되어 있다
> 그들의 傾向과 距離는
> 멀고 그 또한
> 구름빛도 다르지만……
> ──「音─宗文兄에게」 전문(『김종삼 정집』, 667쪽)[8]

김종삼이 쓴 시에서 음악과 관련된 요소는 어렵지 않게 찾을 수 있다. 초기에서 후기에 이르기까지 음악적 요소가 내재되어 있는데, 「音─宗文兄에게」에서는 이를 직접적으로 드러낸다. 1연의 '음역'은 음악의 장르와

---

6) 김현, 『상상력과 인간/시인을 찾아서─김현 문학 전집3』, 민음사, 1975. 407쪽.
7) 『김종삼 정집』, 971쪽.
8) 『김종삼 정집』, 667쪽. (이하 본문에 인용된 시는 같은 책에서 발췌, 쪽수만 표기, 각주 생략)

형식을 포괄하는 시어이며, 그 다음 "구스타프 말러와/ 끌로드 드뷔시도"에서 '도'는 두 사람 뿐만 아니라 다른 작곡가를 포함됨을 의미한다.9) 이를 통해 김종삼은 다양한 경향의 음악들의 영향을 받았으며 시의 핵심요소임을 확인할 수 있다.

그렇기에 김종삼 시를 이해하기 위해서는 음악뿐만 아니라 회화를 포함한 예술 전반의 지식을 필요로 하며 여기서 다소 난해한 지점이 발생한다. 선행연구에서는 이를 주목하여 작품 속에 내재된 음악적 요소를 면밀히 살펴봄으로써 그것이 어떤 의미를 갖는지 밝히고자 했다. 비교적 근래의 연구를 간략하게 정리해보자면, 시에서 나타난 음악적 공간을 통해 절제와 울림, 초월과 환상성, 아름다움과 죽음의 천연성을 이끌어낸 연구10)와 캐논, 푸가, 소나타, 대위법과 같은 음악적 기법을 통해 죽음의 의식이 어떻게 드러나는지 접근한 연구11) 그리고 김종삼 시에서 음악을 무의식적 욕망과 결부시켜 해석한 연구12)로 정리할 수 있다.

선행연구의 성과는 음악적 형식을 통해 작품의 구조를 분석함으로써 시어의 층위에서 파악하기 어려웠던 주제의식과 의미를 선명하게 제시해주었다는 것에 있다. 이를 통해 김종삼 시에서 '음악'이 갖는 의미가 상당 부분 밝혀졌다. 그럼에도 불구하고 음악과 관련하여 한 가지 설명되지 않은 부분이 있다. 바로 개인 시집 『십이음계』이다. 1969년 출간된 김종삼의 첫 시집 『십이음계』는 표제를 보면 알 수 있듯 음악과 매우 관련이 있

---

9) 박시우, 『드뷔시처럼 시를 썼고 프랑크처럼 고독했고 말러처럼 탄식했다―음악으로 이해하는 김종삼』, 『작가들』 65호, 인천작가회의, 2018, 여름호, 193쪽.
10) 서영희, 「김종삼 시의 형식과 음악적 공간 연구」, 『어문론총』 53호, 한국문학언어학회, 2010.
11) 조용훈, 「김종삼 시에 나타난 음악적 기법 연구」, 『국제어문』, 제59집, 2013.
12) 김양희, 「김종삼 시에서 '음악'의 의미」, 『韓民族語文學』 第69輯, 한민족어문학회, 2015.

다. 음악이 김종삼 시의 핵심적인 요소임에도 그동안 『십이음계』는 잘 다뤄지지 않았다. 이러한 원인은 전집과 재수록에서 비롯된다. 여러 판본 중에서 하나의 판본을 정본으로 선정하고 하나로 묶는 과정에서 시집의 흔적을 찾기 어려워졌다. 거기에 김종삼의 시가 재수록이 많다는 특성이 더해져 각 판본들은 일종의 '중복'으로 처리되어 실체를 더욱 파악하기 어려워졌다.

『김종삼 정집』은 작품의 재수록이 단순히 중복이 아니며, 각 판본이 유기적 관계를 맺고 있음을 통해 또 다른 의미를 밝힐 수 있도록 구성되었다. 전집에서는 전체 속에서 개별이라는 단위로 접근했었다면, 그 다음 작업은 전체 속에서 '부분'으로 범위를 확장하여 접근하는 것이다. 전체와 개별 그리고 부분의 역동적인 관계 속에서 김종삼의 시는 그 의미의 망이 더 확장되며 견고해질 것이다.

2. 『십이음계』의 구성 원리와 의미

김종삼의 첫 시집 『십이음계』는 여러 면에서 의미심장하다. 먼저 '12음계'에 대해 간단하게 살펴보면, 12음계는 아놀드 쇤베르크(Arnold Schonberg)가 창안한 '12음기법'과 직접적으로 관련이 있다. 이전의 '7음계'가 하나의 으뜸음을 중심으로 조성이 이루어진다면 '12음계는' 12음 모두 동등한 지위가 부여된다는 특징이 있다. 이를 통해 소위 기능화성에 따르지 않는 조성이 없는 음악인 '무조음악(atonal music , 無調音樂)'이 만들어진다. 문제는 김종삼의 음악적 취향을 견주어보았을 때, 과연 얼마나 연관성이 있는지 파악하기가 쉽지 않다는 점이다.

음악적 취향을 기준으로 시집을 엮었다면, 시집에도 포함되어 있는 「드뷔시 산장」을 중심으로 구성할 수 있었겠지만, 김종삼은 '십이음계'를 선택했다. 드뷔시는 인상파 화가와 상징주의 문학을 음악에 적용하여 기존의 조성에서 벗어나는 작곡을 선보였는데, 김종삼은 이를 시로써 잘 표현했다고 볼 수 있다. 그럼에도 불구하고 김종삼은 왜 '십이음계'를 표제로 삼아 시집을 묶었는지 살펴볼 필요가 있다.

우선, 그가 남긴 작품과 산문을 볼 때, 음악적 취향으로써 쇤베르크의 음악을 접하지는 않은 듯 보인다. 그보다는 지식적인 측면에서 접근했다고 보는 것이 적절하다. 여기서 일본 유학시절 작곡과로 진학하고자 했던 점과 한국전쟁 대구 피난시절 자주 가던 '르네쌍스'라는 음악 감상실에서 국내 작곡가 윤이상·나운영과 교류했었다는 사실[13]을 되돌아볼 필요가 있다. 윤이상은 전행 이후 독일로 건너가 12음기법을 배울 만큼 전문적인 지식을 갖추었는데, 이와 같은 작곡과와 교류했다는 점은 김종삼에게 지식적인 측면에서 영향을 주었다고 볼 수 있다. 그리고 김종삼과 깊이 교류했던 전봉건이 당시 『십이음음악재론(十二音音樂再論』이라는 글을 통해 '십이음기법'이 단지 피상적인 이론에 그치는 것이 아닌, 당시 한국 예술에 대한 구체적인 방향을 제시하고 했었다는 점[14] 역시 영향을 주었다고 볼 수 있다.

『십이음계』의 구성을 대략적으로 살펴보면, 총 36작품이 수록되어 있다. 여기서 작품의 수는 '12음계'와 밀접한 관련이 있으며, 따로 부구성은 하지 않았지만 12작품을 하나의 부를 이루어 총 3부 구성으로 볼 수 있다. 또한, 개별 작품의 제목이 시집의 표제가 아니라는 점도 눈여겨봐야 한다.

---

13) 박시우, 앞의 글, 210쪽.
14) 홍승진, 「『현대예술』 2집(1954.6) 해제─전후(戰後) 한국 전위예술의 모색」, 『근대서지』 제15호, 근대서지학회, 2017 참고.

물론「십이음계의 충충대」가 시집의 표제와 겹치기는 하지만,「시인학교」
이나「누군가 나에게 물었다」와 같이 개별 작품의 제목 자체가 시집의 표
제가 되는 경우와는 차이가 있다. 이는 곧, 12음기법에서 각 음이 동등한
지위를 갖는 것과 관련 있다.

개별 작품이 제목이 시집의 표제가 될 경우, 그 개별 작품은 '으뜸음'과
같은 지위를 갖는다고 할 수 있다. 그러나 시집의 표제와 작품이 일치하지
않는다면, 으뜸음처럼 중점이 되는 작품을 따로 설정하지 않았다고 할 수
있다. 김종삼은『십이음계』에서 하나의 작품은 하나의 음표처럼 배열함
으로써 '작곡'에 가까운 작업을 이루어낸 것이다. 이와 같이 김종삼의 외
적 상황과 작품 내부구조를 고려했을 때, 시집『십이음계』에 대한 의미를
밝히기 위해서는 '12음기법' 그리고 이를 창안한 쇤베르크의 사상적인 측
면과 함께 보아야한다.

> [...]하나는 영감의 창조적 순간에 어떤 것을 생각해내는 것이고,
> 다른 하나는 작곡가가 세부적인 것들을 일종의 유기체가 되도록 하기
> 위해서 어렵게 연결하는 것으로 작곡가의 환상을 실현하는 것이다.
> 가령[작품이] 일개 유기체·인조인간 혹은 로봇이 된다고 하고 그
> 것이 다소 환상의 즉흥성을 가지고 있다고 하면, 그 외에 유감스럽
> 게도 이 [작품의] 형식을 '유기체로서' 파악가능한 메시지가 되도록
> 조직화해야 다른 그 무엇이 항상 더 남아 있다.15)

쇤베르크의 글을 통해『십이음계』의 구성 원리와 접근방향을 파악할
수 있다. 작곡가의 환상을 과연 어떻게 실현할 것인가에 대해 쇤베르크는

---

15) A.Schönberg, "*Komposition mit zwö Tönen*", Stil und Gedanke, p.72; 고은미,「쇤베
르크의 주요 작곡개념 및 원칙에 대한 연구」,『음악과 민족』제30집, 민족음악학
회, 2005, 398쪽에서 재인용.

"유기체가 되도록 하기 위해서 어렵게 연결 하는 것"으로 보았다. 그리고 형식을 "유기체로서 파악 가능한 메시지가 되도록 조직화"해야 함을 강조한다. 『십이음계』도 마찬가지이며, 시집은 시인의 환상을 파악 가능한 메시지가 되도록 조직화한 결과이다. 따라서 『십이음계』에 대한 접근은 개별 작품의 분석보다 수록된 다른 작품과의 유기적인 관계를 고려해야 한다. 이전까지 논의에서는 개별 작품 속에서 음악의 원리를 찾았다고 할 때, 여기에서는 다른 작품과의 관계를 통해 의미를 찾아야 한다.

> 아뜨리에서 흘러 나오던
> 루드비히의
> 奏鳴曲
> 素描의 寶石길
>
> …………
>
> 한가하였던 娼街의 한낮
> 옹기 장수가 불던
> 單調
>
> ─「아뜨리에 幻想」(300쪽)

　김종삼 시에서 음악은 환상적인 요소로 이해되어 왔다. 「아뜨리에 환상」은 김종삼 시에서 음악을 통해 환상의 공간이 어떻게 형성되는지 보여준다. 이를 시 단편으로 본다면, 구분선을 기준으로 환상의 공간과 현실의 공간의 대립적인 위상을 나타낸다. 특히 4연의 "보석길"은 『문학춘추』에 「근작시편 화실 환상」으로 처음 발표했을 때 "포석길"에서 개작되어 더욱 환상적인 공간으로 그려냈다. '아뜨리에'와 '창가', '루드비히'와 '옹기 장수', '주명곡'과 '단조'의 시어의 대립과 김종삼의 음악과 미학에 대한 지향점에 의해 환상적인 공간을 통한 아름다움에 초점이 맞춰질 수 있다. 그러나 『십이음계』에서 "유기체"로서 "조직화"의 결과로 볼 때, "다른 그 무엇이 항상 더 남아"있음을 확인할 수 있다.

> 사람들은 바그너적인 불협화음의 준비도 슈트라우스적인 불협화음의 해결도 더 이상 아무것도 기대하지 않았다. 드뷔시의 기능 없는 화성이나 그 후 작곡가들의 거친 대위법도 더 이상 불쾌하게 하지 않았다. 이런 상태의 일은 불협화음을 더욱 자유롭게 사용하게끔 유도하였는데, 이는 고전주의 작곡가들이 마치 전혀 불협화음이 없는 것처럼, 협화음이든 불협화음이든지 간에 모든 다른 화성에 선행할 수도 뒤따라올 수도 있었던 감7화음을 다루었던 것에 견줄 만하다. 불협화음과 협화음의 차이는 아름다움의 정도에 근거한 것이 아니라, '파악가능성'의 정도에 근거한 것이다.16)

쇤베르크 음악은 무의식적 환상을 조직화하여 '파악가능성'에 목적을 둔다. 으뜸음을 토대로 한 조성은 협화음으로써 익숙한 반면, 12음계의 불협화음은 익숙하기 않기에 이를 음악이라는 하나의 구성물로 만들 때 파악하기란 쉽지 않다. 이에 대해 쇤베르크는 기존 음악의 체제를 거부하며 의미의 해체에 목적을 두지 않았음을 염두에 두어야 한다. 위의 인용문을 통해 알 수 있듯, 쇤베르크는 '협화음'과 '불협화음'의 차이는 아름다움의 정도가 아닌 '파악가능성'의 정도에 근거를 둔다. 여기서 바로 '불협화음'의 가능성을 찾을 수 있다. 드뷔시가 기존의 화성에 벗어나는 대위법을 통해 작곡을 했음에도 사람들에게 불쾌감을 주지 않았던 것은 '불협화음' 자

---

16) A.Schönberg, "Komposition mit zwö Tönen", Stil und Gedanke, p.73; 고은미, 앞의 글, 370쪽에서 재인용.

체가 '미'로 직결되지 않았기 때문이다. 따라서 쇤베르크는 이에 더 나아가 '불협화음'의 가능성을 읽은 것이다.

이를 토대로 「아뜨리에 환상」의 구도를 살펴본다면 '협화음'과 '불협화음'의 구도로 읽을 수 있다. 이때, '옹기 장수'의 '단조'는 환상과 대비되는 현실의 공간에서 그치는 것이 아닌 일종의 '가능성'이 내재한 의미로 남겨진다. 또한 이러한 '가능성'은 단편의 시로써만 파악되지 않는다. 총 36편의 작품 중에서 12작품씩 1부로 묶었을 때17), 1부 시편에서는 협화음적 요소와 불협화음적 요소가 곳곳에 내재하는데 이를 통해 각각의 위상을 확인할 수 있다.

---

17) 『시집음계』 작품 목록

1부	제목	발표연도	2부	제목	발표연도	3부	제목	발표연도
1	평화	69	13	소리	65	25	배음	66
2	아뜨리에 환상	64	14	부활절	61	26	원정	56
3	시체실	67	15	올페의 유니폼	60	27	물통	62
4	墨畫	69	16	휴가	68	28	아우슈뷔츠1	63
5	스와니강이랑 요단강이랑	67	17	마음의 울타리	61	29	아우슈뷔츠2	64
6	북치는소년	67	18	그리운 안니 로 리	57	30	몇 해 전에	64
7	왕십리	69(첫)	19	뾰죽집	54	31	십이음계의 충충대	60
8	잿더미가 있던 마을	69(첫)	20	샹뺑	66	32	생일	65
9	비옷을 빌어입고	69(첫)	21	앙포르멜	66	33	음악―마라의 『죽은 아이를 추모하는 노래』에 부쳐서	64
10	술래잡기	65	22	드빗시 산장	59	34	돌각담	54
11	원두막	61	23	미사에 참석한 이 중섭씨	68	35	나의 본적	64
12	문장수업	64	24	무슨 요일일까	65	36	G마이나―전봉래형에게	54

온 종일 비는 내리고
가까이 사랑스러운 멜로디,
트렘펫이 울린다

二十八년전
善竹橋가 있는
비 내리던
開城,

(중략)

기와 담장 덜굴이 우거져
온 終日 비는 내리고
사랑스러운 멜로디 트럼펫이
울릴 때

—「비옷을 빌어입고」 부분 (311쪽)

그때는 형무소가 아니면
가막소로 불렸다.
十二月 二十五日 새벽이면
교인들의 새벽송 소리가
여기도 지나다녔다

—「잿더미가 있던 마을」 부분 (309쪽)

「비옷을 빌어입고」에서는 '사랑스러운 멜로디 트럼펫'과 같이 음악적인 요소가 직접적으로 나타난다. 이 시에서 주목해야할 점은 협화음의 발현양상이다. 불협화음이 사람들에게 익숙하지 않아 불쾌함을 주었다고 하면, 협화음은 "사랑스러운 멜로디"로써 유쾌함을 동반한다고 볼 수 있다. 따라서 이 시는 협화음을 통한 환상적 공간의 생성으로 볼 수 있다. 그러나 트럼펫이 울리는 상황을 살펴보면, "二十八년전"이라는 과거를 통해서 발현된다. 또한, 같은 부에 속하는 「잿더미가 있던 마을」에서 협화음이라고 볼 수 있는 "교인들의 새벽송 소리"가 "그때"라는 과거에서 발현된다. 이는 곧, 『십이음계』에서 협화음은 '과거'라는 시간적 속성을 갖는다.

비 바람이 휘청거린다
매우 거세이다.

간혹 보이던
논두락 매던 사람이 멀다.

산 마루에 우산
받고 지나가는 사람이
느리다.

무엇인지 모르게
평화를 가져다 준다.

머지않아 원두막이
비게 되었다.

— 「원두막」 전문 (315쪽)

헬리콥터가 떠 간다
(중략)
헬리콥터 여운이 띄엄하다
김매던 사람들이 제집으로 돌아 간다

고무신짝 끄는 소리가 난다
디젤 기관차 기적이 서서이 꺼진다.

　　　　　　　　　　　　　　　　—「문장수업」부분, (317쪽)

　협화음의 시간적 속성이 과거인 반면, 불협화음의 시간적 속성은 '현재'
이다.「원두막」에서는 음악과 직결되는 시어는 나타나지 않지만,『십이음
계』라는 맥락에서 접근해본다면 불협화음적인 요소를 찾을 수 있다. 이
시에서는 '매우 거세게 휘청이는 비 바람'을 불협화음으로 놓을 수 있다.
이때 시에서 시간상의 흐름은 '현재'에서 진행되고 있음과 동시에 불협화
음적 요소가 '평화'를 가져다주고 있음을 살펴보아야 한다. 1부의 첫 작품
인「평화」에서의 평화는 "선교사가 심었던 수十년 되는 나무"[18]로부터
나타난다. 여기서 '나무'는 과거에서부터 흔들림 없이 안정된 상태로 지속
되어온 협화음의 기능을 하는데 곧, 평화는 협화음으로부터 비롯된다고
할 수 있다.

　그러나 1부의 시가 진행됨에 따라「원두막」에서처럼 불협화음과 협화
음의 위상은 역전된다. 이에 대해 정리하는 것이 1부의 마지막 시「문장수
업」이다. "헬리콥터"와 "디젤 기관차 기적"은 소리에 있어서 일정한 리듬
으로 안정감을 주기 때문에 협화음으로 기능한다. "고무신짝 끄는 소리"
는 그와 반대로 음량과 리듬이 일정하지 않은 불협화음으로 놓을 수 있다.
이때 이 두 요소의 진행을 살펴보면, '헬리콥터'와 '디젤 기관차 기적'은 멀
어져 작아지지만, 그로인해 '고무신짝 끄는 소리'는 들리게 된다. 이러한
시의 진행은 앞서 살펴본 쇤베르크의 불협화음에 대한 견해와 부합한다.
김종삼 역시『십이음계』에서 불협화음적 요소에 비중을 두고 있음을 확
인할 수 있다.

---

18)『김종삼 정집』, 299쪽.

산마루에서 한참 내려다 보이는
초가집
몇 채

하늘이 너무 멀다.

(중략)

지난 일들은 삶을 치르느라고
죽고 사는 일들이
지금은 죽은 듯이
잊혀졌다는 듯이
얕은 소릴 내이는
초가집 몇 채
가는 연기들이

　　　　　　　　　　　　　—「소리」부분 (318쪽)

　人工의 靈魂사이
　아스팔트 길에는 時速違反의 올페가 타고 뺑소니치는 競技用자
전거의 사이었다.

　休息은 無限한 푸름이었다.
　　　　　　　　　　　　　—「올페의 유니폼」부분 (322쪽)

숨직인 하늘이 동그랗다
한놈은 뺑소니 치고

한놈은 여름속에 잡아 먹히고 있었다.
사람의 손발과 같이 모가지와 같이 너펄거리는 나무가 있는 바닷

가에서

―「휴가」부분 (323쪽)

　1부에서는 협화음과 불협화음의 관계와 위상을 중점으로 다루었다면, 2부에서 두드러지는 특징은 음량의 변화이다. 1부의 시에서 협화음에 해당되는 청각이미지의 크기가 줄어들었다면, 2부에서는 전반적인 음량이 줄어든다. 2부 첫 시「소리」를 보면, 시 제목은 '소리'이지만 정작 시에서 담고 있는 소리는 얕다. 그로인해 2부에 접어들면서 협화음의 요소는 거의 희미해졌으며, 불협화음만 간간히 들려오며, "영아는 나팔 부는 시늉을 했다"19)(「뾰죽집」)와 "뉴스인 듯한 라디오가 들리다 말았다."20)(「샹뺑」)과 같이 '무음'의 직전에 다다른다. 즉, '불협화음'과 '무음'과의 관계를 다루며 변주가 이루어진다.

　그 결과 시의 전반적인 분위기 또한 전환된다. 1부에서는 협화음을 통해 안정적이면서 편안한 분위기를 형성한 반면, 2부에서는 불협화음과 무음의 관계를 통해 '죽음'의 이미지가 부각된다. 협화음을 통해 현재의 공간에서 벗어난 환상적인 공간을 생성함으로써 안정에 안착하는 것이 아닌, 불협화음이 주도하는 현재의 공간에서 죽음과 맞닥뜨린다. 유독 "뺑소니"라는 시어가 자주 등장하는 것도 바로 이러한 이유에서이다,「올페의 유니폼」과「휴가」에서 '뺑소니'는 갑작스러운 소음과 죽음을 동반하는 불협화음으로 기능한다.

　요컨대 2부는 전체적은 음량이 줄어듦에 따라 협화음과 불협화음의 관계에서 불협화음과 무음의 관계로 전환됨을 보여준다. 협화음의 시간적 특성이 과거를 담고 있다고 할 때, 그 크기가 줄어듦으로써 불협화음의 시

---

19) 『김종삼 정집』, 330쪽.
20) 위의 책, 332쪽.

간성인 현재가 부각된다. 이를 통해 환상으로 가려졌던 현실의 죽음이 부각되었다고 볼 수 있다.

> 醫人이 없는 病院뜰이 넓다.
> 사람들의 영혼과 같이 介在된 푸름이 한가하다.
> 비인 母乳車 한臺가 놓여졌다
> 말을 잘 할 줄 모르는 하나님의 것일까.
> 버리고 간 것일까.
> 어디메도 없는 戀人이 그립다.
> 窓門이 열리어진 파아란 커튼들이
> 바람 한점 없다.
> 오늘은 무슨 曜日일까.
>
> —「무슨 曜日 일까」 전문 (339쪽)

불협화음의 현실 속에서 죽음을 직면했을 때, 취할 수 있는 자세는 크게 두 가지이다. 하나는 체념하는 것이고 또 다른 하나는 받아들이고 이겨내는 것이다. 2부의 마지막에 수록된 「무슨 요일 일까」의 화자는 전자와 후자 사이의 경계에 서 있다. 시에 나타나는 공간적 배경은 병원이지만 특이한 점은 의사가 없다. 이러한 상황은 병원이라는 공간이 이중적인 공간임을, 즉 생의 공간이자 죽음의 공간이라는 점을 드러낸다. "비인 유모차"는 생의 영역 속에 생이 없음을 의미한다. 전지전능할 줄 알았던 하나님을 '말을 잘 하지 못'하다고 표현했는데, 이는 이전의 환상적인 공간에서 벗어나 현실과 직면한 결과이다. 그렇기에 화자는 '연인'을 그리워하지만 어디에도 없다는 사실 역시 알고 있다. 화자에게 남은 것은 또 다른 질문을 던짐으로써 이 상황을 극복하는 것이다.

어제의 나를 만나지 않는 날이 계속되었다.

골짜구니 大學建物은
귀가 먼 늙은 石殿은
언제 보아도 말이 없었다.

어느 位置엔
누가 그린지 모를
風景의 背音이 있으므로
나는 세상에 나오지 않은
樂器를 가진 아이와
손쥐고 가고 있었다.

—「背音」 부분, (340쪽)

　『십이음계』를 임의로 3부로 나누었을 때 마지막 장인 3부에서는 시에서 '음악' 자체의 위상이 변한다. 단적으로 각 부의 첫 번째 작품을 보면 이를 알 수 있다. 1부 「평화」는 협화음을 통해 환상의 공간을 그렸으며, 2부 「소리」는 '얕은 소리'로 약화되었고 3부 「배음」에서는 "풍경의 배음"으로 공간과 소리의 거리가 한층 더 멀어졌음을 알 수 있다. 앞서 언급했던 과거는 협화음의 시간적 특징이다. 이를 1연의 "어제의 나를 만나지 않는 날이 계속되었다."와 연관 지어 볼 때, 더 이상 협화음이 들어올 틈을 주지 않는다. 또한 '무음' 앞에서 혼란스러워 했던 것과는 달리 '세상에 나오지 않은 악기를 가진 아이'와 손 쥐고 가고 있음을 말함으로써 적극적으로 '무음'을 수용하고 있다.

　주검 一步直前에 無辜한 마네킹들이 化粧한 陳列窓
死産.

소리 나지 않는 完璧.

　　　　　　　　　　　—「十二音階의 層層臺」 부분 (350쪽)

소리없이 출렁이는 물결을 보면서
돌부리가 많은 광야를 지나

　　　　　　　　　　　　　　　—「생일」 부분 (351쪽)

하나는
늬 관속에
하나는 간직하였느니라
아비가 살아가는 동안
만지작거리느니라
　　—「音樂—마라의 '죽은 아이를 追慕하는 노래'에 부쳐서」 부분

　　　　　　　　　　　　　　　　　　　　　(352쪽)

　　모든 소리가 줄어든 '무음'의 세계에서 2부에서는 길을 잃고 헤매었다
면, 3부에서는 적극적으로 가야할 길로 받아들인다. 즉, 가려졌던 '죽음'과
처음 맞닥뜨렸을 때 혼란스러운 모습을 보이지만 3부에서는 태도변화를
보인다. 또한, 음악적 요소에서 보다 더 벗어나는 경향을 보여준다. 김종
삼의 시에서 '완벽'은 협화음이 갖춰질 때 이루어지는 것이 아니라 소리
나지 않을 때 이루어진다. 여기서 주목할 점이 바로 '완벽'이 '협화음'의 평
온함이 아니라는 점이다.

　　'협화음'의 시간적 속성은 과거이므로 '지금은 없는 상실한 대상'으로
볼 수 있다. '불협화음'은 상실로 인해 나타나는 현실과의 마주침으로, 그
리고 '무음'은 '협화음'과 '불협화음'의 간극으로써 '과거/현재', '환상/현실'
의 양자택일에서 벗어나 제 3의 길을 열어놓는다. 「십이음계의 층층대」를

단편으로 읽을 때 "주검"과 "사산"을 통해 "소리 나지 않는 완벽"이 반어법적으로 부정적인 의미를 나타낸다. 이를 시집의 맥락을 통해 살펴볼 때, 진열창"을 통해 형성되는 경계를 주목해야한다. 즉, 시적화자는 "진열창"을 통해 "무음"의 경계에 서 있는 것이다.

그렇기에 '죽음'에 대한 인식 역시 전환된다. 1부에서 협화음의 환상을 통해 현실의 죽음을 감추었다면, 2부에서는 불협화음을 통해 현실의 공간에서 죽음과 대면한다. 마지막 3부에서는 시의 화자가 '음이 없음'을 받아들인다. 『십이음계』에서 '음'은 현실을 감추기 위한 환상의 공간을 형성하기도 동시에 그로부터 벗어난 현실의 공간을 지각하도록 만든다. 그러한 '음' 자체에서 벗어나 환상과 현실의 양자택일이 아닌, '무'를 택함으로써 또 다른 가능성의 세계를 열어놓는다.

> 모든 이러한 기능들의 충족이— 문장에서 구두법, 단락으로의 구분 및 장(章)들로의 요약에 비교할 만하지만—구조적 가치가 지금까지 아직도 연구되지 않았던 화음들로는 거의 보장될 수 없었다. 그래서 처음에는 복잡한 조직이나 길이가 긴 곡들을 작곡하는 것이 불가능한 듯 보였다. 조금 지나서 뜻밖에도 나는 텍스트나 시를 수반함으로써, 어떻게 보다 큰 형식이 만들어지게 되었는지를 깨달았다.[21]

쇤베르크는 자신이 창안한 음악을 "텍스트나 시를 수반"하여 발전시켜 나갔다. 이는 곧, 쇤베르크의 음악이 이미 시와 밀접한 관련을 맺고 있었음을 알 수 있다. 이때 음악과 시의 관계는 종속관계에 놓이는데, 시는 음악의 부속적 역할을 한다. 김종삼은 이를 적극적으로 수용하되, 음악과 시

---

21) A.Schönberg, "Komposition mit zwö Tönen", Stil und Gedanke, p.74; 고은미, 앞의 글, 373쪽에서 재인용.

의 위치를 역전시킨다. 협화음과 불협화음의 요소를 시집 곳곳에 구조적으로 배열함으로써 쇤베르크가 음악을 통해 제시하고자 했던 무의식적 환상의 '파악가능성'을 표현하였다. 그리고 더 나아가 협화음과 불협화음 모두 택하지 않고 '무음'의 세계를 열어놓음으로써 음악을 통해 시의 영역을 더 확장해나갔다.

이것이 바로 김종삼 첫 시집 『십이음계』의 의의라 할 수 있다. 김종삼의 시에서 음악은 핵심이라 할 수 있는데, 첫 시집을 통해 시와 음악의 위상이 어떻게 변모하는지 확인할 수 있다. 이전시기까지 김종삼 시에서 음악은 시와 대등한 위치에 놓았다면 "십이음계"를 통해 시와 음악의 관계를 재정립한다. 쇤베르크의 음악적 이론을 적극 수용하되, 음악을 통해 시의 영역을 확장하고 있음을 보여준다. 이러한 관계를 확인할 수 있는 지점이 바로 두 번째 시집 "시인학교"이다. 본격적으로 '시'가 중심으로 자리잡으면서 그 내실을 더 다져나갔다고 볼 수 있다.

4. 결론을 대신하며

김종삼 정집은 김종삼 시의 개작과 재수록이 많다는 특징을 고려하여 출간되었다. 이를 통해 김종삼 시의 접근 방향을 제시해준다. 개별시편의 개작과 재수록 양상을 살펴보는 작업도 중요하지만, 병행되어야 할 작업은 바로 개별시집에 대한 분석이다. 개인시집은 시인의 선택과 배제 그리고 배열을 통해 적극적으로 구성된 결과물이다. 그렇기 때문에 시집의 맥락 속에서 개별 시편은 또 다른 의미를 담아낸다.

그럼에도 불구하고 개인시집에 대한 연구는 비교적 이루어지지 않았다. 전집을 통해 개별 작품의 전체는 수월하게 파악할 수 있었지만, 시집이라는 부분은 그 맥락 속에서 흔적을 찾기 어려워졌기에 다소 소홀하게 다루어져왔다.

본고에서는 우선 김종삼 정집의 발간을 통해 시집의 실체들을 확인할 수 있게 된 점을 중점에 두고 정집의 의의를 밝히고자 했다. 그 다음 개별 시집의 위상을 확인함으로써 김종삼 시세계를 더욱 정밀하게 밝히기 위해 그에 대한 분석이 필요함을 제시하였다. 마지막으로『십이음계』의 분석을 통해 그 의미를 밝히고자 했다.

『십이음계』는 쇤베르크가 창안한 12음기법과 직접적으로 관련 있는 개념으로 김종삼의 음악적 취향과 거리가 다소 멀었음에도 표제가 되었다. 이는 김종삼이 취향으로써가 아닌 음악적 지식을 기반으로 접근했음을 보여준다. 따라서 쇤베르크의 음악적 이론과 함께 시집을 살펴보았다.

시집은 총 36작품으로 구성되어 있으며, 따로 부 구성은 되어있지 않았지만, 12음기법에 맞춰 임의로 12작품씩 1부로 묶어 접근하였다. 1부에서는 협화음적 요소와 불협화음 요소를 중심으로 접근하였으며, 2부에서는 불협화음과 '무음'으로 나아가는 단계, 마지막 3단계에서는 '무음'을 택함으로써 김종삼이 시를 통해 어떻게 음악을 통해 시의 외연을 확장해나갔는지 살펴보고 시집의 의의를 밝혀보았다.

김종삼 연구는 정집 출간을 통해 새로운 국면을 맞이했다.『십이음계』뿐만 아니라『시인학교』,『누군가 나에게 말했다』에 대한 후속 연구가 필요하며, 이번에 다룬『십이음계』역시 다른 판본과 함께 재수록 양상을 살펴봄으로써 더욱 면밀히 살펴볼 필요가 있다. 또한 12음기법이 의미하는 바, 시인이 작품의 선정과 배열에 있어 심혈을 기울였다고 볼 수 있으며 개별 작품마다 심층적인 의미가 담겨 있다. 본고에서는 구성적인 면을 중점으로 살펴봄으로써 개별 시편에 대한 분석이 다소 미흡하다. 이는 이후 연구에서 보충하고자 한다.

김종삼 시에 나타난 '공백'의 구조 연구*

차성환

1. '공백'의 기원으로서의 「돌각담」

일찍이 황동규는 김종삼[1] 시에 나타난 "의도적인 공백"[2]에 대해 언급

---

* 차성환, 「김종삼 시에 나타난 '공백'의 구조 연구」, 『동아시아문화연구』 82권, 한양대학교 동아시아문화연구소, 2020.8.

1) 김종삼 시인은 1921년 4월 25일 황해도 은율에서 출생하여 평양 광성보통학교와 평양 숭실중학교, 일본 동경 도요시마 상업학교를 졸업하였다. 동경문화학원 문학과에 입학하여 다니던 중 해방을 맞아 귀국하여 극예술협회 연출부에서 음악을 담당했다. 국방부 정훈과와 『시극』 동인회에서 음악 연출을 맡아했고 1967년 동아방송 제작부에 입사해 정년까지 보냈다. 1954년 『현대예술』 6월호에 「돌」을 발표하면서 시를 쓰기 시작, 개인 시집으로는 『十二音階』(삼애사, 1969), 『시인학교』(신현실사, 1977), 『누군가 나에게 물었다』(민음사, 1982)가 있으며 1984년 12월 8일 간경화로 생을 마감하였다.

2) 황동규, 「殘像의 美學」, 『김종삼 전집』(청하, 1988), 244쪽.

했으며 이후 연구자들도 이 '공백'의 의미에 주목했다. 김종삼의 시를 두고 "조형성을 통한 미의 추구"3)이자 "자율적인 미의 공간"4), "부재의 미"5)라고 보는 평가는 그의 시에 나타난 '공백'을 구조화하는 회화적 이미지에 기인한다. 김종삼 시의 '공백'에 대한 최근 연구로는 김성조의 글을 들 수 있다. 그는 김종삼 시의 "'공백/생략'이 드러내는 의미적 불확실성(semantic uncertainty)과 그 불확실성 속에 은폐되어 있는 시적 상상력을 도피적 사유로 보면서" 이 '공백'이 "단순히 '비어있음'이 아니라 빈 공간 그 자체로 모종의 의미를 창출하는 장치가 된다"6)는 중요한 논의를 보여준다. 그러나 이때의 '공백'은 기존의 논의에서 제기된 범주 즉, 시의 형식과 기법적 측면에서의 '생략'7)과 도가사상에서 말하는 '여백'8)이란 의미에서 크게 벗어나지 못한 실정이다. 따라서 본고가 다루고자 하는 '공백'은 김종삼 시에 나타난 성소 이미지의 구축물 속에 내재된 '공백'이라는 점에서 연구의 차별성이 있다. 김종삼의 시가 강박적이라고 할 수 있을 정도로 완벽한 미학적 구조를 드러내는 데에는 그 중심에 '공백'에 대한 충동이 자리 잡고 있기 때문이다. 김종삼 시의 '공백'은 「돌각담」에서 최초로 출현한다. 「돌각담」은 김종삼 시의 출발점이자 궁극적인 원형으로서 메타시의 가능성을 동시에 갖는다.

---

3) 김현, 「이해와 공감」, 『상상력과 인간』(일지사, 1973), 274쪽.
4) 이승훈, 「유기적 공간과 추상적 공간」, 『문학사상』(1978.3), 285쪽.
5) 김준오, 「고전주의적 절제와 완전주의」, 『도시시와 해체시』(문학과비평사, 1992), 258쪽. 김준오는 김종삼의 시를 '부재의 미'라고 언급하면서 고전주의 미학의 완전주의적 세계관으로 보고 있다.
6) 김성조, 「김종삼 시의 '공백/생략'에 나타난 의미적 불확실성과 도피성」, 『한국언어문화』 제53집(한국언어문화학회, 2014.4), 82쪽.
7) 고형진, 「김종삼의 시 연구」, 『상허학보』 12(상허학회, 2004.2), 375−402쪽.
8) 이상오, 「현대시의 여백에 관한 고찰」, 『한국문학의연구』 30(한국문학연구학회, 2006. 11), 367−398쪽.

내 처녀작(?)이라 할 수 있는 것을 써 내놓은 것은 6·25직전, 내가 서른을 갓 넘었을 때 쓴 것으로 <돌각담>이 있다. 지금까지 쓴 1백 여 개 가운데서 이 <돌각담><앙포르멜><드뷔시 산장부근>등 3, 4개 정도가 고작 내 마음에 찬다고 할 수 있을까?

그 때 나의 뇌리와 고막 속에선 바하의 <마태 受難>과 <파사칼 리아 遁走曲>이 굉음처럼 스파크되고 있었다./걷고 걷던 7월 초순 경, 지칠대로 지친 끝에 나는 어떤 밭이랑에 쓰러지고 말았다. 살고 싶지가 않았다./얼마나 지났던 것일까, 다시 깨어났을 때는 주위가 캄캄한 深夜였다. 그러면서 생각한 것이 <돌각담>이었다.// 全鳳健 과 李昇勳이≪現代詩學≫(73년 4월호)에서 拙詩 <돌각담>에 대해 서 對談한 몇 마디를 이곳에 인용한다./이 작품의 현장을 전쟁 속에 두면 작자가 제시하고 있는 경험이 무엇인가 자명해지는 것입니다. 그 죽음과 절망과 막막한 어둠의 경험입니다. 그리고 그 어둠과 절 망과 죽음 바로 그 속이었기에 할 수 있었던 사랑이랄까 연민의 정 이랄까 할 것의 발견과 확인의 경험입니다.//(중략) 나는 그 뒤부터 못 먹던 술을 먹게 되었다. 무료할 때면 詩作이랍시고 끄적거리는 버릇을 가지게 되었다.

—『文學思想』, (1975.7)[10]

김종삼은 1973년 3월에 발표한 산문에서 자신의 '처녀작(?)'으로 「돌각 담」을 꼽으며 '6·25직전'에 쓴 것이라고 밝히고 있다. 또한 지금까지 쓴 백여 편의 작품들 중에서 몇 안 되게 마음에 드는 작품이라고 말한다. 그 후 1975년 7월 발표작인 시 「虛空」에 덧붙인 시작노트에서는 정작 해당 시에 대한 이야기는 없고, 대신 「돌각담」에 대해 언급한다. 생전에 산문을

---

9)『김종삼 정집』,「먼 「시인의 영역」」(북치는소년, 2018), 916쪽.
10) 위의 책,「散文/피난길」, 421–422쪽.

많이 남기지 않는 시인의 성향에 비추어본다면 「돌각담」에 대한 반복적인 언급은 눈여겨 볼만한 대목이다. 7월 초순경, 6·25 전쟁의 피난길 중에 지쳐서 밭이랑에 쓰러졌는데 살고 싶지 않은 절망적인 상황에서 눈을 떴을 때 캄캄한 심야였고 이때 「돌각담」을 '생각'했다는 것이다. 여기서의 '생각'이 「돌각담」을 쓰게 된 창작의 모티브가 되었다는 건지 아니면 예전에 쓴 것을 다시 떠올리게 되었다는 말인지 불명확하지만, 분명한 것은 「돌각담」에 사후적으로 많은 의미 부여를 하고 있다는 사실이다. 김종삼은 전봉건과 이승훈이 「돌각담」에 대해 이 작품의 현장을 전쟁 속에 두었을 때 더 많은 의미를 불러일으킨다고 대담한 내용을 직접 인용한다. '6·25직전'에 썼다던 「돌각담」의 창작 시점을 6·25전쟁의 '피난길'로 바꾸고 싶어 한다는 인상도 받게 된다.

김종삼은 시인의 탄생과 관련된 자기 신화를 구축하고자 하는 욕망을 드러내고 있으며 그 중심에는 「돌각담」이 놓여 있다. 「돌각담」이 총 6번의 개작과 함께 두 권의 개인 시집(『십이음계』와 『시인 학교』)에 수록되었다는 사실은 이 작품이 갖는 중요성을 시사해준다.[11] 「돌각담」이 『連帶詩集·戰爭과音樂과絶望과』(自由世界社, 1957.)에 재수록 되었을 당시 "하나의 前程 備置"란 부제를 달았는데, 시인으로서 자신의 나아가는 앞길에 무언가를 비치한다는 그 뜻을 되새겨보면 의미심장하다. 김종삼이 자기 시의 기원으로서 「돌각담」을 두는 데에는 그 시에 창작의 원리라고

---

11) 정치훈, 「김종삼 시 「돌각담」의 재수록 양상과 의미―『십이음계』와 『시인학교』를 중심으로」, 『한국시학연구』 제58호(한국시학회, 2019.5), 69–94쪽. 이 글에서 논자는 전쟁 체험에 기인한, 김종삼의 죽음의식이 초기에 가족이나 지인의 죽음에 대한 사유에서 시한부 판정 이후 현실 자체에서의 죽음을 사유하는 것으로 변모하였다고 본다. 이어 『십이음계』에서의 「돌각담」이 '죽음과 부활'의 의미를, 『시인학교』에서는 '죽어감과 회복'의 의미를 갖는다며 「돌각담」의 개작과 함께 개인시집에 재수록되었을 때의 의미 변화에 대해 분석하고 있다.

부를 만한 '어떤 것'을 사후적으로 부여하고 구성했을 가능성이 있다. 우선 이 해결의 실마리를 「虛空」에 붙인 시작노트에 「虛空」이 아닌 「돌각담」에 대한 내용으로 채워져 있다는 것에서 찾아야 한다.

> 사면은 잡초만 우거진 무인지경이다/자그마한 판자집 안에선 어린 코끼리가/옆으로 누운 채 곤히 잠들어 있다/자세히 보았다/15년 전에 죽은 반가운 동생이다/더 자라고 뭐 두자/먹을 게 없을까"
>
> ― 「虛空」 전문, 『평화롭게』, 高麗苑, (1984)

> 廣漠한地帶이다기울기
> 시작했다잠시꺼밋했다
> 十字型의칼이바로꽂혔
> 다堅固하고자그마했다
> 흰옷포기가포겨놓였다
> 돌담이무너졌다다시쌓
> 았다쌓았다쌓았다돌각
> 담이쌓이고바람이자고
> 틈을타凍昏이찾아들었
> 다포겨놓이던세번째가
> 비었다.
>
> ― 「돌각담」 전문, 『평화롭게』, 高麗苑, (1984)[12]

「돌각담」을 두고 "작자가 제시하고 있는 경험"을 "어둠과 절망과 죽음" 속에서 "사랑이랄까 연민의 정이랄까 할 것의 발견과 확인의 경험"이라고

---

12) 이 글은 김종삼, 『김종삼 정집』(북치는소년, 2018)을 기본 텍스트로 한다. 김종삼 시인은 시를 재수록하면서 개작한 경우가 많다. 수정범위가 크지 않는 한해서 시인의 의도가 최종적으로 반영된 것이라 판단되는 마지막 판본을 텍스트로 인용하였다. 그 외에 의미상의 차이가 발생하는 경우 따로 표기하였다.

말한 전봉건과 이승훈의 대담을, 김종삼이 「虛空」의 시작노트에 인용한 것은 그 대목이 「虛空」에도 적용된다고 판단했기 때문이다. 「돌각담」이 참혹한 전쟁의 상황에 돌무덤이 세워지는 풍경을 통해 '어둠과 절망과 죽음'의 이미지를 강하게 드러낸다면 「虛空」은 그러한 '어둠과 절망과 죽음' 속에서, 죽은 동생13)에 대한 '사랑'과 '연민의 정'이 두드러지게 나타난다.

「虛空」의 시 제목이 지시하는 '虛空'은 「돌각담」의 연관성 속에서 '판자집 안'의 빈 공간을 암시하는 것으로 볼 수 있다. 「돌각담」에서 "세번째 가비었다"는 돌무덤 안의 빈 공간을 지시하고 있는데 말 그대로 '허공'이자 '공백'에 해당한다. 「虛空」의 "사면은 잡초만 우거진 무인지경"에 "자그마한 판자집"은 「돌각담」의 "廣漠한地帶"에 "十字型의칼이바로꽂"힌 '돌각담'과 유사한 이미지를 보인다. '돌각담'은 죽음을 표시하는 "十字型의칼"로, 죽은 자가 묻힌 무덤을 형상화하고 있다. 「虛空」에서 "자그마한 판자집" 안에 누워 잠든 "어린 코끼리"가 "15년 전에 죽은 반가운 동생"이

---

13) 결핵을 앓다가 22세에 죽은, 김종삼의 막내 동생 김종수(金宗洙)로 여겨진다. 다른 시편에도 동생의 죽음이 자주 등장한다. "저는 날마다 애도합니다/죽은 지 오래 된 아우와/어머니를/그리고 金冠植을."(「死別」부분, 『現代文學』(1983.11)), "불쌍한 어머니/나의 어머니 아들 넷을 낳았다/그것들 때문에 모진 고생만 하다가/죽었다 아우는 비명에 죽었고"(「어머니」부분, 『평화롭게』(高麗苑, 1984)), "그 동안 죽어서 만나지 못한 어렸던 동생 종수가 없다고."(「발자국」부분, 『文學春秋』(1964.12); 이후 『詩文學』(1976.4)에서는 해당 시구가 삭제된 채 발표됨), "죽은 나의 동생"(「現實의 夕刊」, 『自由世界』(1956.11); 이후 『新群像』第1輯, 1958.12에 '夕間'이란 제목의 시로 개작되면서 해당 시구가 삭제됨), "동생애를 데리고/평양고등보통학교 운동장에 놀러 갔습니다(중략)//저는 그 일을 잊지 못하고 있습니다/그애는 저보다 먼저 죽었기 때문입니다"(「운동장」, 『평화롭게』(高麗苑, 1984)) "아우의 무덤"(「한 마리의 새」, 『평화롭게』(高麗苑, 1984)), "아우는 스물 두 살 때 결핵으로 죽었다." (「掌篇」, 『世界의文學』(1984, 가을)) "죽은 아우 <宗洙>의/파아란 한쪽 눈이 오랫동안/나에게서 잠시도 떠나지 않았다/어느 날 밤 꿈 속에서"(「掌篇」, 『月刊文學』(1979.6); 최초발표작의 제목은 '아침'임), "아우는 비명에 죽었고"(「어머니」, 『평화롭게』(高麗苑, 1984))

라고 제시될 때 그 '판자집'은 일반적인 집이 아니라 무덤의 의미를 갖게 되기 때문이다. 「虛空」은 "자그마한 판자집" 안에 있는 빈 공간에 "죽은 반가운 동생"("어린 코끼리")이 안치된 형태로 드러나며 「돌각담」의 모티프가 반복된 작품임을 알 수 있다.

> 새 한마리 날마다 그맘때/한 나무에서만 지저귀고 있었다//어제 처럼/세 개의 가시덤불이 찬연하다/하나는/어머니의 무덤/하나는/ 아우의 무덤//새 한마리 날마다 그맘때/한 나무에서만 지저귀고 있 었다
> ─「한 마리의 새」 전문, 『평화롭게』, 高麗苑, (1984)

이 시에도 '죽은 동생'이 등장한다. "어제처럼/세 개의 가시덤불이 찬연 하다"라는 대목에서 '세 개의 가시덤불'은 "무덤"을 의미한다. "하나는/어 머니의 무덤/하나는/아우의 무덤"이라고 개수를 세고 있기 때문이다. 그런 데 "가시덤불"이 "세 개"라고 했는데 나머지 하나는 지시되지 않고 있다. 이와 관련하여 「돌각담」의 "포겨놓이던세번째가/비었다."는 시구에 주목 할 필요가 있다. '돌각담'을 쌓고 쌓았는데 "세번째가/비었다"는 것은 나머 지 두 개는 채워진 무덤이지만 '세번째'의 무덤은 비어있다는 뜻이다. 「한 마리의 새」 또한 "의도적으로 다른 하나의 무덤을 공백 속에 남겨두고 있 다."[14] 여기서 지시되지 않은 나머지 남은 "하나"의 "가시덤불"은 아직 죽 음이 완성되지 않은 누군가의 무덤인 것이다. 이 누군가의 무덤은 세 번째 무덤으로 바로 시적 주체인 '나'의 무덤이다.[15] 「돌각담」에서 두 개의 '돌

---

14) 남진우, 『미적 근대성과 순간의 시학』(소명출판, 2001), 262쪽. 남진우는 이 세 번 째 무덤이 바로 화자 자신의 무덤이라고 분석하면서 그 '공백'에 대해 "화자 자신의 무덤을 이처럼 부재 속에 음각시켜 놓음으로써 시인은 오히려 역으로 그것의 실재 성을 강하게 환기시키는 효과를 거두고 있다"고 말한다. 같은 책, 262쪽.

각담'이 쌓이고 세 번째가 비어있는 것과 마찬가지로 「한 마리의 새」에는 "세 개의 가시덤불"인 "무덤" 중에 두 개는 "어머니"와 "아우"라는 주인이 명시되어 있지만 세 번째 무덤의 주인은 드러나 있지 않다. "어제처럼"에서 보듯이, 기존에 쓴 「돌각담」의 상황을 염두에 두고 썼을 가능성이 농후하다. 「한 마리의 새」 또한 「돌각담」이 변주된 형태로 볼 수 있다. 「虛空」과 「한 마리의 새」는 「돌각담」의 이미지와 구조를 반복하고 있다. 이들 시편에 나타난, 내부가 비어있는 세 번째 '돌각담'(「돌각담」)과 '판자집' 안의 '虛空'(「虛空」), 언급되지 않은 나머지 '무덤'(「한 마리의 새」)은 공통적으로 하나의 '공백'을 암시하고 있다.

「돌각담」에서 "황막하고 절망적인 상황 속에서 돌각담 쌓기를 반복"하는 것은 부재의 상황을 극복하기 위해 혹은 견디기 위해 실행하는 의식/무의식적인 행위"이며 이 "'비었다'의 '공백'은 황막한 시·공간과 죽음, 절망, 불안 등 시대적/개인적 부재의 심연을 드러낸다"[16]는 이해는 김종삼 시에 대한 일반적인 독해일 것이다. 그러나 이 글은 다른 지점에서의 접근을 필요로 한다. '공백'은 비어있음을 통해서 어떤 의미를 불러일으키는 '생략'과 '여백'이 아니라 아무것도 있지 않은 '비어있음' 그 자체이다. 김종삼의 시는 '공백'을 반복한다. 이 글은 "세번째가/비었다"에서의 빈 공간 즉, "돌각담"으로 쌓아올려 만든 내부의 '공백'이 김종삼의 시세계에서 반복적으로 재현된다고 보고 그 '공백'이 가진 의미와 구조를 밝히고자 한다. 김종삼의 시가 '운명신경증'과 같이 최초의 원형인 「돌각담」의 '공백'에

---

15) 이경수는 이 시의 무덤들 중에 나머지 하나는 '시인 자신의 무덤'이어야 한다는 직관적인 통찰을 보여주고 있다. 시인은 사후의 숙명조차 여백으로 남겨 놓은 채 '한 마리의 새'를 죽어서도 노래를 계속해야 하는 시인의 표상으로 삼고 있다는 것이다. 이경수, 「부정의 시학」, 『김종삼 전집』(청하, 1988), 267쪽 참조.
16) 김성조, 앞의 논문, 93쪽.

반복해서 회귀하려는 모습을 정신분석학에서의 증상적 차원[17])으로 읽어
낸다면 그의 시에 나타난 '공백'의 정체를 새롭게 규명할 수 있을 것이다.

2. 기독교의 도상학적 이미지와 바니타스(vanitas)의 출현

김종삼은 시작노트에서 "아무도 봐주지 않는 토막풍경(風景)들의 「샷
터」를 눌러서 마구 팔아먹는 요새 시인(詩人)들"에 불편함을 표하면서 자
신의 시 쓰기가 "나의 마음의 행복(幸福)과 「이미쥐」의 방적(紡績)을 짜보
는 것"에 있다는 것을 밝힌바 있다.[18]) 요새 시인들이 사진 찍는 것처럼 아
무 의도 없이 묘사하는 풍경시가 아니라, 자신의 마음에 행복을 가져다주
는 어떤 '이미지'에 집중해서 '방적'을 짜듯이 만들어내는 일을 몹시 사랑
한다는 것이다. 김종삼은 스스로를 "畵人으로 태어난 나"(「地」)라고 지칭

---

17) 여기서의 '증상'은 김종삼의 시가 「돌각담」으로 반복적으로 회귀하려는 모습을 보
    인다는 점에서 "증환으로서의 증상"이며 "존재의 유일한 실정적 지탱물, 주체에 일
    관성을 부여할 수 있는 유일한 지점"이자 "향유가 스며있는 기표적 형성물"로 볼
    수 있다. Slavoj Žižek, 이수련 옮김, 『이데올로기의 숭고한 대상』(새물결, 2013),
    131쪽.
18) "나는 사진사(寫眞師)처럼 그러한 아무도 봐주지 않는 토막풍경(風景)들의 「샷터」
    를 눌러서 마구 팔아먹는 요새 시인(詩人)들의 그릇된 버릇들을 노상 고약하게 생
    각해 내려오는 터이나 시단(詩壇)의 「헤게모니」는 우리들의 경우에 잇어서 더욱이
    이 고약한 풍속(風俗) 속에 누적(累積)되어 가는 것이니 이것은 비단 내 혼자만의
    탄식(歎息)은 아닐 것이다.//(중략) 어쨌든 노동(勞動)의 뒤에 오는 휴식(休息)을 찾
    아 나는 인적(人跡)없는 오솔길을 더듬어 걸어가며 유럽에서 건너온 꼬직식(式) 건
    물(建物)들이 보이는 수풀 그 속을 재재거리며 넘나드는 이름 모를 산(山)새들의 지
    저귀는 시간(時間)을 거닐면서 나의 마음의 행복(幸福)과 「이미쥐」의 방적(紡績)을
    짜보는 것을 나의 정신(精神)의 정리(整理)라고 생각하고 그러한 나의 소위(所爲)를
    몹시 사랑하고 있다." ―「작가(作家)는 말한다―의미(意味)의 백서(白書)」, 『한국전
    후문제시집』(新丘文化社, 1961)(『김종삼 정집』, 앞의 책, 903쪽.)

한다. 시인으로서 자신을 "畵人"과 같은 존재로 여기고 있는 것이다. 한 가지 주제를 계속 반복하면서 특정 이미지를 변주해 화폭에 남기는 화가와 같이, 김종삼은 시 텍스트에 자신에게 예비 된 죽음의 자리인 '내부가 비어있는 돌각담'의 이미지를 다양한 방식으로 담아낸다.

　김종삼의 시가 "시인 자신이 주관적 감정이나 이념을 직접적으로 진술하지 않고, 어떤 사물을 차분히 그림으로써 우리 앞에 대상화시켜" 보여주는 '묘사의 시'[19]이며 또는 설명과 의미를 배제한 비약적 특징이 있는 '순수이미지'[20]를 추구했다는 평가, 그의 언어적 순수주의가 관념이나 의미를 생략하고 순수 이미지만을 병치시키는 시적 방법론 즉, '지시' 기능보다는 '암시' 기능을 활용하는 묘사 기법을 통한 사물 자체의 배음을 증폭시키는 '사물성'[21]에 대한 천착으로 나아간다는 분석은 공통적으로 김종삼 시에 나타난 회화적 이미지에 주목하고 있다. 또한 김종삼의 시를 시각예술과의 영향 관계 속에서 파악하려는 시도로 자아의 죽음, 파편화, 역사의 파괴성, 총체성의 붕괴를 경험한 김종삼 시의 시적 자아가 최소한의 언어와 침묵을 사용하는 추상주의적 미니멀리즘 시학을 드러낸다는 연구[22]와 김종삼 시에 나타난 추상성에 주목하여 현대미술에서 추상표현주의의 일종인 앙포르멜과의 관련성에서 살펴보는 연구[23]가 있다. 이와 함께 김

---

19) 김주연, 「비세속적 시」, 장석주 편, 『김종삼 전집』(청하, 1988), 296쪽.
20) 김광림, 「김종삼 시집 : 십이음계」, 『월간문학』(1969.9) 참조.
21) 오연경, 「김종삼 시의 이중성과 순수주의」, 『비평문학』40(한국비평문학회, 2011.6), 117-147쪽 참조.
22) 김승희, 「김종삼 시의 전위성과 미니멀리즘 시학 연구」, 『비교한국학』16권1호(국제비교한국학회, 2008.6), 195-223쪽 참조. 김승희는 김종삼 시에 나타난 미니멀리즘 시학의 시적 표현으로 일인칭 대명사의 삭제, 미니멀한 어조, 간접화법, 불완전한 종결어 형식, 인과율/논리적 맥락에서 벗어나는 병렬법적 구문을 예로 들고 있다.
23) 류순태, 「김종삼 시에 나타난 현대미술의 영향 연구」, 『국어교육』125(한국어교육학회, 2008.2), 501-526쪽; 주완식, 「김종삼 시의 비정형성과 윤리적 은유-앙포

종삼의 시에는 종교적 기표들 즉, 기독교와 관련된 이야기와 성물(聖物), 용어들이 자주 등장한다. 실제 시인이 기독교에 영향을 받은 것으로 보이는 이러한 요소는 신성성(神聖性)과 죽음의식을 불러일으키는 촉매제의 역할을 하면서 그의 시세계에 중요한 특징으로 나타난다.[24]

라틴어로 공허(空虛), 허영을 뜻하는 '바니타스'(vanitas)는 중세 시대에 인생의 허망함과 덧없음, 인간의 유한성을 상기시키는 사물을 지칭하는 개념으로 정물화 또는 초상화의 한 장르를 의미하기도 한다. 16~17세기의 바니타스는 소재나 주제를 제공하는 일화적(逸話的)인 요소(초상화, 정물화 등)와 시간이나 죽음의 이미지로서의 상징적인 요소가 결합된 형태로 나타난다.[25] 특히 그림에 등장하는 상징적인 오브제들이 "세속적 쾌락과 성취, 그리고 불가피한 이들 모두의 상실"이라는 유한한 삶의 근본적인 갈등을 다루고 있는 그림을 의미한다.[26]

르멜 미술과의 관련성을 중심으로」, 『국제어문』 57(국제어문학회, 2013.4), 35-67쪽; 박민규, 「김종삼 시에 나타난 추상미술의 영향」, 『어문논집』 59(민족어문학회, 2009.4), 377-401쪽.

24) 강석경의 증언에 의하면, 김종삼의 집안은 할아버지 때부터 기독교를 믿었기 때문에 그는 어릴 때 세례를 받고 교회에 나갔지만 성인이 되어서는 무신론자를 자처했으며 마지막에는 천주교 신자인 부인 정귀례 여사에 의해 대세(代洗)를 받고 임종 후 영결 미사를 올렸다고 한다. 이숭원은 그의 초기 시에 보이는 기독교적 분위기와 후기 시에 지속적으로 나타나는 종교적 경건성에 주목하면서 김종삼이 받은 기독교의 영향을 언급하고 있다. 이숭원, 『김종삼의 시를 찾아서』(태학사, 2015), 27, 155-184쪽 참조. 김종삼 시에 나타난 기독교적 특성과 관련된 연구는 정창선, 「김종삼 시 연구:기독교적 구원의식과 상징성을 중심으로」(명지대학교 대학원 문예창작학과 박사논문, 2010.2), 김옥성, 「김종삼 시의 기독교적 세계관과 미의식」(『한국언어문화』 29권(한국언어문화학회, 2006.4), 235-265쪽), 이성민, 「김종삼 시의 기독교적 인식 연구」(『인문학연구』 34권(조선대학교 인문학연구원, 2006.8), 1-29쪽)를 참조할 것.

25) Philippe Aries, 고선일 옮김, 『죽음앞의 인간』(새물결, 2004), 575-576쪽 참조.

26) John B. Ravenal, *Vanitas: Meditation on Life and Death in Contemporary Art*, Virginia Fine Art Museum, 2001. p.3.; 정헌이, 「죽음의 미학-포스트모던 바니타

김종삼의 시에는 기독교의 도상학(圖像學, Iconography)27)적 이미지와 함께 죽음과 관련된 오브제가 자주 출현한다. 이는 삶의 허망함을 상기시 킨다는 점에서 '바니타스'와 닮아 있다. "기독교에서 십자가는 흔히 무덤 위에 사용되고, 예수의 십자가는 죽음을 상기시키는 의미"28)를 지닌다고 할 때, 「돌각담」에서 "廣漠한地帶"의 "돌각담", 그 돌각담에 꽂힌 "十字型 의칼", 포개놓은 "흰옷포기"는 분명 죽음과 연관된 기독교의 도상학적 이 미지를 구현하고 있다.

> 뾰죽집이 바라보이는 언덕에/아롱진 구름장들이 뜨싯하게 대인다 //嬰兒가 앞만 가린 채 보드라운/먼지를 타박거리고 있다. 놀고 있다.// 뾰죽집 언덕 아래에 아치 같은/넓은 門이 트인다//嬰兒는 나팔 부는 시늉을 했다/장난감 같은/뾰죽집 언덕에/자주빛 그늘이/와 앉았다.
>
> —「뾰죽집」 전문, 『평화롭게』, 高麗苑 (1984)

스를 중심으로」, 『현대미술사연구』 30(현대미술사학회, 2011.12), 73쪽에서 재인 용 참조. '바니타스'는 전도서 1장의 라틴어 'Vanitas vanitatum'(전도서 1장 2절 "전 도자가 이르되 헛되고 헛되며 헛되니 모든 것이 헛되도다.)에서 유래한 용어이다. 서양미술사에서 '너의 죽음을 기억하라'는 종교적 삶의 촉구와 교훈을 담은, 암울 한 죽음의 상징으로서의 '메멘토 모리'의 이미지는 13세기 후반 등장하여 중세 말 기까지 유행한다. 종교적 범주에서의 '메멘토 모리'는 르네상스를 거쳐 17세기에 이르러 '바니타스(Vanitas)', 즉 '삶의 허망함'과 유한성에 대한 철학적 성찰 쪽으로 무게 중심이 이동한다.

27) "도상학은 작품의 의미나 모티브를 다루는 미술사의 한 분야이다. (중략) 조형미술 작품을 역사적인 시각으로 조망하고 당시의 문화적 문맥으로 돌아가서 그때 사람 들의 눈에는 작품의 내용이 어떤 의미로 비쳤을지, 또는 어떤 의미에 빗대어 작품 이 표현되었는지 밝혀내는 작업이 바로 도상학이다. 도상학이 학문의 한 갈래로 등 장해서 독자적인 연구 영역을 점유한 것은 19세기의 일이다. 작품과 그 시대의 정 신적 상황을 제대로 연결시키고 큰 울타리 안에서 작품 해석을 시도하는 일은 19 세기나 지금이나 도상학의 중심과제가 아닐 수 없다." 한국문학평론가협회 편, 『문 학비평용어사전』(새미, 2006) 참조.

28) 김종수, 「옮긴이의 말」, Uli Wunderlich, 김종수 옮김, 『메멘토 모리의 세계』(길, 2008), 16쪽.

인터뷰 자료를 참고해보면, 이 시의 '뾰죽집'은 시인이 어린 시절에 본, "선교사가 살던 지붕이 뾰족한 벽돌집"[29]의 이미지를 그대로 가져온 것으로 보인다. '뾰죽집'은 지붕의 끝이 뾰족한 집을 일컫거나 '교회당'을 속되게 부를 때 사용한다. 우선 첫 행의 '바라보이는'을 어떻게 해석해야하는 가라는 문제가 있다. 즉 '뾰죽집'을 '바라보는'(마주하고 있는) 언덕인지, '뾰죽집'이 '바라보이는'('바로보이는'에 가까운) 언덕인지 의미상의 차이를 가려야 한다. 3연과 5연의 "뾰죽집 언덕"에서 보듯이 '뾰죽집'이 언덕위에 있다는 사실을 알 수 있으며 시의 전제 이미지가 '뾰죽집'에 집중되어 있다는 것을 볼 때, '뾰죽집'이 한눈에 '바라보이는' 언덕이라는 해석이 맞을 것이다. "아롱진" 곧 또렷하지 않고 흐리게 아른거리는, 넓게 퍼진 두꺼운 구름 덩이들이 "뜨싯하게 대인다"는 것은 해를 가리고 있는 구름장이 그 햇빛 때문에 약간 붉은 빛이 감돈 상태에서 언덕에 머물러있음을 보여준다. '뜨싯하게'는 온도를 체감하게 하는 단어이기 때문이다.[30] 5연에서 "뾰죽집 언덕에/자주빛 그늘이/와 앉았다."라는 표현을 보면 태양 때문에 생긴 구름의 그림자가 언덕에 드리워져 있다는 것을 알 수 있다. 2연의 "앞만 가린" "嬰兒"는 중세 및 르네상스 미술에 자주 등장하는 '쿠피도'[31]를 연상시킨다. "뾰죽집"인 교회당의 입구로 보이는 "언덕 아래에 아치 같

29) 「문학(文學)의 산실(産室) ㉝시인 김종삼(金宗三)씨」, 『일간스포츠』, 1979.9.27. 『김종삼 정집』앞의 책, 965−967쪽 참조.

30) 최초 발표본(『新映画』, 1954.6.)에는 "뜨짓하게 대인다."로 표기되어 있고 제목은 "뾰죽집이 바라보이는"이다. 여기서는 최종본의 표기인 "뜨싯하게"를 가지고 의미를 파악하고 있다. "뜨싯하게"는 '뜨듯하다'의 방언인 '뜨싯하다'에서 온 것으로 여겨진다. '뜨싯'의 두 번째 음절의 자음인 'ㅅ'은 뾰족한 지붕이 가진 외관의 느낌을 시각적으로 잘 전달해주고 있다.

31) 사랑의 신 '아모르'는 흔히 활과 화살을 휴대한 날개 달린 어린 아이로 묘사되며 '쿠피도(에로스)'로 불린다. 윤익영, 『도상해석과 조형분석』(재원, 1998), 10−17쪽 참조.

은/넓은 門"이 열리자 "나팔 부는 시늉"을 하는 "嬰兒"는 기독교 도상학에서 성당의 아치 형태의 현관문에 주로 나타나는 나팔을 부는 아기 천사의 이미지와 흡사하다.[32] "뾰죽집"이 있는 언덕에 구름장과 햇빛이 만들어내는 풍경은 더욱 더 신비스러운 분위기를 자아낸다. 「뾰죽집」은 "뾰죽집"이 가진 성소(聖所)의 이미지와 신성성을 강하게 드러내고 있으며 그것의 형태상 내부가 비어있는 세 번째 돌각담의 변주된 이미지로 볼 수 있는 가능성이 있다.

> 나의 本은 선바위, 山의 얼굴이다./그 사이/한 그루의 나무이다./희미한 소릴 가끔 내었던/뻐국새다./稀代의 거미줄이다.//해질 무렵 나타내이는 石家이다.
>
> —「나의 本」전문, 『文學春秋』, (1964.12)

> 어디서 듣던/奏鳴曲의 좁은/鐵橋를 지나면서 그 밑의/鐵路를 굽어보면서/典當鋪와 채마밭이 있던/곳을 지나면서//畵人으로 태어난 나의 層層階의 簡易의 房을 찾아가면서/무엇을 먼저 祈求할 바를 모르면서//어두워지는 風景은/모진 생애를 겪은/어머니 무덤/큰 거미의 껍질
>
> —「地」전문, 『평화롭게』, 高麗苑, (1984)[33]

---

32) 12세기 이후 약 4세기에 걸쳐 성당들의 정면 현관문에서는 종말론을 주제로 하는 도상이 발견되는데 이는 자신의 운명을 발견한 인간이 새로이 직면한 불안과 두려움을 종교적인 언어로 표현해내는 종말론적 대 드라마에 대한 다양한 해석들이 도상(圖像, icono-graphie)을 통해 묘사된 것이다. 12세기 초에 제작된 보리외(프랑스 서남부에 위치한 수도원 부속성당)의 현관 상단부 도상에 나타난 나팔을 부는 천사들, 초자연성의 피조물들, 그리고 긴 팔을 내뻗고 있는 거대한 그리스도 등이 이러한 묵시론적인 장면의 예이다. Philippe Ariès, 앞의 책, 194－195쪽 참조.
33) 초고에는 '－옛 벗 全鳳來에게'라는 부제가 달려있음.

집이라곤 비인 오두막 하나밖에 없는/草木의 나라//새로 낳은/<u>한</u>
<u>줄기의 거미줄처럼</u>/水邊의/라산스카//라산스카/인간되었던 모진 시
련 모든 추함을 다 겪고서/작대기를 집고서.
　　　　　　　　　　　　　　— 「라산스카」 전문, 『평화롭게』, 高麗苑, (1984)

밤이 깊었다/또 外出하자/나는 飛翔할 수 있는 超能力의 怪物體
이다//노트르담寺院/서서히 지나자 側面으로 한 바퀴 돌자 차분하게
//和蘭/루벤스의 尨大한 天井畵가 있는/大寺院이다//畵面 全體 밝은
불빛을 받고 있다 <u>한 귀퉁이 거미줄 슨 곳이 있다</u>/부다페스트/죽은
神들이/點綴된//膝黑의/마스크//外出은 短命하다.
　　　　　　　　　　　　— 「外出」 전문, 『평화롭게』, 高麗苑, (1984)[34]

　위의 시편들에서 공통적으로 등장하는 것은 "거미줄" 혹은 "큰 거미의
껍질"과 같은 거미의 흔적들이며 이 '거미줄'은 죽음과 쇠락의 이미지로
기능한다. '거미줄'은 시인의 의도적인 배치로 여겨지는데 텍스트에 중요
한 표식이자 인장처럼 각인되어 있다. 「나의 本」은 「한 마리의 새」의 구
조와 흡사하다. 두 편의 시에서 '새'와 '나무'가 똑같이 등장하고 「한 마리
의 새」에서의 '무덤'은 「나의 本」에서 "해질 무렵 나타내이는 石家"로 변
주된다. "石家" 즉 돌로 만들어진 집은 「돌각담」에서 '돌각담'이 가진 무
덤의 이미지와 겹쳐진다. 시적 주체는 "나의 本" 곧 '나'가 태어난 곳이자
돌아가야 할 곳을 암시하고 있는 장소로 "선바위", "山의 얼굴", "한 그루
의 나무", "뻑국새", "稀代의 거미줄"을 지나 마지막에 "해질 무렵 나타내
이는 石家"를 제시하고 있다. 「돌각담」에서 "凍昏이 잦아들었/다"에서 '凍
昏'은 시인이 '춥다', '얼다'라는 의미의 '凍'과 '해질 무렵'을 뜻하는 '昏'을
합쳐서 만든 조어로, '황혼(黃昏)' 보다 더 암울하고 쓸쓸한 느낌을 전해준

---

34) 시 텍스트의 밑줄은 인용자 표기.

다. 「돌각담」의 '凍昏'을 배경으로 하는 '비어있는 세 번째 돌각담'은 「한 마리의 새」의 '무덤'으로, 「나의 本」의 "해질 무렵 나타내이는 石家"와 비슷한 이미지를 공유하고 있다. '나의 本'은 '비어있는 세 번째 돌각'(「돌각담」)으로 '나'의 '무덤'(「한 마리의 새」)이자 '나의 本'으로서 되돌아가야 할 근원적인 죽음의 자리인 "石家"인 것이다. 좀처럼 보기 힘들다는 의미인 '稀代'를 덧붙여서 '거미줄'을 강조한 것은 의도적인 방점이다. '거미줄'은 '무덤'과 함께 등장하면서 죽음을 암시하고 있다.

「地」에서는 "어머니 무덤" 위로 "큰 거미의 껍질"이 오버랩 된다. 이 시는 "어두워지는 風景"에서 보듯이 앞에서 본 세 편의 시(「돌각담」, 「나의 本」, 「한 마리의 새」)와 마찬가지로 해질 무렵을 배경으로 한다. "무엇을 먼저 祈求할"지 모르는 막막한 상태에 처한 '나'는 "어두워지는 風景"을 보면서 "모진 생애를 겪은/어머니 무덤"을 떠올리는 정황이다. 끝부분에 나타난 "어머니 무덤"은 중간 행의 '나'가 "層層階의 簡易의 房을 찾아" 가는 행위에 대해 문맥 그대로의 의미를 넘어서는 또 다른 암시를 준다. 시의 우울하고 절망적인 분위기는 "簡易의 房"이 마치 자신의 관이나 무덤처럼 느껴지게 한다. "層層階"와 유사한 시어인 '層層臺'를 제목에 넣은 시 「十二音階의 層層臺」35)가 '주검'이나 '死産'과 같은 시어가 직접적으로 나오는 등 죽음의 인상으로 가득하다는 점을 생각한다면, 이러한 해석이 설득력을 얻는다.

「라산스카」에서 "한 줄기의 거미줄"은 "水邊의/라산스카"에 대한 비

---

35) "石膏를 뒤집어 쓴 얼굴은/어두운 晝間./旱魃을 만난 구름일수록/움직이는 나의 하루살이 떼들의 市場./집은 煙氣가 나는 뒷간./주검 一步直前에 無辜한 마네킹들이 化粧한 陳列窓./死産./소리 나지 않는 完璧".(「十二音階의 層層臺」, 『평화롭게』(高麗苑, 1984)) 여기서 "十二音階"는 피아노의 한 옥타브에 있는 흰 건반 7개와 검은 건반 5개를 뜻하는데, '도'에서 시작한 음이 계단을 밟듯이 한발 한발 음계를 따라가면 다시 '도'로 되돌아간다는 것은 인생의 무상함을 의미한다.

유로 사용되고 있다. 「라산스카」 연작은 초월적이고 종교적인 풍경을 담아내고 있으며 이 시에서도 한없이 평화로워 보이는 "草木의 나라"는 죽음이 가져다주는 안식의 공간으로 비쳐진다. 「라산스카」는 "인간되었던 모진 시련 모든 추함"을 넘어서는, 지상에는 존재하지 않는 장소를 묘사하고 있는 것이다. '거미줄'을 단서로 본다면, "비인 오두막"은 "石家"(「나의 本」), "簡易의 房"(「地」), 세 번째 빈 "무덤"(「한 마리의 새」)과 같이 '내부가 비어있는 세 번째 돌각담'(「돌각담」)의 변주된 이미지임을 확인할 수 있다.

「外出」은 밤 깊은 시간에 "外出"한 '나'가 비행(飛行)해서 프랑스의 "노트르담寺院"에 방문한다는 환상적인 이야기를 담고 있다. '나'는 그 "大寺院"에서 네덜란드 화가인 "루벤스의 尨大한 天井畵"[36]를 감상하다가 "한 귀퉁이 거미줄 슬은 곳"을 발견한다. 이어서 '나'는 헝가리의 수도 "부다페스트"에서 "죽은 神들이/點綴된//膝黑의/마스크"[37]를 목도한다. 이 시에서도 "거미줄"은 "죽은 神들"과 같은, 죽음과 관계된 시어와 관련해서 등장한다. 실제 노트르담 사원은 예수의 탄생과 죽음에 이르기까지 주요 장면을 그린 루벤스의 천장화로 유명하다.[38] 루벤스의 천장화는 기독교의

---

36) 사원의 내부 천장에 그린 장식화인 천장화(天障畵)를 의미한다.

37) '膝黑'(슬흑)은 문맥상 '漆黑'(칠흑)의 오기로 보임. 참고로 '부다페스트'에는 로마 가톨릭교회의 성인(聖人)인 이슈트반을 기리기 위해 세운 '성 이슈트반 대성당'이 있으며 이 대성당도 노트르담사원처럼 뾰족한 지붕과 돔 형태의 건축물이며 천장화로 유명하다. 이 시의 "죽은 神들"은 '성 이슈트반 대성당' 천장화 속의 신들을 가리키는 것일 수도 있다.

38) 그밖에 종교화와 성당이 등장하는 시는 다음을 참고할 만하다. "나는 무척 늙었다 그러므로/나는 죽음과 친근하다 유일한 벗이다/함께 다닐 때도 있었다/오늘처럼 서늘한 바람이 선들거리는/가을철에도/겨울철에도 함께 다니었다/포근한 눈송이 내리는 날이면/죽음과 더욱 친근하였다 인자하였던/어머니의 모습처럼 그리고는 찬연한/바티칸 시스틴의, 한 壁畵처럼."(「前程」 전문, 『文學思想』(1984.11)) "이 地上의/聖堂/나는 잘 모른다//높은 石山/밤하늘 헨델의 메시아를 듣고 있었다"(「聖堂」

도상학적 이미지가 잘 구현된 작품이다.

바니타스 그림에 등장하는 여러 상징물이 "모두 피할 수 없는 죽음, 나이 듦, 인생의 짧음, 무상함, 그리스도를 통한 구원을 함축"39)한다고 할 때 김종삼은 이를 시에 적극적으로 반영했다는 사실을 확인할 수 있다. 김종삼의 시에는 죽음을 암시하는 오브제가 반복적으로 등장한다. 특히 '거미/거미줄'은 죽음과 관련되어 나타나면서 "사물들이 그 기능이나 마모성으

전문, 『現代文學』(1981.8)) "교황 요한 바오로2세가 이 땅을 다녀가자/다시금/위대한 미켈란젤로의 남루한 옷 자락이 와 닿는다./여러 날 단식도 하면서 여러 번 죽음을/걸었던 그의/彫刻<力作>들과/웅대한/天井畵는 다시금/빛을 나타내이고 있다.//냉철하게 보이는/몇 덩어리 怪岩들과/굴곡이 있는/아름드리 나무 밑동을 보면서/머저리가 되고 있었다.(「한 계곡에서」 전문, 『한국일보』, 1984.5.20)

39) Uli Wunderlich, 앞의 책, 김종수, 「옮긴이의 말」, 14—16쪽 참조. 이 책은 바니타스 그림에 등장하는 상징물을 다음과 같이 분류해놓고 있다. 분류 목록 중 김종삼 시에 나타나는 바니타스 상징물은 편의상 밑줄을 치고 해당 시의 제목을 표기하도록 한다. 해당 분류와 완벽히 일치하지 않더라도 텍스트에서 유사한 범주아래에 삶의 허망함과 죽음을 환기시키는 기능을 하는 경우도 포함시켰다. 1)텅 빈 형태: 마스크(「外出」), 해골, 부패된 시체(「아우슈뷔츠」, 「시체실」, 「꿈이었던가」), 권력 표장(왕관, 왕홀, 투구), 달팽이 껍질, 빈 잔, 주인 없는 안경 2)사치품: 거울, 보석, 돈, 시계, 유리잔, 부인용 솔, 고급 장식의 가구 3)동물: 쥐, 까마귀, 고양이, 독수리(「어둠 속에서 온 소리」, 「生日」, 「미켈란젤로의 한낮」, 「나의 本籍」), 박쥐, 도마뱀, 파리, 거미(「나의 本」, 「地」, 「外出」, 「라산스카」), 곤충, 앵무새('새': 「어디메 있을 너」, 「園丁」, 「라산스카」, 「音」, 「나의 本」, 「고향」, 「한 마리의 새」, 4)식물: 꽃(「오동나무가 많은 부락입니다」, 「復活節」, 「받기 어려운 선물처럼」, 「빛갈 깊은 꽃 피어 있는 시절에 대한 이야기」, 「책 파는 소녀」, 「五月의 토끼똥·꽃」, 「마음의 울타리」, 「音」, 「音樂」, 「꿈속의 나라」, 「序詩」, 「앤니 로리」, 「추모합니다」), 나뭇잎(「園丁」, '낙엽': 「앙포르멜」) 나뭇가지(「音」, 「개똥이」), 장미(「아데라이데」, 「또 어디였던가」), 튤립, 양귀비, 과일(「園丁」) 5)음식물: 사탕, 설탕, 치즈, 레몬, 사냥감 6)가정용품: 초, 칼, 유리와 도자기, 깨어진 유리나 그릇, 항아리, 절구와 절굿공이 7)소일거리: 그림(「外出」, 「받기 어려운 선물처럼」), 편지, 악기(「音樂」, 「鬪病記」), 악보, 카드, 주사위, 담배 파이프(「앙포르멜」, '담배': 「詩作노우트」), 비눗방울, 학문(전문 서적, 계약서, 법률서, 지도, 지구의, 측량기, 골동품) 8)그리스도(「復活節」, 「고향」, 「받기 어려운 선물처럼」, 「마음의 울타리」): 물고기, 빵, 포도와 포도주, 성배(聖杯), 애벌레, 나비, 상아, 카네이션, 소금, 완두 깍지, 계란, 진주.

로 시간의 흐름과 불가피한 종말을 환기"[40]시키는 '바니타스'의 기능을 수행하고 있는 것이다.[41] 이 바니타스는 죽음을 상기시키면서 '성소' 이미지를 구축하는 장치로 활용된다. 다른 사람의 죽음('어머니', '아우')은 직접 목도할 수 있지만 자신의 죽음은 경험할 수 없다. 자신의 죽음은 관찰하거나 재현할 수 없는, 불가능한 사건이기 때문이다. 김종삼은 재현불가능한 자신의 죽음을 '공백'으로 전시한다. 그 누구도 스스로의 죽음을 볼 수 없기에 '공백'은 다른 사물들 즉 '돌각담'이나 '石家', '뾰죽집'과 같은 성소 이미지를 통해 은폐된 형태로 구조화되어 기입되는 것이다. 김종삼의 시는 이 '공백'을 보존하기 위한 화폭으로 기능한다.

3. 성소(聖所) 모티프의 반복적 재현과 죽음 충동

김현이 김종삼을 인터뷰하면서 "그와 헤어지는 순간에 그의 시에 왜 사원, 교회당이라는 어휘가 그토록 많이 나오는가를 물어보지 못했다"[42]는 얘기가 일러주듯이, 김종삼의 시에는 유독 사원, 교회당과 같은 성소(聖所) 이미지가 자주 눈에 띈다. 김종삼의 시세계에서 내부가 비어 있는 '돌각담'의 모티프는 '石家', '무덤', '오두막', '뾰죽집'과 같은 성소 이미지의

---

40) Philippe Ariès, 앞의 책, 580쪽 참조.
41) 그밖에 김종삼의 시에 등장하는 바니타스 중 하나로 '악기'를 들 수 있다. "늬 棺 속에 넣었던 악기로다"(「音樂 ―마라의 <죽은 아이를 追慕하는 노래>에 부쳐」부분, 『평화롭게』, 高麗苑, 1984) "꺼먼 부락이다/몇 겹의 유리가 하나씩 벗겨지고 있었다/살 곳을 찾아가는 중이다/하얀 바람결이 차다/집들은 샤갈이 그린 폐가들이고/골목들은 프로이트가 다니던/진수령투성이다/안고 가던 쉔베르크의 악기가/깽깽거린다"(「鬪病記」 전문, 『現代文學』(1975.1))
42) 『김종삼 정집』, 「김종삼을 찾아서」, 앞의 책, 964쪽.(원문은 김현, 『시인을 찾아서』(민음사, 1975))

구축물을 통해 반복적으로 나타난다. 그 원인을 분석하기 위해서는 '성소'를 대하는 시적 주체의 태도에 주목할 필요가 있다.

> 苹果 나무 소독이 있어/모기 새끼가 드물다는 몇 날 후인/어느 날이 되었다.//며칠만에 한 번이라도 어진/말솜씨였던 그인데/오늘은 몇 번째나 나에게 없어서는/안 된다는 길을 기어이 가리켜 주고야 마는 것이다//아직 이쪽에는 열리지 않는 果樹밭/사이인/수무나무 가시 울타리/긴 줄기를 벗어나/그이가 말한 대로 얼만가를 더 갔다.//구름 덩어리 얇은 언저리/植物이 풍기어 오는 유리 溫室이 있는/언덕 쪽을 향하여 갔다.//안쪽과 周圍라면 아무런/기척이 없고 無邊하였다.//안쪽 흙바닥에는/떡갈나무 잎사귀들의 언저리와 뿌롱드 빛깔의 果實들이 평탄하게 가득 차 있었다.//몇 개째를 집어 보아도 놓였던 자리가/썩어 있지 않으면 벌레가 먹고 있었다./그렇지 않은 것도 집기만 하면 썩어 갔다.//거기를 지킨다는 사람이 들어와/내가 하려던 말을 빼앗듯이 말했다.//당신 아닌 사람이 집으면 그럴 리가 없다고—
>
> ―「園丁」전문, 『평화롭게』, 高麗苑, (1984)

「園丁」에서 '그'가 일러준 "길"은 "植物이 풍기어 오는 유리 溫室이 있는/언덕 쪽"이라는 방향이 제시되어 있다. "안쪽"에 당도하기 전의 "이쪽"은 아직 "果實"이 열리지 않은 "果樹밭"이 있지만, "안쪽"에 들어가자 그 "周圍"에는 사람의 기척이 없으며 끝이 없을 정도로 "떡갈나무 잎사귀들의 언저리와 뿌롱드 빛깔의 果實들이 평탄하게 가득 차" 있다. "이쪽"(바깥)과 "안쪽"의 구분이 선명하게 드러나면서 지금 들어온 "안쪽" 곧 "유리 溫室"은 지상의 공간과는 다른 특별한 곳임을 분명하게 보여준다. "유리 溫室"의 "果實"은 황금색(blond) 빛깔의 매혹적인 모습을 띠고 있어 '나'는 그 "果實"에 손을 대어 집어본다. "果實"을 집었다 놓은 자리마다 "썩어 있지 않으면 벌레가 먹고 있었다"는 이 이상한 상황은 '나'가 이곳 "유리 溫室"의 평온을 깨는 불청객이자 외부인이라는 사실을 깨닫게 한다. "나무 소독이 있어/모기 새끼"도 드문 과수원에 들어선 낯선 침입자로서의 자신을 자각하게 되는 것이다. 더군다나 "거기를 지킨다는 사람이 들어와/내가 하려던 말"을 가로채듯이 "당신 아닌 사람이 집으면 그럴 리가 없다"고 다그치는 상황은 '나'의 이러한 난감함을 부각시킨다. 자신의 손길로 인해서 "果實"이 썩고 "유리 溫室"의 평온이 깨어지고 있다는 죄의식이 감지된다. '나'는 "그"의 지시대로 이곳의 "유리 溫室"을 찾아왔지만 결과적으로 잘못된 방문이 된 것이다. "그"는 마치 '나'에게 "거기"에 들어가서는 안 된다는 사실을 알려주기 위해서 그곳으로 가는 길을 가르쳐준 듯하다. "나에게 없어서는/안 된다는 길"이란 시구는 다른 사람이 아니라 오로지 '나'를 위해 준비되었다는 것을 일러주기 때문이다. '나'에게 "유리 溫室"은 금지된 곳이다. "거기를 지킨다는 사람"인 '園丁'은 '나'의 "유리 溫室"에 대한 접근을 금지하는 자이다.[43] "유리 溫室"은 황금색 "果實"이 끝없이 펼

---

43) 강계숙은 '원정'을 '나'의 정체성을 언어로서 이름 짓는다는 점에서 '아버지—법'의 위치에 있는 초자아로 읽어내며 자아인 '나'에 대한 '원정'의 판결은 불안을 야기할 만큼 결정적이고 이것은 김종삼의 시적 주체가 죄의식을 갖는 첫 장면으로 기억할 만하다고 분석한다. 또한 '그'를 '안다고 가정되는 주체'인 절대적 타자이자 신으로 해석하면 이 시는 창조주인 신과 최초의 인간인 아담 사이의 신화적 서사를 변주한 것으로, 외디푸스 단계에서의 상징적 거세를 집약하고 있다. 강계숙, 「김종삼의 후기 시 다시읽기」, 『동아시아문화연구』 55(동아시아문화연구소, 2013.11), 163쪽 참조. 강계숙은 김종삼의 후기 시에 두드러진 '죄의식'의 심리 구조를 정신분석적 측면에서 분석하면서 외디푸스적 가족 구조에서 아버지의 자리가 비어 있는 시적 주체가 그 공백을 '장님 아비'라는 자기표상으로 메우려는 시도에서 주체화가 진행된다고 본다. 본고는 김종삼 시에 나타난 공백/결여의 지점이 강계숙이 분석한 '아버지'가 아니라 시적 주체 자신의 죽음의 자리라는 점에서 차이를 가지며 따라서 '園丁'의 지위 또한 다르게 해석된다. '園丁'은 오히려 '나'의 정체성을 지켜주고 실재의 대면을 막아주는 역할을 하면서 '나'의 불안을 감소시켜주는 존재이다. 정신분석학에서 '불안'은, 반드시 피해야만 하는 자신의 중핵인 실재에 가까이 다가갔

쳐진 비현실적인 공간으로 그곳에서 '나'의 "말"은 제지당하고 정상적으로 발화되지 않는다.

"구름 덩어리 얕은 언저리"에 "유리 溫室"이 있는 "언덕"은 「뾰죽집」에서 "아롱진 구름장들"이 머물고 "뾰죽집"이 있는 "언덕"을 연상시키게 한다. "유리 溫室"은 '돌각담'이나 '石家'와 같은 성소 이미지의 변주로 나타나는 것이다. 김종삼의 시에서 성소 이미지가 회화적 형태로 제시될 경우 주로 원경(遠景)에 배치되어 인간적 정념이 제거된 채 나타난다면, 서사적 형태의 경우 「園丁」과 같이 성소를 둘러싼 일련의 사태를 통한 시적 주체의 심리 상태를 적극적으로 드러낸다. "유리 溫室"에 가득 찬 "잎사귀"와 '나'의 손에 닿자마자 썩는 "果實"이 죽음을 환기시키는 바니타스의 상징물임을 주지한다면,44) 이 "유리 溫室"은 바로 죽음의 장소라는 사실을 알 수 있다.

> 나 꼬마 때 평양에 있을 때/기독병원이라는 큰 병원이 있었다/뜰
> 이 더 넓고 푸름이 가득 차 있었다/나의 할머니가 입원하고 있었다/

을 때 울리는 비상 감지 벨의 역할을 한다. 공백/실재와의 대면은 주체의 상징적 정체성을 파괴하기 때문이다. 죄의식이 주체화에 필수적인 정념이라면 이는 '불안'을 감소시키기 위한 것으로 '공백'에서 멀어지려는 주체의 무의식적인 도피에 기인한다. 에덴 신화로 해석한다면 에덴에서 쫓겨난 아담이 (거세 이후에) 그 금지된 땅('실재')으로 다시 돌아온 이야기라고 할 수 있다. 한편, 장예영은 이 '공백'의 자리를 김종삼이 상실로 표상하고 있는 안락하고 완전한 세계인 '本籍'/고향으로 보고 그것에 내재된 실현불가능성으로 인한 반복된 실패가 곧 주체를 발생시키는 지점이라고 분석하고 있다. 장예영, 「김종삼 초기시에 나타난 주체 인식 연구—반복된 실패 양상을 중심으로」, 『동아시아문화연구』 78(동아시아문화연구소, 2019.8), 33 −52쪽 참조. 그의 글은 본고가 파악한 '공백'의 자리와는 다르지만 주체 생성에 있어서 '공백'/결여가 필연적으로 수반되어야 한다는 기본적인 이해를 같이 한다.

44) "바니타스는 인생의 덧없음을 뜻한다. 이것을 표현하기 위해 주로 해골, 썩은 과일, 모래시계, 연기, 비눗방울, 악기 등이 등장한다. 해골은 언젠가는 죽는다는 죽음의 확실성을, 썩은 과일은 늙음을, 모래시계·연기·비눗방울·악기는 짧은 인생을 의미한다." Uli Wunderlich, 앞의 책, 152쪽.

입원실마다 복도마다 계단마다/언제나 깨끗하고 조용하였다/서양 사람이 설립하였다 한다/어느 날 일 층 복도 끝에서/왼편으로 꼬부라지는 곳으로 가 보았다/출입문이 반쯤 열려 있었다/아무도 없었다/맑은 하늘색 같은 커튼을 미풍이 건드리고 있었다./가끔 건드리고 있었다/바깥으론 몇 군데 장미꽃이 피어 있었다/까만 것도 있었다/실내엔 색깔이 선명한/예수의 초상화가 걸려 있었고/넓직하고 기다란 하얀 탁자 하나와 몇 개의 나무 의자가 놓여져 있었다./먼지라곤 조금도 찾아볼 수 없었다/딴 나라에 온 것 같았다/자주 드나들면서/매끈거리는 의자에 앉아 보기도하고 과자 조각을 먹으면서 탁자 위에 딩굴기도 했다./고두기(경비원)한테 덜미를 잡혔다/덜미를 잡힌 채 끌려 나갔다/거기가 어딘 줄 아느냐고/<안치실> 연거푸 머리를 쥐어박히면서 무슨 말인지 몰랐다.

    *아데라이데 : 젊은 나이에 요절한 볼프강 아마데우스 모짜르트 가 일곱 살 때 작곡한 曲名이며 바이얼린 協奏曲이다. 共鳴될 때가 많았다.
                    ─「아데라이데」 전문, 『평화롭게』, 高麗苑, (1984)

「아데라이데」에도 시적 주체가 '성소'를 찾아갔다가 금지당하는 모티프가 나타난다. 「園丁」에서 "유리 溫室"로 가는 길이 묘사되듯이, 「아데라이데」에는 "<안치실>"로 가는 길이 도입부에 제시되고 있다. "출입문이 반쯤 열려" 있는 방에 가는 길은 「園丁」에서의 "유리 溫室"을 찾아가는 길과 유사하다. '나'는 아무도 없고 "먼지"가 없으며 "딴 나라"와 같은 장소인 "거기"에서 알 수 없는 매혹을 느끼고 "매끈거리는 의자에 앉"거나 "과자 조각을 먹으면서 탁자 위에 딩굴기도" 한다. "거기를 지킨다는 사람"(「園丁」)과 "고두기"(「아데라이데」)는 '나'를 "거기"에서 금지시키는 동일한 역할을 수행한다. 즉 "고두기"는 '나'에게 아버지의 법으로 작동하며 언어를 통해 죽음의 장소인 "<안치실>"을 금지한다. 「아데라이데」에 나타난 성소("<안치실>")는 주체 자신을 위해 예비 된 죽음의 자리이다.[45] 즉 '내부가 비어있는 돌각담'이라는 성소 모티프가 이후 텍스트에 계속적으로 반복되는 양상은 죽음 충동에 의한 것이라는 단서를 얻을 수 있다. 한편 "출입문이 반쯤 열려 있"는 장소의 이미지는 다음 시에도 나타난다.

> 나는 옷에 배었던 먼지를 털었다./이것으로 나는 말을 잘 할 줄 모른다는 말을 한 셈이다./작은데 비해/청초하여서 손댈 데라고는 없이 가꾸어진 초가집 한 채는/<미숀>계, 사절단이었던 한 분이 아직 남아 있다는 반쯤 열린 대문짝이 보인 것이다./그 옆으론 토실한 매 한가지로 가꾸어 놓은 나직한 앵두나무 같은 나무들이 줄지어/들어가도 좋다는 맑았던 햇볕이 흐려졌다./이로부터는 아무데구 갈 곳이란 없이 되었다는 흐렸던 햇볕이 다시 맑아지면서,/나는 몹시 구겨졌던 마음을 바로 잡노라고 뜰악이 한번 더 들여다 보이었다.//그때 분명 반쯤 열렸던 대문짝.
> ─「문짝」 전문, 『韓國戰後問題詩集』, 新丘文化社, (1961)

---

45) "나의 無知는 어제 속에 잠든 亡骸 쎄자아르 프랑크가 살던 寺院 주변에 머물렀다.//나의 無知는 스떼판 말라르메가 살던 本家에 머물렀다//그가 태던 곰방댈 훔쳐 내었다/훔쳐낸 곰방댈 물고서/나의 하잘것이 없는 無知는/반 고호가 다니던 가을의 近郊 길바닥에 머물렀다./그의 발바닥만한 낙엽이 흩어졌다./어느 곳은 쌓이었다.//나의 하잘것이 없는 無知는/쟝 뽈 싸르트르가 經營하는 煉炭工場의 職工이 되었다./罷免되었다."(「앙포르멜」 전문, 『평화롭게』(高麗苑, 1984)) 「앙포르멜」에서는 죽은 작곡가, 시인, 화가, 철학가와 함께 바니타스 상징물인 '나뭇잎'("그의 발바닥만한 낙엽"), '담배 파이프'("그가 태던 곰방댈")가 등장한다. "寺院"과 "本家"는 '성소'이면서 죽은 자의 집으로 "나의 無知"는 "그 주변"에 머문다는 이야기를 통해, 이 '성소'가 죽음과 연관되어 있으며 '나'는 그곳에 끌리고 있다는 것을 알려준다.

'나'는 "반쯤 열린 대문짝"을 통해 내부를 들여다보면서 들어가고 싶은 욕망을 느낀다. '나'의 욕망의 대상은 "청초하여서 손댈 데라고는 없이 가꾸어진 초가집 한 채"이다. 그 옆의 "뜰악"에는 탐스러워 보이는 "토실한" "앵두나무 같은 나무들"이 있고 "맑았던 햇볕"이 내리쬐면서 '나'를 유혹한다. "대문짝"이 활짝 열려있거나 꽉 닫혀있는 상태가 아닌, "반쯤" 열린 상태는 '나'의 욕망을 더욱더 부추긴다. '나'가 "대문짝" 안으로 들어가지 못하는 이유는 그곳에 "<미숀>계, 사절단이었던 한 분이 아직 남아" 있기 때문이다. 그 "한 분"은 직접 보이진 않지만 "아직 남아 있다"는, 전해들은 이야기만으로도 '나'가 "뜰악"의 "초가집"에 진입하는 것을 금지시키는 자이다. 시적 주체가 "먼지"를 터는 것은 '성소'에 들어가기 전, 몸과 마음의 정화를 위한 소제 의식(掃除 儀式)에 비견된다. 그것은 "말"을 거두는 상징적인 행위로, '성소'가 신의 말씀이 계시(啓示)되는 장소이기에 인간의 언어를 중지하고 경건한 침묵을 지켜야한다는 종교적 계율을 떠올리게 한다.[46] '나'는 "대문짝"을 경계선으로 분명하게 인식하고 있다. 여기서 "초가집"은 '나'를 알 수 없이 매혹시키고 끌어당기는 대상이자 접근 불가능한 '성소'로서 제시된다.[47] 또한 "<미숀>계, 사절단이었던 한 분"

---

46) "어느 산록 아래 평지에/넓직한 방갈로 한 채가 있었다/사방으로 펼쳐진/잔디밭으론/가지런한/나무마다 제각기 이글거리는/색채를 나타내이고 있었다//세잔느인 듯한 노인네가/커피, 칸타타를 즐기며/벙어리 아낙네와 손짓으로/대화를 나누고 있었다/가까이 가 말참견을 하려 해도/거리가 좁히어지지 않았다."(「샹펭」전문, 『평화롭게』(高麗苑, 1984)) 「문짝」, 「아데라이데」, 「園丁」을 보듯이, 김종삼의 시에서 '나'의 언어가 중지되거나 소통이 불가능한 상황은 시적 주체가 '성소'에 다가갔을 때 발생하게 된다. 「샹펭」에서도 "방갈로 한 채"라는 성소 이미지가 제시되고 '나'는 그 안에서 손짓으로 대화하는 "세잔느인 듯한 노인네"와 "벙어리 아낙네"에 "말참견"을 하러 다가가려 하지만 실패하게 된다.

47) 장동석은 「아데라이데」, 「내가 죽던 날」, 「園丁」를 예로 들면서, 기표화가 불가능한 문 너머의 세계가 김종삼 시에서 주로 '안치실'이나 '교황청' 등의 성소나 죽음의 이미지로 나타나는데 이는 모두 현실 영역의 기표로 구체적으로 표상할 수 없는 현

은 '나'의 "초가집"에의 접근을 금지하면서, 앞에서 검토했던 시에 등장하
는 "거기를 지킨다는 사람"(「園丁」)과 "고두기"(「아데라이데」)와 같은 역
할을 수행한다.

> 눈발이 날리고 있었다/주먹만하다 집채만하다/쌓이었다가 녹는
> 다/교황청 문 닫히는 소리가 육중/하였다 냉엄하였다/거리를 돌아다
> 니다가/다비드像 아랫도리를 만져 보다가/관리인에게 붙잡혀 얻어
> 터지고 있었다
> ──「내가 죽던 날」 전문, 『평화롭게』, 高麗苑, (1984)

「내가 죽던 날」에도 "교황청"이라는 성소가 제시되어 있다. "문 닫히는
소리가 육중/하였다 냉엄하였다"라는 시구에서 보듯이 '나'는 그곳에 들어
가기를 심리적으로 혹은 실제적으로 거부당했다는 것을 암시해준다. "눈

실 영역 너머의 세계 즉, 실재계를 의미한다고 본다. 장동석, 「김종삼 시에 나타난
'결여'와 무의식적 욕망 연구」, 『한국문예비평연구』 26(한국현대문예비평학회,
2008.8), 214쪽 참조. 송경호는 카톨릭에서 교회 입구의 출입문이나 현관 기능을
하는 곳, 상징적으로는 '구원받지 못하고 아직 죄 안에 머물고 있는 세계'를 의미하
는 '나르텍스(narthex)' 개념을 사용해 「문짝」을 "들어감과 들어가지 못함 '사이'에 있
는 시인의 내적 갈등은 결국 성(聖)과 속(俗)의 세계 사이에서 성(聖)을 동경하지만
현실적으로 속(俗)의 세계에 머물고 있는 이중적이고 양가적인 정체성 때문이라"
고 분석하고 있다. 이어서 "죄인으로서의 자의식, 현실의 절망적 상황과 죽음의 막
막함은 시인으로 하여금 새로운 '집'에 대한 지향을 꿈꾸게 한다. 그곳은 바로 인간
의 실존적 한계(죄와 죽음)가 존재하지 않는 이상향이자 절대적 안식처로서, 성소
(聖所) 이미지로 발현된다"며 이에 대한 예로 「라산스카」를 들고 있다. 송경호, 「김
종삼 시의 죄의식과 '집'의 상상력」─「문짝」, 「돌각담」, 「라산스카」를 중심으로」,
『문학과종교』 제12권 2호(한국문학과종교학회, 2007), 1─22쪽 참조. 장동석은 김
종삼의 시에서 성소 이미지가 죽음과 연관된 '실재'에 해당한다는 중요한 논의를
보여준다. 송경호는 「문짝」에 나타난 '성(聖)과 속(俗)의 양가성이 주는 내적 갈등'
속에서 시인이 새로운 '집'에 대한 지향이자 절대적 안식처인 성소 이미지의 발현
인 「라산스카」로 나아간다고 분석한다. 이와 다르게 본고는 시적 주체가 이 '내적
갈등'을 해소시키고 벗어나려는 것이 아니라 오히려 무의식적 차원에서 그 상황을
향유하고 있다고 본다.

발"이 날리는 "거리를 돌아다니"던 '나'는, 성상(聖像)과 같은 위상을 가진 "다비드像 아랫도리"를 만지는 불경한 행위를 저지르게 된다. "관리인"은 이를 폭력적인 방식으로 제지한다. "관리인"은 '나'의 성소/성상에 대한 접근을 금지시키는 자이다.

"고두기"(「아데라이데」), "거기를 지킨다는 사람"(「園丁」), "<미숀> 계, 사절단이었던 한 분"(「문짝」), "관리인"(「내가 죽던 날」)은 시적 주체가 성소나 성상에 접근하는 것을 막는 안타고니스트(antagonist)로서 일견 부정적 인물로 보이기 쉽다. 이들 안타고니스트는 '나'가 '성소'에 들어가지 못하게 하는 방해물로 여겨지지만 오히려 '성소'에 들어가고자 하는 '나'의 욕망을 유지시키고 주체의 현존을 보장해주는 궁극적인 지탱물이 된다.48) '나'의 진정한 목표는 '성소'가 아니라 도달할 수 없는 '성소'와 '나'의 간극 속에서, 이 대치 상태를 유지시키는 은밀히 향유 속에 있다.49) 시

---

48) "처음에 만족을 위한 자아의 분투를 좌절시키는 외적 방해물로 나타나는 어떤 것이 그 후 즉시 자아의 존재의 궁극적 지탱물로서 경험된다." Slavoj Žižek, 이성민 옮김, 『부정적인 것과 함께 머물기』(도서출판b, 2007), 191쪽. "너는 나를 완벽하게 만들어. (중략) 넌 날 죽일 수 없어." 영화 <다크나이트>에서 조커가 배트맨에게 하는 대사에는 이러한 역설이 분명하게 드러나 있다. 배트맨은 조커 없이는 고담시를 지키는 선(善)의 기사(騎士)가 될 수 없고 조커 또한 배트맨 없이는 절대악으로 군림할 수 없다. 둘 중 하나가 사라진다면 남은 하나가 폭발하는 정념은 더 이상 찾아볼 수 없게 되고 지독한 권태에 사로잡히게 될 것이다. 반복된 실패가 주체의 성공을 보장한다. 즉 배트맨의 궁극적인 목표는 고담시의 평화가 아니라 평화를 얻기 위해 절대악인 조커와 싸우고 고군분투하는 주체의 현존이다. 따라서 고담시의 평화는 김종삼 시에서 획득되어서는 안 되는 '성소'의 위치와 동일하다. 마찬가지로 「園丁」에서 '나'에게 "유리 溫室"로 가는 길을 알려주고 안내하는 "그"와, "유리 溫室"에 있는 '나'를 금지하는 "거기를 지킨다는 사람"은 같은 자이다. 이는 헤겔이 말한 '대립의 동일성'을 떠올리게 한다.
49) 따라서 "김종삼의 죄의식은 원초적인 데가 있으면서도 죄를 씻고 나아가려는 이른바 구속(救贖)의식으로 연결되지 않는다는 점에서 기독교적이지 않다"(김주연, 앞의 글, 299쪽)거나 "기독교적 외피에 인간의 본성적인 종교성이 혼합됨으로써 기독교적 구원과 은총보다는 죄의식에 사로잡히는 면모를 보여주고 있다. 종교적 인

적 주체는 '성소'에 도달하고자 하지만 그것을 좌절시키는 타자의 억압이
나 죄의식에 의해 좌절되는 가운데 고통 속에서 불만족의 만족을 느끼는
주이상스를 생성시킨다.[50] 자기실현에 적대적이라고 생각했던 것들이 실
제로는 주체를 가능하게 만드는 토대이며 '성소'가 '성소'일 수 있도록 그
성스러움을 유지시키는 존재들이다.[51]

'성소'는 현실에서 실질적인 기능을 하는 장소가 아니다. '돌각담과 같
이 내부가 텅 비어 있기 때문에 성소로서의 기능을 할 수 있는 것이다. 시

간으로서 신을 동경하는 태도와 내면의 죄의식은, 심미적 인간으로서 시를 통하여
자기 실현과 자기구원에 이르고자 하는 욕망과 갈등을 일으키면서 그의 시는 심리
적으로 복합적인 양상을 띠게 된다"(송경호, 앞의 논문, 2쪽)라는 지적은 옳다. 시
적 주체는 '성소'로의 진입을 원하면서도 스스로를 금지시키는 양가적인 태도를 보
인다. 김종삼 시에 나타난 '죄의식'은 '성소'와 '나' 사이의 간극에서 분출되는 정념
이며, 시적 주체는 곧 이 '죄의식'을 향유하는 자이다.

50) 강계숙은 김종삼의 시세계가 "후기 시로 갈수록 자기 파괴적인 징벌 욕구, 강렬한
죽음충동, 심화되는 죄의식이 텍스트 전체를 지배"하면서 김종삼의 주체화 과정은
'주이상스의 주체'로 나아간다고 본다. 강계숙, 앞의 논문, 151-181쪽 참조. 박민
규는 김종삼의 시세계를 "무한성을 감각하되 그 감각의 경계 지점에서 무한의 형
상적 윤곽을 짓고 허무는 움직임을 제시하는 숭고의 미학"으로 보고 죽음의식을
전면화한 작품들에서 시인은 '불쾌의 쾌'라는 숭고 체험의 이중적 도식을 형상화하
고 있다고 본다. 박민규, 「김종삼 시의 숭고와 그 의미」, 『아시아문화연구』 33(가
천대학교 아시아문화연구소, 2014.3), 45-71쪽 참조.

51) 이는 다음과 같은 라깡의 근본환상 공식($ ◇ a)으로 이해될 수 있다. 김종삼의 시에
서 '성소'는 빗금 친 주체($)가 자신의 결여를 메우기 위해 욕망하는 실재계의 대상
a를 의미한다. 시적 주체($)는 실재/공백의 대체물인 '성소'(대상a)에 가닿기를 욕망
하지만 그것의 성취는 곧 주체의 죽음을 의미한다. '성소'에의 도달불가능성이 '성
소' 자체를 유지시켜준다. 따라서 주체로 하여금 성소(대상a)에의 접근을 막는 것처
럼 보이는 방해물(◇, 대타자, 초자아, 억압)이 실질적으로는 이 둘($, a)을 매개하는
역할을 하는 것이다.

	$	◇	대상a
「돌각담」	나		돌각담
「아데라이데」	나	고두기	<안치실>
「원정」	나	거기를 지킨다는 사람	植物이 풍기어 오는 유리 溫室
「문짝」	나	<미숀>계, 사절단이었던 한 분	초가집 한 채
「내가 죽던 날」	나	관리인	교황청, 다비드像

적 주체는 '성소' 안에 무언가(의미)가 있거나 어떤 목적이 있어서 다가가는 것이 아니라 자신도 알 수 없는 매혹에 이끌리듯이 가는 모습을 보인다. '성소'가 자기 자신의 죽음의 자리라는 점에서 이 매혹은 죽음 충동[52]이라고 이름 붙일 수 있다. '성소'는 '숭고한 대상'으로 그것으로의 접근이 제한되어 있기 때문에 가능한 대상이다. '성소'에 내재된 접근불가능성이 곧 '성소'의 지위를 얻게 만들며 '성소'에 도달하고자 하는 주체를 실현시키게 된다. 실제로는 텅 빈 기표이며 껍데기에 지나지 않는 이 '성소'는 그 주변을 맴도는 주체에 의해서 '숭고한 대상'으로서의 지위를 부여받는다.[53] '성소'를 욕망하는 것이 아니라 '성소'를 욕망하는 욕망을 욕망하는 것이다.

---

[52] "'충동'은 모든 충동의 '죽음'의 차원이 들어 있는 이러한 고착 자체이다. 충동은 억제하며, 그런 후 부서지고 마는 (근친상간적인 물을 향한) 보편적 추력이 아니라 이러한 억제 자체이며, 본능에 대한 억제"이다. "충동의 기초적인 모체는 물의 공백을 향해 모든 특수한 대상을 초월하는 것(그런 다음 이 물은 오직 환유적 대리물 속에서만 접근 가능해진다)이 아니라 우리의 리비도가 특수한 대상에 '고착'되는 것인데, 이것은 영원히 그것 둘레를 빙빙 돌 운명이다." Slavoj Žižek, 조형준 옮김, 『라캉카페』(새물결, 2013), 1553-1554쪽. '충동'이란 주체가 아버지의 법에 의한 거세(언어화)를 통해 기표의 주체가 되고나서도 상징적 질서에 장악되지 않은 잔여물로 볼 수 있다.

[53] 낭시는 숭고에 대한 사유는 바로 '경계 너머에는 아무것도 없다'라는 단언에서 출발하며 "이미지의 너머는 기실 '너머'가 아니라 그것의 경계선상에, 이미지 자체의 형성 속에, 이미지 바로 그 자리에, 형상의 자취 바로 그 자리에, 윤곽의 생성 움직임에, 이합(離合)의 절개 과정에, 도식의 고동 속에 있다"고 주장하면서 예술 작품의 예를 들고 있다. "숭고는 작품과의 접촉에 의해 존재하지 그 형태 안에 있는 것이 아니다. 이 접촉은 작품의 바깥, 작품의 경계선에서 가능하다. 그런 의미에서는 접촉은 예술의 바깥에 있다. 그러나 예술이 없다면 그 접촉이 일어날 수 있겠는가. 예술이 드러나고, 예술이 주어진다. 이 사실이 숭고다." 결국 숭고란 "경계와의 접촉을 느끼는 감각"이면서 "경계를 넘어 도주하지 않"고 "거기에서 머물고 거기에서 발생"하는 것, "경계의 가장자리에서, 따라서 제시의 가장자리에서 발생하는 탈경계(die Unbegrenzheit)의 움직임"(여기서 탈─경계란 "무한의 수가 아니라 그 제스처"이며 그것의 운동(motion)이다)이다. Jean-Luc Nancy, 김예령 옮김, 「숭고한 봉헌」, 『숭고에 대하여: 경계의 미학, 미학의 경계』(문학과지성사, 2005), 49-102쪽 참조.

4. 승화로서의 시 쓰기

「돌각담」이 보여준 성소 모티프는 이후 다른 작품들에서 바니타스와 극적(劇的) 장치를 통해 반복해서 변주된다. 그러나 실질적으로 반복되는 것은 '성소'가 아니라 '성소' 내부의 '공백'이다. '돌각담'은 시적 주체에게 예비 된 죽음의 자리이자 죽음 충동을 불러일으키는 대상이다. '돌각담' 내부의 '공백'은 아무것도 없는 '無' 혹은 허공과는 다르며 돌쌓기를 통해서만이 비로소 '공백'으로 현시된다. '돌각담'이 없이는 '공백'은 보존될 수 없고 '공백'이 없이는 '돌각담'도 존재할 수 없다. '돌각담'이라는 있음(有)과 '공백'이라는 없음(無)은 동시적(同時的)으로 발생한다. '돌각담'을 쌓는 것은 '공백'에 형태를 부여하는 행위이며 곧 '공백'을 보존하는 것이 된다. 김종삼은 성소 모티프를 기이하고 매혹적인 풍경화(「돌각담」, 「라산스카」, 「뾰죽집」)와 극적 장치(「아데라이데」, 「내가 죽던 날」, 「園丁」, 「문짝」)에 실어 텍스트에 '공백'을 기입한다.

김종삼의 시 쓰기는 '돌각담'을 쌓는 행위와 동일하다. '돌각담' 내부의 '공백'을 보존하는 시도 자체가 곧 시가 된다. 세상에 존재하지도 않는 대상인 '공백'을 욕망하는 것은 상징계의 질서에 포획되지 않는 진정한 승화의 차원에서 이해될 수 있다. 김종삼 시의 시적 주체는 자신에게 예비 된 죽음의 자리를 욕망하지만, 그 죽음은 금지된 욕망의 대상이다.[54] 금지된 욕망의 대상을 획득하게 된다면 그것은 곧 주체의 실질적인 죽음을 의미한다. 죽음 충동은 주체의 표면적인 목적으로 보이는 죽음을 선취하는 것

---

54) 공백(leer)은 접근불가능성, 물 자체(das Ding), 큰 사물(Chose)(세미나7), 실재(réel)(세미나11), 죽음충동, 어머니—사물, 상실된 근원적 대상, 충동의 대상, 기원적 상처에 해당한다. '그것(큰 사물, 어머니)이 있던 장소에 내(주체)가 들어서야 한다'라는 라깡의 전언은 죽음 충동에 대한 이해를 돕는다.

이 아니라 오히려 대상인 죽음에 도달하지 않는 방식으로 주어진다. 죽음의 자리가 텅 빈 공백으로 제시될 때 죽음이 가진 폭력성과 강렬함은 지워지고 죽음이라는 의미는 탈각되게 된다. 금지된 욕망의 대상인 자기 죽음은 아무 의미가 없는 '공백'으로 대체되면서 진정한 승화가 이뤄지는 것이다.[55] 김종삼의 시에서 '성소'의 구조물에 기입된 '공백'은 곧 정신분석학에서 상징계의 의식 아래에 포획되지 않는, 실재계의 빈자리인 결여를 의미한다. 한국시사에서 김종삼의 시가 갖는 절대적 차이는 이 '공백'을 직접적으로 시의 대상으로 삼았다는 것일 터이다.

---

[55] "프로이트가 말했던 승화와 라깡이 궁정풍 사랑을 통해 논증하는 승화는 다른 개념이다. 프로이트는 금지된 욕망의 대상을 사회적으로 허용된, 나아가서 가치가 인증된 고귀한 대상으로 대체하여 만족하는 과정을 승화라고 부른다. 그러나 라깡이 보기에 이것은 '억압 없는 만족의 실현'이라는 승화의 기본 전제에 들어맞지 않는 설명이다. 사회적으로 인증된 욕망의 대상은 이미 사회적 억압의 내부에서 선택된 대상이기 때문이다. 이에 대해 라깡은 금지된 욕망의 대상이 공백으로 대체되는 것이야말로 진정한 승화라고 본다. 공백을 욕망의 대상으로 설정하면서 욕망은 억압 없이 만족될 수 있기 때문이다. 라깡에 따르면 공백은 금지될 수 없는 대상, 또는 비–대상이다. 존재하지 않는 비–대상을 욕망하는 주체를 비난할 수는 없다." 백상현, 『악마의 미학』(현실문화, 2018), 180쪽. 라깡이 승화에 대해 '대상을 큰 사물의 수준으로 격상시키는 것'(세미나7)이라고 말한 의미는 다음과 같다. 금지된 욕망의 대상인 큰 사물(어머니, 공백)은 상실/결여된 것이기 때문에 그것의 대체물(상징계에 위치한, 큰 사물의 현실적인 판본)에서 일반적인 속성을 탈각시켜 모호하고 도달할 수 없는 욕망의 대상(대상a, 공백)으로 만드는 것이다.

제2부

「背音」

몇그루의 소나무가
얄이한 언덕엔
배가 다니지 않는 바다,
구름바다가 언제나 내다보이었다.

나비가 걸어오고 있었다.

줄여야만 하는 생각들이 다가오는 대낮이 계속되었다.
어제의 나를 만나지 않는 날이 계속되었다.

골짜구니 大學建物은
귀가 먼 늙은 石殿은
언제 보아도 말이 없었다.

어느 位置에는
누가 그린지 모를
風景의 背音이 있으므로, 나는 세상엔 나오지 않은
樂器를 가진 아이와
손쥐고 가고 있었다.

「풍경」

싱그러운 居木들 언덕은 언제나 천천히 가고 있었다

나는 누구나 한번 가는 길을
어슬렁어슬렁 가고 있었다

세상에 나오지 않은
樂器를 가진 아이와
손쥐고 가고 있었다

너무 조용하다.

김종삼 시의 침묵

권준형

　김종삼 시인에게 이미지와 음악은 그의 시를 구축하는 중요한 요소이다. 많은 논문들이 작품의 이 부분을 다루고 있다.[1] 이 글은 기존 김종삼 미학에 대한 연구를 바탕으로 「背音」과 「풍경」 사이의 유사성과 차이를 비교해보고자 한다.[2] 먼저 그의 시 「背音」의 전문을 살펴본다.

---

1) 본문은 김종삼의 시의 다양한 특징 중 하나로 '말소'를 꼽고, 이를 바탕으로 논지를 전개하고자 한다. 따라서 김종삼이 보여준 최소한의 발화와 그에 따른 시적 기법에 대한 연구를 참조했다. 크게 김종삼의 미학적 특징이라고 볼 수 있는 최소한의 시학(김승희, 「김종삼 시의 전위성과 미니멀리즘 시학 연구―자아의 감소와 서술의 축소를 중심으로」, 『비교한국학』, 국제비교한국학회, 2008)과 보다 세분화된 기법적 연구로 김종삼의 의식과 그 의식이 빚어낸 공간에 대한 연구가 있다.(신동옥, 「김종삼 시에 나타난 병치 기법과 내면 의식 공간화 양상 연구」, 『한국시학연구 42』, 한국시학회, 2015) 김종삼의 작품에는 다양한 예술가들 그리고 여러 다른 장르의 예술들이 드러나는 것이 특징인데, 이를 통해 어떤 거리를 유지함으로써 그의 시가 갖는 방법적 특징을 서술한 연구 등이 있다. 그중 음악과 소리에 대한 연구(김양희, 「김종삼 시에서 '음악'의 의미」, 『韓民族語文學』, 한민족어문학회, 2015) 등을 토대로 한다.
2) 「배음」은 『현대문학』에 1966년 2월에 처음으로 발표되었다. 그리고 『本籍地』에 3연을 연 구분하여 1968년 발표되었으며, 시집 『十二陰計』에 1969년에 수록되었다. 그리고 사후 출간된 『평화롭게』에 처음 발표한 작품으로 수록되었음을 살필 수 있다. 함께 살펴볼 다른 작품 「풍경」은 처음 『현대문학』 1978년 2월에 처음으로 발표되었다. 그리고 시집 『누군가 나에게 물었다』에 1982년 실렸으며, 마찬가지로 시집 『평화롭게』에 수록되었다. 본문은 가장 처음 발표된 시를 수록하여 분석한다.

몇그루의 소나무가
얄이한 언덕엔
배가 다니지 않는 바다,
구름바다가 언제나 내다보이었다.

나비가 걸어오고 있었다.

줄여야만 하는 생각들이 다가오는 대낮이 계속되었다.
어제의 나를 만나지 않는 날이 계속되었다.

골짜구니 大學建物은
귀가 먼 늙은 石殿은
언제 보아도 말이 없었다.

어느 位置에는
누가 그린지 모를
風景의 背音이 있으므로, 나는 세상엔 나오지 않은
樂器를 가진 아이와
손쥐고 가고 있었다.

—「背音」 전문3)

    살펴보아야 할 것은 제목부터 "背音"으로 시작한다는 점이다. 그러나
이 시에서는 직접적인 청각적 표현이 나타나지 않는다. 미루어 짐작할 수
있는 것은 "언제 보아도 말이 없었다."와 "樂器"라는 어휘를 통해서 예측
할 수 있을 뿐인데, 이 시의 배경에서 작동하는 소리가 무엇인지는 전혀
드러나지 않으면서 김종삼 시의 특징 중 하나인 이미지가 계속 전개된다.

---

3) 김종삼, 『김종삼 전집』, 『김종삼 전집』 편찬위원회 편, 북치는소년, 2018, 229쪽.(이
  하는 쪽수를 병기함.)

이때의 이미지는 기호와 같이 작동하며, 이러한 이미지의 배치와 조합을 통해서 각 기호들은 서로 관계를 맺는다. 시 안에서 낱낱의 이미지들이 형성하는 관계는 제목이 제시하는 것처럼 소리를 향하게 된다.

이렇듯 제목을 통해 이러한 이미지들이 시각의 표현이 아닌 어떤 배경으로, 풍경의 뒤에 깔리는 음악으로서 작용한다는 점을 살필 수 있다. 「背音」의 화자는 중심이 되는 공간인 "언덕"을 통해 "나비"가 걸어오는 것을 보며,[4] 또한 언덕을 바라보면서 느낀 사유까지 표현하고 있다. 그러나 이러한 풍경이 제시되면서도 화자가 느끼는 것은 그러한 이미지들이 전달해주는 것은 아무것도 없다는 것으로, "位置"를 알 수 없는 곳에서 느껴지는 어떠한 소리, 이 세상에 존재하지 않는 소리를 느끼는 것을 통해 시를 마친다. 물론 직접적으로 소리가 표현되지 않으며 하나의 배경으로서, 침묵으로서 제시된다. 이때 이러한 감각의 매개가 되는 것은 "아이"이다. 세상에 존재하지 않는 악기를 들고 있는 그 아이는 화자와 함께 그 언덕을 걸어간다. 그리고 시의 전반부에서 제시되었던 이미지들과 사유는 언덕을 오르는 풍경의 "背音"으로 작동한다. 시 전체가 알 수 없는 어떤 소리에 대한 하나의 비유로 쓰이고 있는 것이다. 따라서 이미지는 어떤 것도 보여주지 않는다. 이미지는 침묵한다.

이러한 이미지들이 제시된 이유는 「背音」에서 사유가 개입된 문장을 통해 예측할 수 있다. 화자가 갖는 생각들에 대한 죄의식, 그리고 자기반

---

4) 김종삼이 관조를 통해 그려내는 세계는 명확한 이미지로 점철되는 공간이 아니다. 그것은 혼란스럽거나 명확한 지시성을 흩뜨려놓아 세계를 흐릿하게 만드는 효과를 일으킨다. 그가 보는 과정 중에 어떤 균열을 발견하게 될 때, 그에게 주어지는 매개는 시에서 표현하듯 "나비"와 같은 것일 수 있다. 그는 산문 「意味의 白書」에서 이를 간접적으로 밝히고 있다. "어떤 意味에서 詩는 사랑의 손길이 오고 가는 아지랑이의 世界처럼 詩人의 眼幕에 내려와 앉는 나비인지도 모르는 것이다."(김종삼, 『김종삼 전집』, 『김종삼 전집』 편찬위원회 편, 북치는소년, 2018, 905쪽.)

성으로 이어지게 된다. 따라서 아무리 자기 자신에 대해 질문을 하여도 돌아오는 것은 "石殿"의 침묵뿐이다. 누구도 그것에 대한 답을 해줄 수 없기 때문이다. 화자는 자신의 질문에 대한 답을 찾기 위해 걷는다. 그러나 그가 걸어온 길은 모두 지나간 풍경이 되었으며 자신이 어디에 있는지에 대한 "位置" 또한 알 수 없는 지경에 이른다. 그리고 발견하게 되는 것은 "세상엔 나오지 않은 樂器"를 가진 아이이다. "손쥐고" 갈 뿐 그 아이를 통해서 발견할 수 있는 것은 제시되지 않는다. 여전히 질문을 가지는 날이 계속될 것이라 짐작할 뿐이다. 이러한 걸음을 통해 모든 감상적 질문들은 풍화되고 그 의미가 사라진다. 시간이 침투하는 것이다.

> 싱그러운 居木들 언덕은 언제나 천천히 가고 있었다
>
> 나는 누구나 한번 가는 길을
> 어슬렁어슬렁 가고 있었다
>
> 세상에 나오지 않은
> 樂器를 가진 아이와
> 손쥐고 가고 있었다
>
> 너무 조용하다.
>
> ─ 「풍경」 전문(546)

이 시에서 그려지는 풍경은 "언덕"과 그 언덕을 걸어가는 시적 화자이다. 그리고 화자는 "세상에 나오지 않은/樂器를 가진 아이"와 함께 걸어가고 있다. 이외의 다른 이미지는 거의 제시되지 않는다. 이 두 작품은 매우 유사한 과정을 거치고 있으며 이미지의 전개 또한 비슷하다고 볼 수 있다.

공통된 이미지는 "언덕"과 "樂器를 가진 아이" 뿐이다. 하나의 작품에서 다른 작품의 퇴고 과정을 보여주는 것을 두 작품의 유사성이라고 볼 수도 있다. 그러나 이 두 시에는 분명한 차이가 있다.

「풍경」에서는 「背音」에서의 진술들이 축약되어 있으며 구조상 유사한 부분을 보여준다. 삭제된 부분은 "나비가 걸어오고 있었다."와 화자의 사유, 그리고 "石殿"에 대한 것이다. 먼저 "언덕"에 대한 묘사가 간략화된다. 「背音」에서와 달리 "언덕"에 대한 묘사는 특별한 대상을 통해 전개되지도 않는다. "巨木"으로 간략히 처리된다. 그리고 「背音」에서의 화자의 사유는 "누구나 한번 가는 길을/어슬렁어슬렁 가고"있는 것으로 변환된다. 여기서 화자의 개입이 최소화되면서 화자 역시 이미지 속에서 하나의 대상으로 전락한다. 이는 자신 역시 하나의 이미지, 배경에 불과하다는 것으로 자기 말소에 이르는 과정을 보여주는 것이라 볼 수 있다. 따라서 화자가 말(언어)의 위치가 아니라, 사물의 위치에서 하나의 배경으로 작동하는 것을 살필 수 있다. 발화자를 제거하고 어떤 주관적 개입도 배제하려는 그의 태도는 작품에서 다른 종류의 발화들, 예술작품 등의 배치로 나타나게 되고 이 의도는 말을 하지 않음, 침묵을 가리키며 언어와의 작별을 고하려는 긴장으로 이어지게 된다.

「풍경」은 의미나 서사를 이루려고 하는 집약적인 이미지나 대상에 집중하는 부분이 존재하지 않는다. 목표가 없는 이미지. 눈 먼 이미지. 그리고 이어지는 "가고 있었다."는 구절의 반복은 그것이 어떤 흐름과 운동들에 대한 것임을 보여준다. 따라서 「풍경」과 「背音」의 두 작품에서 유사한 이미지들이 반복되는 것은 그것이 중요하기 때문이 아니다. 반복을 통해 "가고 있었다."라는 행위들의 조합이 이미지를 떠받치는 정동 상태가 된다. 대상과 기호, 이미지들이 말하는 것은 침묵뿐이며, 이 관계들의 연쇄는 결국 어디론가 가고 있었다는 행위가 된다. 그것은 리듬, 곧 혼돈의 상태를 말하는데, 이처럼 대상이 배경으로 깔리면서 나타나는 리듬은 청각이라는 감각이다. 그리하여 두 작품의 관계는 새로운 관계를 만들어 내는데, 그것은 단어의 배치와 이미지의 연결 사이의 관계가 아니라 풍경의 덩어리와 기저에 깔린 '배음'으로 작동하는 침묵 사이의 관계이다. 마지막 연에서 "너무 조용하다."와 같은 감각으로의 전환은 사라지는 이미지들에 의한 부수적 효과이다.[5] 그러나 이러한 부수적인 효과가 작품에서 말하지 않은 공간의 주요한 역할을 떠맡게 된다.[6]

이 보이지도, 들리지도 않는 침묵이 울려 퍼지는 공간에서 배우는 대체 누구란 말인가. 보이지 않는 목소리의 현전인 침묵 그 자체일 수도 있겠지만 김종삼은 타자를 택한다. 이때의 타자는 동일성으로 환원되고자 하는 감성적 대상이 아니다. "세상에 나오지 않은"이란 구절은 이미 그 대상과의 분리를 암시하기 때문이다. 이 "아이", 이미지들의 효과를 누그러뜨리면서 언어의 의미작용을 분리하는, 그리고 침묵으로 그려진 공간을 서성이는 한 아이와 함께 화자는 "손쥐고" 간다. 그리고 풍경을 따라 걸어가면 있는 것은 오직 "너무 조용"한 침묵뿐이다. 여기선 주체와 타자의 구분이 사라지며 판단중지로, 계속 기저상태로 깔린 어떤 리듬만 남아 있다. 따라

---

5) "감각과 정서를 파생시키는 것, 또는 공간적 거리나 깊이에 대한 감각을 불러일으키는 역할은 시선이 아닌 다른 감각으로 그 관할 영역을 옮겨간다. 김종삼 시에서 '나'라는 중심이나 소실점이 소멸된 상태로 관찰자처럼 시선이 이동함에도 불구하고 정서적인 것들을 일깨우는 이유가 또한 여기에 있을 것이다."(김혜진, 「김종삼 시의 방법적 객관주의」, 『한국시학연구』, 한국시학회, 2020.5, 88쪽.)

6) "그러므로 주의 깊게 듣는 것이, 귀를 신뢰하는 것이 필요하다. 반복이나 유음(assonance)을 알아차림으로써 문장이 거짓이라는 것, 즉 문장이 참인 것의 소리(bruit)를, 경험되고 통제된 카오스의 숨결을 갖고 있지 않음을 알게 해주는 것이 바로 귀이다. 올바른 문장이란 카오스의 역량을 분열증적 폭발과 합의적 망연자실로부터 분리시킴으로써 카오스의 역량을 주저앉히는 것이다."(자크 랑시에르, 김상운 옮김, 『이미지의 운명』, 현실문화, 2014, 89–90쪽.)

서 "세상에 나오지 않은/樂器"는 한 번도 존재한 적이 없는 악기가 아니라 아직 말이 되기 이전의, 혹은 말이 모두 사라져버린 이후의 어떤 역사적 단락 상태로 이끌게 되는 침묵을 연주하는 악기가 된다.

이 두 작품은 제목과 형식적인 측면에서 다소간의 차이를 보여주고 있다. 그러나 작품의 매개가 되는 것은 상당한 유사성을 보여주고 있으며, 두 작품 각각 의식과 그 배경까지 공통적인 부분이 많다. 이들 역시 김종삼의 시 세계에 주로 나타나는 관조에 의한 이미지와 배치에 따른 음악적 세계로 이루어져 있다고 거칠게 요약할 수 있을 것이다. 그러나 여기엔 김종삼의 고투가 있다. 침묵을 배경으로 하여 나타나는 어떤 타자를 만나는 것이다. 물론 이러한 타자는 이른바 윤리적인 타자가 아니다. 그것은 역사에 따른 폭력일 수도 있으며, 시인에게 정서의 촉발을 일으키는 무의식적 매개나 미적인 수단들이 될 수도 있다. 이러한 점에서 그의 시가 이루는 일군의 공간 속에서 나타나는 대상과 텍스트가 어떻게 관계를 맺는지 혹은 깨뜨리는지 그 방법을 살피는 과제가 필요할 것이다.

「올페의 유니폼」

天井에 붙어 있는
흰 헝겊이 한꺼풀씩
가벼이 내리는 無人境인 아침의 사이,
아스팔트의
넓이는 山길이 뒷받침하여지는 湖水쪽,
푸른 제비의 行動이었다.

마치 人工의 靈魂인 사이는
아스팔트 길에는 時速違反의 올훼가 타고 뺑소니 치는 競技用 자전거
의 사이였다.
休息은 無限한 푸름이었다.

「올페의 유니폼」개작에 드러난 시 쓰기 의식

문혜연

　김종삼의 시 중 올페가 등장하는 시는 「올페의 유니폼」, 「검은 올페」, 「올페는 죽을 때(「올페」(1973)」, 「햇살이 눈부신(「올페」(1975)」[1]로 총 4편이다. 이 중 첫 작품인 「올페의 유니폼」은 4번의 개작을 거쳐 지면에 실리게 된다. 올페 시편의 출발점이 되는 작품을 계속 개작했다는 것은 분명 주목할 만한 점일 것이다. 시와 음악에 대한 사랑이 남달랐던 김종삼에게 오르페우스가 특별했으리라고는 어렵지 않게 예상할 수 있다. 또 「올페는 죽을 때」에서 '올페는 죽을 때 / 나의 직업은 시라고 했다.'라는 행과 '나는 죽어서도 / 나의 직업은 시가 못 된다.'라는 행이 각각 대칭적으로 등장하는 걸 보면, 올페는 김종삼에게 평생 닮고자 노력하는 시인의 원형 그 자체라고 볼 수 있다. '죽어서도' 직업으로 '시'를 말할 수 없다는 시인의 고백은 시 쓰기가 완성될 수 없는 실패의 과정이지만 멈추지 않고 계속 되풀이되는 것임을 드러낸다. 그 속에서 올페란 어쩌면 삶의 고통과 허무 속에서도 멈출 수 없는 내면의 목소리를 응집시킨 인물이 아닐까. 그런 점에서 올페 시편의 시작인 「올훼의 유니폼」을 자세히 들여다보고, 시인이 올페를 통해 끊임없는 시 쓰기의 의지를 다지는 모습을 살펴보고자 한다.

---

[1] 「올페」라는 동명의 제목으로 다른 시가 각각 1973년과 1975년에 쓰였다. 따라서 논의의 편의를 위해 시의 첫 행으로 각각의 시편을 표기하고자 한다.

1960년 처음 발표된 「올훼의 유니폼」은 1977년 마지막으로 개작되어 수록된다. 4번의 개작 과정은 시의 내용을 바꾸기보다는 문장의 불필요한 것들을 덜어내는 방향으로 진행되었는데, 이는 시의 가장 간결한 형태를 찾아가는 것으로 보인다. 시인은 왜 이런 과정을 거치게 되었을까. 왜 시간이 지나도 다시 이 시를 꺼내서 문장들 속의 조사와 단어를 가다듬어야만 했는지, 그 변화로 생겨나는 의미의 차이를 살펴보다 보면 시인의 올페에 대해 닿을 수 있을 것 같다.

天井에 붙어 있는
흰 헝겊이 한꺼풀씩
가벼이 내리는 無人境인 아침의 사이,
아스팔트의
넓이는 山길이 뒷받침하여지는 湖水쪽,
푸른 제비의 行動이었다.

마치 人工의 靈魂인 사이는
아스팔트 길에는 時速違反의 올훼가 타고 뺑소니 치는 競技用 자
전거의 사이였다.
休息은 無限한 푸름이었다.

― 「올훼의 유니폼」(1960.4)[2]

시의 첫 이미지로 드러나는 '천정에 붙어있는 흰 헝겊'은 다소 환상적으로, 실제적인 사물을 떠올리게 하지는 않는다. 그래서인지 이 '흰 헝겊이 한 꺼풀씩 내리는' 이미지를 '흰' 색과 '내리는' 것에 착안해 눈이 내리는

---

[2] 김종삼, 김종삼정집편찬위원회 엮음, 『김종삼 정집』, 북치는소년, 2018, 133쪽. (본문에서 살펴보는 『올페의 유니폼』의 개작 과정 모두 『김종삼 정집』을 출처로 함을 밝힌다.)

것으로 해석하는 경우도 있다.[3] 만약 화자가 천정을 바라보고 있는 것까지가 현실의 상황이라고 가정해본다면, '흰 헝겊'은 천정으로 대신하는 하늘로부터 화자에게까지 이어져 내려오며 연결된다. 「햇살이 눈부신」(1975)에는 하늘에서 쇠사슬이 내려오는 이미지가 등장하는데, 이런 이미지의 유사성으로 미루어보아 김종삼은 올페가 있는 공간을 하늘과 같은 천상의 공간으로 인지하고 있는 것 같다. 「햇살이 눈부신」에서 '하늘에 닿은 쇠사슬'이 '팽팽'한 것을 화자는 하늘로 '올라오라는' 의미로 해석한다. 이는 하늘로 올라갈 시간이 다 되었다는 죽음에 대한 시인의 인식인 동시에 화자와 올페 간의 연결 고리로 볼 수 있다. 그렇다면 이 '흰 헝겊이 한 꺼풀씩 내리는' 일 역시 화자와 올페를 연결해주는 것으로 이해해 볼 수 있다. 화자가 올페에 대한 생각으로, 다시 말해 시와 음악에 대한 생각으로 빠져들어 가는 일을 얘기하는 것으로 말이다. 즉 화자는 하늘보다 낮고 자신보다는 높은 곳에 있는 하얀 천정을 보면서, 올페가 있는 공간과 연결된 '헝겊'이 조금씩 자신에게로 떨어져 내리는 과정을 떠올리며 자신의 내면으로 시선을 돌리고 있다. 뒤이어 나오는 '무인경인 아침'이라는 시어 역시 시적 상황을 화자의 내면으로의 침잠 과정으로 해석하는 것을 가능하게 만든다. '무인경'이란 '사람이 살지 않는 곳'을 의미한다. 앞선 구절을 통해 도달하게 된 화자의 내면이 바로 '무인경'인 것이다. 아무도 없는, 텅빈 곳이 화자의 내면이자 이 시의 시적 공간이다. 시인은 이 시적 공간을 차분히 채워간다.

다음 행은 문장이 길지만 주술 관계를 따져보자면, '아스팔트의 넓이는' '푸른 제비의 행동이었다'가 각각 주어와 서술어가 된다. 이 주술 관계는

---

3) 송현지, 「김종삼 시의 올페 표상과 구원의 시쓰기 연구」, 『우리어문연구』 61, 우리어문학회, 2018, 15쪽.

'아스팔트' 길을 '제비의 행동'으로 생겨난 것으로도 해석할 수 있게 만든다. 제비가 지나간 자리에 붓질을 하듯 길이 생겨나는 것이다. '무인경'의 공간에 '아스팔트' 길이 '호수 쪽'으로 생겨난다. 제비가 지나감으로 인해서, 혹은 마치 제비가 지나간 것과 같은 곡선을 그리며. 이곳이 시적 공간이자 화자의 내면이라는 것을 다시 떠올려보면, 이 길이 생겨남으로 인해 '무인경'인 화자의 내면에 누군가가 등장할 가능성이 생겨난다. 시의 후반에서 '올페'가 '뺑소니치는' 사건이 벌어지는데, '푸른 제비의 행동'으로 '아스팔트' 길이 생겨났기 때문에 뒤이어 '올페'가 '뺑소니'를 칠 수 있게 된다. 다시 말해 화자가 자신의 내면에 길을 만들었기 때문에 올페가 그곳에 나타날 수 있는 것이다. 어쩌면 화자가 올페에게 뺑소니를 당하는 것은 화자의 내면에서는 자기도 모르게 예견된 일일지도 모른다.

　1960년 시가 처음 발표되었을 때 '마치 인공의 영혼인 사이는'은 한 행이었지만, 김종삼은 여러 개작을 통해 1977년에 '인공의 영혼 사이'로 가다듬는다. '인공의 영혼인 사이'에서는 '인공의 영혼'이 '사이'를 수식하는 말이 되기 때문에, '사이'의 의미는 '인공의 영혼' 그 자체가 된다. 이를 1960년에는 있었지만 사라진 '무인경의 아침의 사이'의 또 다른 '사이'와 연결해본다면, 두 개의 '사이'가 유사한 의미를 지니고 있다고 생각할 수 있다. 김종삼은 1961년 첫 개작을 통해 2연의 '인공의 영혼의 사이는'에서 조사 '는'을 삭제한다. 따라서 1연과 2연에 반복되는 ' 어떠한 사이', '무엇이었다'의 구조가 보다 더 확연해진다. 그리고 1969년 두 번째 개작에서는 '무인경인 아침의 사이'에서 '사이'를 삭제하고, 1977년의 마지막 개작에서는 '무인경인 아침'을 끝으로 1연을 나눈다. 새로 나뉜 1연은 이전과 달리 의미가 분절되고, '아침'과 다음 문장을 이어서 해석해야 할 필요가 없어진다. 그렇기에 이를 화자의 내면 풍경으로 들어가는 시의 도입으로 볼 수 있다.

김종삼이 가다듬은 최종 형태인 '인공의 영혼 사이'는 인공으로 만들어진 영혼의 사이 정도로 해석할 수 있을 것이다. 「올페의 유니폼」에서 이 구절의 앞뒤 문장은 '아스팔트'와 '경기용 자전거'라는 표현을 제외하면 대부분의 시어가 자연물과 관련된 것으로만 이루어져 있다. 그렇기에 '아스팔트 길'은 대조적으로 인공적인 성격이 두드러지고, 이는 '인공의 영혼'이라는 말과 연결된다. '인공의 영혼'이라는 말을 화자가 자신의 영혼에 어떤 가공을 가한 결과라고 보고, '무인경'의 풍경에 '아스팔트' 길을 내는 것 자체를 자신의 영혼에 '인공'을 가하는 과정으로 생각해 보자. 앞서 말했듯 이 '아스팔트' 길은 '시속위반의 올훼가' '뺑소니치는' 길이기 때문에 올페의 '뺑소니'는 화자에게 있어 갑작스러운 충돌이지만 동시에 이미 전제되어 있는 운명과 같은 느낌을 준다.

시에는 올페가 '뺑소니치는' 대상이 드러나지 않는다. 대상은 아마 화자이거나, 또 다른 누군가일 테지만, '무인경의 아침'이기에 화자가 올페에게 뺑소니를 당했다고 보는 것이 더 타당할 것이다. 올페의 뺑소니는 시의 전반적인 분위기와 이질적인 느낌을 주고, '경기용 자전거'를 타고 '뺑소니'를 치는 것이 앞 문장과의 연결고리 없이 등장한다. 그래서 이 이미지의 이질성을 당시에 한국에 개봉됐던 장 콕토의 영화 「오르페(Orphée)」(1950)의 장면으로부터 영향을 받았을 수도 있다고 보는 해석도 있다.[4] 영화 「오르페」에서 오르페우스는 시인이자 친구인 세제스트가 뺑소니를 당하는 과정을 보게 된다. 범인은 죽음을 가져오는 공주의 부하들로, 오르페우스는 그들을 따라 죽음의 세계로 가려 하지만 실패하게 되고, 뒤이어서는 익히 아는 신화의 내용대로 죽은 아내를 찾아 다시 죽음의 세계로 가

---

4) 송현지, 앞의 글, 17−18쪽.

게 된다. 흥미로운 점은 영화와 시의 뺑소니의 주체와 대상이 다르게 설정되어 있다는 것이다. 오르페우스는 영화에서는 목격자로, 시에서는 뺑소니치는 주체다. 뺑소니를 당하는 사람은 영화도 시도 마찬가지로 시인(영화의 세제스트, 시의 김종삼)이다. 이 이미지의 중복만으로 김종삼이 영화에서 받은 인상으로 시를 썼다고 말하기엔 근거가 부족하지만, 만약 그렇다고 한다면 올페가 뺑소니를 치고 간 후 화자가 도달하게 되는 곳은 올페의 세계이자 시의 세계다. 그곳은 죽음의 세계일 수도 있지만, 뒤이어 등장하는 '무한한 푸름'이라는 시어와 연관지어 봤을 때 올페의 세계로 들어가게 되는 것은 시인에게 '죽음'의 두려움이라기보다는, 기꺼이 올페의 운명을 뒤따르겠다는 의지로 볼 수 있을 것이다.

영화와의 연결 고리 없이 올페의 뺑소니가 등장했다고 본다면, 김종삼은 기꺼이 올페에게 치이고 싶었던 게 아닐까. 그로 인해 죽음의 세계로 가게 된다 하더라도, 죽음의 순간까지도 노래를 했던 올페의 시 쓰기 정신을 이어받고 싶은 마음으로 자신을 기꺼이 올페의 '경기용 자전거' 앞에 세워두고자 한 것은 아닐까. 앞서 내면에 길을 만드는 행위로 인해 뺑소니가 일어나게 된다는 운명론을 바탕으로 시를 바라본다면, 올페의 뺑소니는 오히려 시인이 기다리고 있던 일이 될 수 있다.

시의 마지막 문장은 정적인 느낌을 준다. 앞의 올페의 뺑소니가 주는 동적 이미지가 최고조에 이르렀을 때, '휴식'이 찾아온다. '휴식은 무한한 푸름이었다'라는 문장의 '휴식'이 '무한한'이라는 단어를 만나 푸르게 번져나간다. '푸름'이 조용하고도 천천히, 그렇지만 확실하게 퍼져나간다. 이 멈춤에 좀더 집중해 보자면, 올페가 치고 지나간 후 시의 움직임은 모두 그친다. 이전까지 무언가 내리고, 날아가고(제비의 행동), 치고 지나가는 것과는 다르다. 이 정적은 자신의 세계에 다가온 충격에 대한 반응으로 볼 수 있을 것이다. 마치 멍이 들듯, 외부(올페)로부터의 충격은 푸른색만을 남기고, 이는 깊고 무한하게 번져간다. 이 아픔과 충격의 순간이 바로 올페의 유니폼을 입는 순간이다. 김종삼은 이렇게 올페와의 만남을 통해 자신이 올페의 유니폼을 입었음을, 다시 말해 올페와 마찬가지로 끝없는 시인이 될 것을 표상한다. 올페의 손길을 받거나, 음성을 듣는 것도 아닌, '뺑소니'를 당한다는 표현은 시인에게 시 쓰기가 느닷없이 닥친 일이면서도 운명인 것 같은 느낌을 준다. 누구나 익히 아는 올페 신화처럼 그 길의 끝이 고통스럽더라도, 김종삼은 몇 번이고 그 멍든 '푸름'을 다시 불러내며 시 쓰기의 자세를 다지고 있다.

김종삼에게 올페는 닮고 싶은 시인의 원형이기에 올페를 소환하는 것은 자신의 시 쓰기를 다시 점검하는 것과 같다. 이 「올페의 유니폼」을 거듭 개작한 것은 올페를 닮고자 했던 마음을, 시가 충격과 같은 울림으로 자신에게 다가왔던 순간을 잊지 않고 되새기기 위해서는 아니었을까. 죽어서도 자신의 직업은 시가 못 된다는 시인의 강렬하면서도 슬픈 고백은 오히려 그렇기에 자신의 남은 삶은 이제까지 그래왔듯 시를 쓰는 것에 몰두하겠다는 의지의 표명으로도 읽을 수 있을 것이다.

「받기 어려운 선물처럼」

主日이 옵니다. 오늘만은
그리로 도라 가렵니다.

한켠 길다란 담장길이 버려져
있는 얼마인가는 차츰 흐려지는
길이 옵니다.

누구인가의 성상과 함께
눈부시었던 꽃밭과 함께 마중 가 있는 하늘가입니다.

모—든 이들이 안식날이랍니다.
저 어린 날 主日 때 본
그림
카—드에서 본
나사로 무덤 앞이였다는
그리스도의 눈물이 있어 보이었던
그날이 랍니다.

이미 떠나 버리고 없는 그렇게
따사로웠던 버호니(母性愛)의 눈시울을 닮은 그 이의 날이랍니다.

영원이 빛이 있다는 아름다음이란
누구의 것도 될수 없는 날이랍니다.

그럼으로 모—두들 머믈러 있는 날이랍니다.
받기 어려웠던 선물처럼………

(連帶詩集・戰爭과音樂과希望과』, 自由世界社, 1957)

「쑥 내음 속의 童話」

옛 이야기로서 고리타분하게 엮어지는 어렸을 제 이야기이다. 그맘때만 되며는 까닭이라곤 없이 재미롭지도 못했고 죽고 싶기만 하였다.

그 즈음에는 인간들에게는 염치라곤 없이 보이리만큼 너무 지나치게 아름다움이 풍요하였던 자연을 가까이 하면 할수록 더욱 그러하였다.

고양이란 놈은 고양이대로 쥐새끼란
놈은 쥐새끼대로 옹크러져 있었고
강아지란 놈은 강아지대로 밤 늦게까지
나를 따라 뛰어 놀았다.

어렴풋이 어두워지며 달이 뜨는
수수대로 만든 바주 울타리 너머에는
달이 오르고 낯익은 기침과 침뱉는 소리도 울타리 사이를 그때면 간다.

풍식이란 놈의 하모니카는 귀에 못이 배기도록 매일같이 싫어지도록 들리어 오곤 했다.
자라나서 알고 본즉 「스와니江의 노래」 였다.

선율은 하늘 아래 저 편에 만들어지는 능선 쪽으로 날아 갔고.

내 할머니가 앉아 계시던 밭이랑과 나와 다른 사람들과의 먼 거리를 만
들어 주기도 하였다.

모기쑥 태우던 내음이 흩어지는 무렵
이면 용당폐라고 하였던 해변가에서
들리어 오는 오래 묵었다는 돌미륵이 울면 더욱 그러하였다.

자라나서 알고 본즉 바닷가에서 가끔 들리어 오곤 하였던 고동소리를
착각하였던 것이었다.

―이 때부터 세상을 가는 첫 출발이 되었음을 몰랐다.

(『韓國戰後問題詩集』, 新丘文化社, 1961)

「이 짧은 이야기」

한 걸음이라도 흠잡히지 않으려고 생존하여 갔다.

몇 걸음이라도 어느 성현이 이끌어 주는 고되인 삶의 쇠사슬처럼 생존
되어 갔다.

아름다이 여인의 눈이 세상 육심이라곤 없는 불치의 환자처럼 생존하
여 갔다.

환멸의 습지에서 가끔 헤어나게 되며는 남다른 햇볕과 푸름이 자라고
있으므로 서글펐다.
서글퍼서 자리 잡으려는 샘터, 손을 잠그면 어질게 반영되는 것들.
그 주변으론 색다른 영원이 벌어지고 있었다.

(『韓國戰後問題詩集』, 新丘文化社, 1961)

「遁走曲」

그 어느 때엔가는 도토리 잎사귀들이
밀리어 가다가는 몇 번인가 뺑그르 돌았다.

사람의 눈 언저리를 닮아가는 空間과
大地 밖으로 새끼줄을 끊어버리고 구름줄기를 따랐다.
양지바른쪽,
피어날 씨앗들의 土地를 지나

띄엄띄엄
기척이 없는 아지 못할 나직한 집이
보이곤 했다.

天上의 여러 갈래의 脚光을 받는
수도원이 마주보이었다.
가까이 갈수록

그 자리에만 머물러 있는 사랑하는 사람의 자리.
가까이 갈수록 廣闊한 바람만이 남는다.

(『韓國戰後問題詩集』, 新丘文化社, 1961)

김종삼 초기 시의 종교적 기표와 놀이
─「받기 어려운 선물처럼」「쑥내음 속의 동화」 「이 짧은 이야기」「둔주곡(遁走曲)」을 중심으로

양진호

1950년대 한국 사회는 '잔해' 그 자체였다. 파괴된 건물과 도로뿐만 아니라 당대의 정신도 마찬가지였다. 그런데 프로이트에 의하면 우리는 어린 시절에 자아를 형성하는 과정에서 정신세계의 파괴를 먼저 경험한다.[1] 유아는 한계와 경계가 없는 '망망대해 같은' 주변 세계와 친밀한 유대 관계를 맺고 있었으나 현실 원칙에 귀속되는 과정에서 이 느낌과 감각을 거세당한다. 그 꿈의 세계가 파괴된 자리로 법과 언어가 폭력적으로 진입해 주체의 정신을 자신과 동기화시킨다. 그러나 멸망한 뒤 몇백 년에 걸쳐 부분적으로 발굴되고 복원되는 로마의 도시들처럼, 주체와 최초로 연결되었던 꿈의 세계 역시 주체가 미처 인지하지 못하는 계기들에 의해(혹은 글쓰기 등과 같은 창조적 활동에 의해) 발견된다. 게다가 복원되고 파괴되기를 반복하며 그 최종 복원 형태에서 원래 가지고 있던 많은 것들을 잃어버린 로마 유적지에 비해, 우리의 정신이 복원하는 꿈의 세계는 자신이 발굴해온 잔해들을 잃어버리지 않고 고스란히 간직한다. 프로이트는 이 '망망대해 같은' 꿈의 세계가 종교에 대한 인간의 근본적 감각과 관련 있다고

---

1) 프로이트, 『문명 속의 불만』, 열린책들, 1997, 234쪽.

했던 지인의 얘기에 완전히 동의하지는 않았으나, 주체가 외부 세계에서 자아를 위협하는 위험을 거부하는 또 다른 방법처럼 보인다고 언급했다. 김종삼의 초기 시에서 나타나는 종교적 기표들은 이러한 꿈의 잔해들이 인간의 정신에서 작용하는 것과 유사한 방식으로 작동한다. 그 기표들은 종교(대다수에 해당하는 기독교)의 교리와 밀접한 관련이 없지만 비밀스러운 아우라를 갖고 있고, 어른이 아닌 아이의 눈으로 포착되고 있으며, 신앙에 대한 의무가 기표의 의미에 포함되어 있지 않다는 점에서 그렇다. 김종삼은 전쟁 이후 비교적 안정적으로 살아가고 있었음에도 불구하고 시대적인 상처에 깊이 공감했기 때문에 자신의 정신과 폐허를 동일시할 수 있었을 것이다. 그리고 무너진 공간의 복원을 원초적인 정신의 회복과 같다고 보았을 것이며, 그곳이 사회적 공간이 아니라 그곳으로부터 버림받은 약자들의 성소(聖所) 역할을 해줄 것이라고 믿었을 것이다. 그의 시적 페르소나인 아이는 이 폐허의 잔해를 발굴하는 방법으로 '놀이'라는 형식을 취한다. 깨지고 지저분해진 어린 시절 꿈들은 시 속에서 부랑자, 은둔자, 혹은 할머니 등으로 나타난다. 그리고 놀이에 참여하는 아이와 시적 대상들은 향유의 과정에서 자신이 잃어버렸거나 잊어버렸던 숭고함과 주체성을 회복하며, 이것이 앞서 언급했던 종교 기표의 아우라를 덧입고 나타난다. 종교적 기표와 놀이의 심미성을 연결하는 이러한 표현법은 '주지적 서정시'[2], 즉 서정성과 실험성을 조화하고 결합한 작품 경향으로서의 하나[3]에 속한다고도 볼 수 있으며, 이는 전쟁의 참상을 직접적으로 묘사

---

[2] 김종삼, 전봉건과 함께 연대시집인 『전쟁과 음악과 희망과』를 펴낸 김광림은 스스로 자신의 시적 경향을 '주지적 서정시'라고 지칭한 바 있다. 김광림, 「주지적 서정시를 생각한다」, 『한국전후문제시집』, 신구문화사, 1961, 346–348쪽 참고.
[3] 오형엽, 「전후 모더니즘 시의 음악성과 시의식」, 한국시학연구 제25호, 한국시학회, 2009.

하거나 조금의 균열도 없는 심미적 공간으로서의 시를 제시함으로써 사회를 치유하려 했던 당시 문단의 흐름과 구별되는 독특한 시작법이라고 할 수 있다.

김종삼 시의 종교성에 관련한 선행 연구로는 오형엽, 조혜진[4], 송경호[5] 등의 논의가 있으며 '놀이'와의 관련성에 대해 다룬 것은 김기택[6]의 논의가 유일하다. 이 중 김종삼의 작품에서만 드러나는 독특한 시적 원리에 집중했던 것은 오형엽과 김기택의 논의였다.

오형엽은 전후 모더니즘 시의 미학을 음악성과 종교성으로 분석한 글에서 김종삼의 「받기 어려운 선물처럼」을 언급하며 '순수음악에 가까운 듯한 시 내부에 지상적 현실의 폐허를 극복하는 천상의 은총이라는 의미 구조가 숨어 있'는 시로 분석하고 있다. 그는 김종삼의 작품에서 "물"과 "그늘"을 동반한 묘연한 "음악"이 등장하는 것은 흔한 일이 아니며, 김종삼 시의 대부분은 오히려 이러한 신의 은총과 손길이 만져지지 않고 느껴지지 않는 삭막하고 고통스러운 지상의 현실을 보여준다고 언급한다. 또한 「돌각담」에 대한 분석에서 그는 김종삼을 신의 존재를 인정하고 그 임재를 경험하기도 하지만, 신이 부재하는 지상에서 은총과도 같이 하늘에서 내려오는 "물"과 "그늘"과 "음악"을 인간들에게 전달해주는 전령사로 명명하며, 이 "물"과 "그늘"과 "음악"이 김종삼 시의 중핵을 이루는 의미와 회화적 특성과 음악적 특성을 함축하고 있다고 언급하고 있다. 김종삼

---

4) 「김종삼 시의 전쟁 체험과 타자성의 의미」, 『한국문예비평연구 42호』, 한국현대문예비평학회, 2013.
5) 「김종삼 시의 죄의식과 "집"의 상상력: 「문짝」, 「돌각담」, 「라산스카」를 중심으로」, 『문학과종교 제12권 2호』, 한국문학과종교학회, 2007.
6) 「김종삼 시에 나타난 어린이의 특징 연구」, 『한국아동문학연구 31호』, 한국아동문학학회, 2016.

의 시에 나타난 어린이의 존재 양상과 그 특징에 대해 다룬 김기택은 시인이 전쟁 체험에서 온 부정적인 감정이나 정서를 시간적·공간적인 거리를 두고 내면화 과정을 거쳐 사물이나 인물 등의 이미지로 형상화하고 있다고 보았고, 이 이미지들 중 '어린이'에 집중하여 작품을 분석했다. 그는 김종삼 시에 나타나는 어린이를 '혼자 노는 아이' '죽은 아이' '부재하는 아이'로 분류하고, 각각의 특성을 설명하며 이를 시인의 전쟁에 대한 부정적 감정과 연결 짓고 있다. 그에 의하면 혼자 노는 아이는 부조리한 삶과 현실의 조건들로 인해 자발적이고 자유로운 놀이를 하지 못하고, 죽은 아이는 폭력적이고 고통스러운 현실로 인해 죽게 된 뒤에야 천상의 시공간에서 순수하고 아름답고 자유로운 존재성을 되찾는다. 그리고 부재하는 아이는 아직 태어나지 않았기 때문에 지상의 삶의 고통과 죽음의 공포를 거치지 않고 순수함을 유지하고 있다. 특히 김기택은 혼자 노는 아이에 대한 분석에서 시인이 '놀이'에 부여한 의미의 핵심에 대해 설명하고 있는데, '폭력과 죽음 등 현실적인 위협과 고통으로부터의 해방된 시공간' '스스로 구축한 상상의 공간에서 마음껏 발현되는 자유 의지'의 두 가지가 바로 그것이다. 오형엽과 김기택의 논의가 겹쳐지는 부분은 외부 세계에 대한 시적 주체의 태도를 다룬 지점으로, 두 연구자는 모두 김종삼 시에 드러나는 시적 주체와 대상들이 안전한 질서의 세계에서 벗어나 있거나 혹은 그 질서가 부재함을 보여주고 있다고 보고 있다. 이는 전쟁이라는 되돌릴 수 없는 오류를 통해 자신에게 속한 개별자들을 죽음과 공포로 몰아넣은 국가, 그리고 전쟁 이후에 반공 이데올로기를 대변하며 중산층을 보호하고 사회적 약자들을 배제한 기독교에 대한 시인의 불신에 기인한 것으로 볼 수 있다. 김종삼은 그들을 비난하거나 그들에게 저항하는 대신에 자신의 새로운 타자와 대상들을 찾는 방식을 택했다. 이들은 세계의 테두리 안에 있으면서도 주체로서 존재하지 못하는 '산주검(살아 있지만 사회적 주체를 상실한 자)[7]'과 시인이 법과 질서로부터 거세당하기 전에 연결되었던 '망망대해 같은' 존재로서의 신이다. 그리고 이들을 발견할 수 있는 것은 법과 질서가 아닌 자기 스스로의 눈으로 타자를 바라볼 수 있는 '아이'라는 시적 주체이다.

김종삼의 시의 주일(主日)은 '주일 바깥의 주일'이다. 「받기 어려운 선물처럼」에서 나타나는 교회에는 훈육을 통해 계몽되려는 독실한 신자도, 가난한 시절의 생존 스펙[8]으로서 종교를 받아들이려는 이들도 없다. 교회는 오직 고통과 공포로부터 벗어나려는 신자가 홀로 찾아와 지친 몸을 기대는 곳이며, 매주 교회에 가야 할 의무가 없다. "주일(主日)이 옵니다. 오늘만은/그리로 도라 가렵니다"라는 시적 주체의 고백은 이를 잘 드러낸다. 교회의 한 켠에 버려진 기다란 담장 길 어귀에 열리는 "차츰 흐려지는/길"은 "누구인가의 성상과 함께/눈부시었던 꽃밭과 함께 마중 가 있는 하늘가"로 열려 있다. 예수나 성모 마리아, 혹은 이름이 잘 알려진 성인의 성상이 아닌 "누구인가의 성상"은 종교적 권위 대신 "꽃밭"과 "하늘가"에 드리워진 신비로움과 동일화되어 있다. 그래서 시적 주체의 주일과 교회는 죽음이라는 운명 앞에 무력했던 나사로와 인간의 슬픔을 느낄 줄 아는 예수, 십자가의 무게에 짓눌린 예수의 얼굴을 닦아주었던 버호니(베로니카)를 닮아있으며, "모—든 이들이 안식날"로 여길 수 있는 "저 어린 날 主日 때

---

7) 알렌카 주판치치, 『실재의 윤리』, 이성민 옮김, 도서출판 b, 2004, 205쪽.

8) 개신교 반공주의자로 산다는 것은 그 당시 생존에 꽤나 유리한 스펙이었다. 처절하게 가난했던 시절, 상대적으로 많은 기회를 누리고 있는 젊은 남성들이 몰린 곳에 젊은 여성들이 모여드는 것은 당연한 일이다. 더구나 개신교는 서양 문화가 유입되는 주요 통로였기에, 전통에 덜 얽혀 있고 새로운 문화에 더 열린 청년 여성들이 개신교를 선택하기는 쉬운 일이었다. ─김진호, 「이웃을 향한 열린 문과 닫힌 문, 그리스도인의 전후 체험」, 『한국현대 생활문사화 1950─1980년대』, 창비, 2016.

본/그림/카드" 속 편안한 풍경으로 남아 있다. 그러나 독실한 신자들의 주일과 마찬가지로 시인의 주일도 누군가가 쉽게 소유할 수 있는 날이 아니다. "영원의 빛이 있다는 아름다움"은 버려져 있는 흐린 길을 통해 연약한 시적 주체와 연결되어 있지만 그 공간의 초월성은 여전히 쉽게 포착되지 않는 것이기 때문에 "누구의 것도 될수 없는 날"이 된다. "저 어린 날"의 마음으로 기다리는 이에게 선물로 주어지는 주일, 기적을 기적 그 자체의 떨림으로 받아들일 줄 아는 이에게 다가오는 주일은 말씀과 교리로 설명할 수 없는 그 무엇인가를 상징한다.

　「이 짧은 이야기」에는 주일과 대비되는 현실 세계의 보편 원칙들이 언급된다. '생존'이라는 명령은 시인을 "한 걸음이라도 흠잡히지 않"도록 긴장시키고 "고되인 삶의 쇠사슬"을 맹목적으로 견디게 만들며 "아름다운 여인의 눈"도 생기를 잃고 "불치의 환자"의 눈으로 변화시킨다. 시적 주체에게 생존을 명령하는 것은 "어느 성현"이다. 「받기 어려운 선물처럼」에 등장하는 "누구인가의 성상"은 삶의 목적지를 알려주지 않는다. 그러나 "어느 성현"은 "몇 걸음이라도" "고되인 삶의 쇠사슬"을 지고 걸어가야만 생존할 수 있다고, 사회적 위치를 잃지 않을 수 있다고 가르친다. 합목적성의 논리로 설계된 현실 세계에 환멸을 느끼는 시적 주체의 서글픈 얼굴을 비추는 것은 샘물이다. "영원의 빛이 있다는 아름다움"과 동일한 "색다른 영원"을 간직하고 있는 샘물은 어떤 논리나 체계로 포착할 수 없는 흐릿한 형상을 "어질게 반영"한다. 현실 세계 속 주체의 자아를 명확하게 각인시키는 생존이라는 명제가 '거울' 같은 것이라면, 샘물 위에 나타나는 흐릿한 형상은 주체의 환영이라고 할 수 있다. 어느 방향으로 손을 집어넣어도 형상은 조금도 잡히지 않고 더 흐려질 뿐이므로 시적 주체는 자신의 뚜렷한 형상을 포착하기 위해 노력할 필요가 없다. 오히려 무심하게 "손을 잠그면" 샘물 위에는 "색다른 영원"이 떠오른다. 현실을 극복하게 하는 색다른 영원이 단지 손을 잠그는 목적 없는 유희를 통해 주체에게 열린다는 점에서, 초월적 신비감과 주체를 이어 주는 끈은 사회적 의무나 책임으로부터 자유로운 아이들이 즐기는 '놀이'[9]와 비슷한 것임을 알 수 있다.

주판치치는 유희를 통해 초월성으로 다가가는 주체를 설명하기 위해 몰리에르의 희곡에 등장하는 돈주앙의 예를 들었다.[10] 그는 돈주앙의 유희에 있어 핵심이 되는 원칙으로 '원리화된 비순응' '아갈마[11]의 공유' '행위 자체로서의 향유' 등을 언급하고 있다. 주판치치는 돈주앙의 방탕한 삶과 죄많음이 그를 악마적인 악의 형상으로 만드는 것이 아니라, 그의 악이 단순한 선함의 반대가 아니기에 통상적인 선과 악의 기준에서 판단할 수 없기 때문이라고 말한다. 기존의 도덕 규범에 항상 비순응하였던 돈주앙이 유일하게 거부하는 것은 종교의 교리가 신자들에게 건네는 회개와 은총이다. 그는 '계몽된 무신론자'들처럼 신성한 존재에 대한 물질적 증거를 탐욕스럽게 찾아 헤매지도 않고 신의 존재에 대한 의심을 갖지도 않는다. "나는 신이 존재한다는 것을 분명 믿는다. 하지만 그래서 어쨌다는 것인가"가 신에 대한 그의 유일한 입장인 것이다. 그는 단지 종교의 도덕규범이 자신의 유희에 대해 '악하다'고 판단할 때에만 자신의 입장을 나타내

---

9) 요한 호이징하, 김윤수 옮김, 『호모 루덴스』, 까치, 2005, 12 − 13쪽.
10) 알렌카 주판치치, 『실재의 윤리』, 이성민 옮김, 도서출판 b, 2004, 192쪽.
11) 라캉은 『세미나 17 : 전이』에서 그리스어로 신에게 바치는 영광이나 장식물 또는 신을 본뜬 작은 입상을 뜻하는 '아갈마'(agalma)를 차용하여 '대상 a'를 설명하였다. 플라톤의 ≪향연≫에서 희극작가 알키비아데스 등이 소크라테스의 추한 외모의 이면에 소중한 미지의 것이 있을 거라는 환상을 가지고 바라보자, 소크라테스는 자신의 내면에는 그런 것이 없다고 하였다. 이처럼 인간은 타자에게서 늘 욕망의 대상을 찾게 되지만 번번히 실패하게 되고, 이 대상은 욕망을 낳는 원인이 된다. ─네이버 지식백과

고, 사후에 자신에 대한 신의 심판이 있을지도 모른다는 생각을 갖고 있음에도 불구하고 뉘우침이나 '안전하게 놀기'를 거부한다. 다음으로 주판치치는 돈주앙이 '아갈마를 공유하는 방식'에 대해 얘기하는데, 몰리에르의 『돈주앙』의 변별적 특징 가운데 하나가 주인공이 여자들과의 관계를 보는 방식이며 이는 '모든 여자들은 나의 아갈마의 몫에 대한 권리를 갖는다. 그리고 모든 여자들은 내가 그들의 것을 감미하도록 할 권리를 갖는다'는 문장으로 요약할 수 있다고 한다. 돈주앙은 라캉이 대상 a라 부르는 것을, 또는 그가 플라톤의 『향연』에 대한 해석에서 아갈마라 부르는 것을 나눌 것을 제안한다. 신비의 보물, 주체가 주체 안에 가지고 있는 타자의 사랑과 욕망을 불러일으키는 비밀의 대상이 바로 그것이다. 돈주앙은 여자들을 '외모'와는 무관하게, 그리고 정복물들의 상징적 역할들(시녀이건 귀족이건 간에)과도 똑같이 무관하게 유혹한다. 그의 대상들의 공통점은 가부장적 사회가 수천 년간 압제해오며 그 주체성을 인정하지 않은 '여자'들이라는 점이다. 돈주앙은 유희를 통해 여자들이 가진 '아내' '누이' '어머니'와 같은 역할을 내려놓고 사회의 테두리 바깥으로 나오게 만든다. 그리고 각자의 내면에 있는 순수하고 신비한 매력을 끌어올려 그들을 신성한 존재로 만든다. 다음으로 '행위 자체로서의 향유'에 대해, 주판치치는 돈주앙이 행동들의 충동을 구성하는 틈새를 만족 그 자체에서 발견한다고 언급한다. 자신의 목적이 '순환 속으로 되돌아가는 것' 이외에 그 어떤 것도 아닌 한에서만 만족을 얻는 것, 즉 자신과 놀이하는 대상에서 절대적인 만족을 얻는 게 아니라 대상 모두는 완벽한 존재들이므로 그들 하나하나와의 만남이 모두 소중하다고 생각하는 것이다. 이것은 '놀이'에 대한 가장 본질적인 설명이 될 수 있다. 놀이는 앞서 언급했듯이 어떠한 목적성을 갖고 즐기는 것이 아니라 그 자체로 충동이며 향유이기 때문이다. 놀이에 대한 돈주앙의 이 세 가지 태도, '원리화된 비순응' '아갈마의 공유' '행위 자체로서의 향유'는 놀이에 대해 다루는 김종삼의 초기 시에서도 유사하게 드러난다.

「쑥내음 속의 동화」에서 시인은 어린 시절에 대해 "그 즈음에는 인간들에게는 염치라곤 없이 보이리만큼 너무 지나치게 아름다움이 풍요하였던 자연을 즐기며/바라보며 가까이 하면 할수록" "까닭이라곤 없이 재미롭지도 못했고, 죽고 싶기만 하였다"고 고백한다. 아무것도 생산해내지 못하는 "자연을 즐기며 바라보"는 행위 속에서 재미와 삶의 이유를 찾고자 했으나 "인간들"의 "염치"라는 관념이 시인을 바라보고 있기 때문에 "재미롭지도 못했고, 죽고 싶기만" 했던 것이다. 그러나 "풍식이네"에서 들려오는 하모니카 소리, 5음계의 「스와니江의 노래」는 시인의 "할머니가 앉아계시던 밭이랑"과 시인과 "다른 사람들과의 먼 거리를 만들어 주"었다. 아마도 서툴고 보잘것없었을 그 선율은 "지나치게 아름다움이 풍요하였던 자연"의 일부였겠지만, 시인이 '안전하게 놀기'를 포기하고 인간들의 염치를 잊어버렸을 때 자신의 비밀스러움을 드러내며 시인을 매혹시킬 수 있었을 것이다. 그때 시인에게 다가오는 모든 자연의 감각들, "모기쑥 태우던 내음"과 "해변가에서 들리어 오는" 소리들은 현실 세계의 법칙과 질서들을 시인의 머릿속에서 지우고 그를 초월적 감각과 연결시킨다. 해변가에서 들려오던 "기적 소리"를 '돌미륵의 울음'으로 착각했던 것은 그 때문이다. "자라나서" 현실 세계의 눈과 귀로 확인한 대상들이 그 환상을 지운 상태로 다가왔던 순간에 대해 시인은 "이 때부터 세상을 가는 첫 출발이 되었"던 때라고 회상한다. 대상의 신성함을 발견했던 어린 시절 시인의 놀이가 끝났을 때 그는 다시 "까닭이라곤 없이 재미롭지도 못했고, 죽고 싶기만" 한 상태로 되돌아갔을 것이며, 이는 시인의 현실 세계에 대한 비순응적 태도를 보여준다고 할 수 있을 것이다.

「遁走曲」에서 시인은 대상들의 아갈마를 발견하는 각각의 순간들이 초월성이라는 하나의 '곡'으로 완성되는 과정을 보여준다. "도토리 잎사귀들이/밀리어 가다가는 몇 번인가 뺑그르" 도는 순간, "사람의 눈 언저리를 닮아가는 空間과/大地 밖으로 새끼줄을 끊어버리고" 시인이 "구름줄기를 따"라가는 순간, "기척이 없는" 집과 "天上의 여러 갈래의 脚光을 받는/수도원이 마주보이는" 곳에 시인이 머무는 순간…… 이 각각의 순간은 모두 조립해야만 하나의 그림이 되는 퍼즐이 아니다. 그 자체로도 아름다우며, 어떠한 수정이나 보충도 필요하지 않은 완벽한 풍경들이다. 그러나 이 풍경들은 시인이 가진 아갈마를 공유한다. 시인이 시작(詩作)이라는 놀이를 하기 전에는 풍경도 시인도 아우라가 사라진 사물의 상태였을 것이다. 그러나 시인이 대상의 이름을 친근하게 불러 주었을 때 시인과 대상은 사물의 껍질을 깨고 '망망대해 같은' 감각을 꺼내 서로에게 선물한다. 시(詩)란 주체와 대상들의 경계가 사라지는 유일한 공간이며, 그렇기 때문에 몇 개의 완벽한 유희들이 모여 하나의 '곡'이 될 수 있는 곳이라는 것. 시인이 「遁走曲」을 통해 이야기하고자 한 것은 바로 그러한 시적 인식이었을 것이다. 시인이 "사랑하는 사람"이 "그 자리에만 머물러 있"는 까닭은, 대상의 아갈마를 시 밖으로 가지고 나올 수는 없다고 시인이 생각하고 있기 때문이다.

김종삼의 시에 나타난 종교적 기표들과 관련한 논의들에서 연구자들은 대체적으로 그 기표들이 본래의 의미를 어느 정도 가지고 있으면서도 종교의 교리와 거리를 두고 있다고 보고 있다. 송경호[12]는 "김주연이 「비세

---

12) 「김종삼 시의 죄의식과 "집"의 상상력: 「문짝」, 「돌각담」, 「라산스카」를 중심으로」, 『문학과종교 제12권 2호』, 한국문학과종교학회, 2007.

속적 시」13)에서 '김종삼의 죄의식은 원초적인 데가 있으면서도 죄를 씻고 나아가려는 이른바 구속(救贖)의식으로 연결되지 않는다는 점에서 기독 교적이지 않다'고 지적한 것은 통찰력 있는 해석이라 생각된다"라고 언급 했고, 권명옥과 이숭원도 김종삼 시의 종교성에 대해 '이분법적 세계 인식'14) '생의 아이러니에 대한 양가적 인식'15)이라고 분석했다. 김종삼은 기독교적 배경에서 자란 가톨릭 신자였기에 시 속에서 기독교적 의식과 상상력을 드러내고 있지만, 신앙생활을 열심히 하지는 않았기16) 때문에 구원과 은총에 대한 인식이 교리와 일치하지 않았을 것이다. 김종삼은 현실 세계와 언어의 너머에서 자신의 시어들을 찾아 나갔다. 그렇기에 그의 시에는 '물'이나 '음악' 같은 투명한 이미지들이 등장한다. 김종삼의 종교적 기표들 역시 그러한 이미지들 중 하나였을 것이며, 시적 대상의 아름다움을 발견하고 표현해내는 도구적 역할을 하지만 그 아름다움을 명확하게 보여주지는 않는다. 그것이 오히려 대상의 아우라를 드러내는 적합한 방법이라고 생각했기 때문일 것이다. 김종삼의 종교적 기표들은 그의 시작(詩作)이라는 놀이 속에서, 어떠한 목적성도 없는 유희 속에서 그의 심층에 있는 '망망대해'를 온전하게 드러내는 역할을 할 수 있었다.

---

13) 『김종삼 전집』, 장석주 편, 청하, 1990, 299쪽.
14) 권명옥, 「적막과 환영」, 『김종삼 전집』, 권명옥 편, 나남출판, 2005.
15) 이숭원, 「김종삼의 시의식과 생의 아이러니」, 『태릉어문연구 10호』, 서울여자대학교 인문과학대학 국어국문학과, 2002.
16) 권명옥에 따르면, 김종삼은 유아세례자였지만 월남한 이후 남한 생활에서는 거의 미사에 나가지 않았다고 한다. 「적막과 환영」, 『김종삼 전집』, 권명옥 편, 나남출판, 2005, 349쪽 참조.

「문짝」

나는 옷에 배었던 먼지를 털었다.

이것으로 나는 말을 잘 할 줄 모른다는 말을 한 셈이다.

작은데 비해

청초하여서 손댈 데라고는 없이 가꾸어진 초가집 한 채는,

밋숀계 사절단이었던 한 분이 아직 남아 있다는 반쯤 열린 대문짝이 보인 것이다.

그 옆으론 토실한 매 한가지로 가꾸어놓은 나직한 앵두나무 같은 나무들이 줄지어 들어가도 좋다는 맑았던 햇볕이 흐려졌다.

이로부터는 아무데구 갈 곳이란 없이 되었다는 흐렸던 햇볕이 다시 맑아지면서,

나는 몹시 구겨졌던 마음을 바루 잡노라고 뜰악이 한번 더 들여다 보이었다.

그때 분명 반쯤 열렸던 대문짝.*

---

* 김종삼, 홍승진 외 편, 「문짝」, 『김종삼 정집』, 북치는소년, 2018, 142, 158쪽. 이하 해당 판본에서 인용함.

「주름간 大理石」

—한 모퉁이는 달빛 드는 낡은 構造의 大理石. 그 마당(寺院) 한 구석
잎사귀가 한잎 두잎 내려 앉았다

「復活節」

벽돌 성벽에 일광이 들고 있었다.
잠시, 육중한 소리를 내이는 한
그림자가 지났다.

그리스도는 나의 산계급이었다고
현재는 죄없는 무리들의 주검 옆에
조용하다고
너무들 머언 거리에 나누어져 있다고
내 호주머니 <머리>속엔
밤 몇톨이 들어 있는 줄 알면서
그 오랜 동안 전해 내려온 사랑의
계단을 서서히 올라가서
낯 모를 아희들이 모여 있는 안악으로 들어 섰다.
무거운 저 울 속에 든 꽃잎사귀처럼
이름이 적혀지는 아희들
밤 한 톨식을 나누어 주었다.

「마음의 울타리」

나는
<미숀>병원의 구름의 圓柱처럼
주님이 꽃 피우시는
울타리……

지금의 너희들의 가난하게
생긴 아기들의
많은
어머니들에게도 옛부터도
그랬거니와
柔弱하고도 아름다웁기 그지없음은
짓밟히어 갔다고 하지마는

지혜처럼 사랑의
먼지로써 말끔하게 가꾸어진
羊皮性의 城처럼
자그마하고도 거룩한
생애를 가진 이도 있다고 하잔다.

오늘에도 가엾은
많은 赤十字의 아들이며 딸들에게도
그지없는 恩寵이 내리며는

서운하고도 따시로움의
사랑을
나는
무엇인가를 미처 모른다고 하여 두잔다.

제 각기 色彩를 기대리고 있는
새 싹이 마무는 봄이 오고
너희들의 부스럼도 아물게 되며는

나는
<미숀>
병원의 늙은 간호원이라고 하잔다.

「문짝」 너머 경계의 서사

이중원

일상과 이상 사이

김종삼은 종종 언어의 순수성을 첨예하게 드러낸 시인으로서 평가된다. 관념이 배제된 이미지가 전면화 되며, 사상적 깊이보다는 순간적인 이미지의 드러남을 중시한다고 보는 관점이 일반적이다. 기표가 가질 수 있는 의미의 범주를 추적해나가면 그 깊이를 경시할 수는 없을 것이지만, 여백의 미학과 이미지의 현현으로 굳어진 그의 작품 세계에 대한 인식은 좀처럼 바뀌기 쉽지 않은 것으로 보인다.

묘사에서 과거체를 활용하며 절제의 미학을 추구하고 세계와 자아를 비화해적인 관계로 바라보는 관점에 주목하는 김현의 해석[1]은 이후 김종삼의 시세계를 이해하는 틀을 주조하게 된다. 황동규는 김종삼의 작품 세계가 미학으로 완성된 형태를 갖추었다고 상찬하며[2] 오규원은 김종삼의 사물의 실체에 다가서려는 노력과 서구 순수시에 대한 관점이 총체적인 세계를 온전히 빚어내는 반성적 자의식으로 이어졌다고 보았다.[3] 반면 김

---

1) 김현, 「김종삼을 찾아서」, 『상상력과 인간/시인을 찾아서』, 민음사, 1975, 402−403쪽.
2) 황동규, 「殘像의 美學」, 장석주 편, 『김종삼 전집』, 청하, 1988, 254쪽.
3) 오규원, 「타프니스 시인론: 김종삼과 박용래를 중심으로」, 『문학과지성』, 문학과지성사, 1975.

준오는 절제의 미학의 측면에 착안하여 완전함을 구현하려는 시인의 의식이 인간을 소거하는 추상세계로 연결되었다고 분석한다.[4] 절제의 미학이란 곧 부재를 다루는 미학으로서 인간과 현실을 부재하도록 구성하며 김종삼이 현실을 인식하고 극복하는 움직임으로는 주효하지 않다고 이해한 것이다.

즉 김현이 짚어낸 두 개의 맥락, 절제된 기법적 측면과 인간 배제의 인식적 층위에 대해 심화된 분석을 펼쳤다 할 것이다. 형식적 미학이 '미학주의'의 완성된 형태를 보였다는 관점과, 그러나 추상성의 세계를 탐닉함으로써 '인간'으로부터 멀어졌다는 인식이 서로 대극점을 이루는데 이는 결국 순수서정으로 분류되는 문학에 대한 양면적 평가와도 같은 것이다. 이후 분석의 한계적 방향성을 절충하는 시도들이 등장하는데, 작시의 음악적 원리가 동과 부동의 원리를 넘나들 듯이 현실적 인식과 시적 세계도 유리된 것이 아니라 둘 사이를 오가며 초극하려는 의지를 드러낸다는 이숭원의 분석[5]이나, 작중 타자의 출현이 김종삼의 언어의식과 결합하여 연대하는 일상성으로 이어진다는 신철규의 관점[6] 등이 그러하다.

음악적 원리에 주목하는 분석과 개별 시편에 대한 논의들은 점점이 이어지고 있으나, 순수서정이라는 기존의 논의가 가지는 흡인력은 여전히 그의 작품을 독해하는 관점에 지배적으로 작동하고 있다. 더불어 그의 작품세계를 오롯이 그가 선택한 편집과 구성의 원리에 따라서 짚어보려는 노력은 아직껏 이루어지지 못하고 있는 실정이다. 이는 사실 텍스트의 해

---

4) 김준오, 「고전주의적 절제와 완전주의: 김종삼론」, 『도시시와 해체시』, 문학과비평사, 1988.

5) 이숭원, 「김종삼 시의 환상과 현실」, 『20세기 한국시인론』, 국학자료원, 1997, 328
 −329쪽.

6) 신철규, 「'순수'로 가는 도정−1950년대 김종삼 시의 두 가지 지향」, 『서정시학』 28
 권 2호, 서정시학, 2018, 238−239쪽.

석적 가능성의 폭을 높이는 데에는 탁월한 역량을 지니고 있지만 원전을 분석하고 확정하는 데에는 큰 관심이 없는 현대문학 분야의 약점이기도 하다. 시인은 자신의 작품을 발표할 때 발표 지면에 같이 발표하는 작품들에도 의미를 부여한다. 잡지나 신문 지면에 발표된 작품들은 예를 들어 하나의 단막극이 될 것이지만, 지면을 구성하고 편집하는 데에 시인의 관점이 개입할 수 있는 공동 선집, 공동 시집, 개인 시집에서 구성되는 것은 한층 더 거대한 서사이다.

만약 이야기가 없다면, 시인이 고유하게 구성한 내러티브를 파악하지 못한다면 작품은 온전히 이해된 것이 아니다. 개별의 시에서도 적잖은 정서와 사고를 추출할 수 있지만 낱낱의 작품으로만 파악한다면 시인이 안배한 구성적 원리는 휘발되어 버리고 만다. 더욱 안타까운 것은 같은 시대를 풍미한 김수영, 김춘수 등에 비하면 김종삼에 대한 연구는 현저히 적다는 점이다. 순수서정이라는 틀과 시가 낱개로만 분석되고 소비되는 관행, 상대적으로 미진한 연구자들의 주목까지 더해져 김종삼의 시세계는 그것이 펼칠 수 있는 범주보다 한층 더 한정적인 의미로만 파악되며 소비되고 있는지도 모른다.

본 연구는 따라서 크게 두 개의 문제의식을 가진다. 먼저 인간이 부재하는 공간으로서의 총체적 세계와 순수 서정의 구성이라는 기존의 독해에 대하여, 그 대칭면에 해당하는 작품들을 새롭게 조명함으로써 종래의 해석적 한계를 벗어나고자 하는 것이다. 「문짝」이란 작품을 우선적으로 조명하며 살피고자 하는 관점도 '문'이란 매개적 공간을 통해 시적 주체가 마주 보는 일상과 이상 사이, 그 '넘나듦'에 기대어 있다.

더불어 살필 것은 「문짝」이란 작품이 실려 있는 『韓國戰後問題詩集』의 개별 판본의 구성이다. 여기에는 김종삼의 시대적 인식을 살필 수 있는 몇 안 되는 그의 소중한 산문 「作家는 말한다」가 실려 있다. 또한 그의 대표작이라 할 수 있는 「돌각담」과 더불어 퇴고가 이루어져 시의 구조가 다소 변모하고 있음을 주목할 필요가 있다. 가장 중요한 것은 비록 시인들의 작품과 더불어 실린 판본이지만, 김종삼은 마치 짧은 이야기라도 하듯이 그 안에서의 내러티브를 구성하고 있다는 점이다. 그는 자신이 할애한 지면이 모든 이야기를 담기에는 역부족이라고 말하는 것처럼 「이 짧은 이야기」를 뒷부분에 싣는다. 「이 짧은 이야기」에서 제각기로 살아가는 사람들 중에는 여인 또한 존재하는데, 다음에 실린 작품이 「여인」인 것은 결코 우연이 아니다. 「문짝」이란 경계의 사유를 살핌과 아울러 해당 작품이 실린 『韓國戰後問題詩集』의 판본의 구성적 흐름을 분석하는 것이 본 연구의 최종 목표라 하겠다.

문 너머의 '신성'

기존 연구를 살펴보면 송경호가 「문짝」을 죄의식과 '집'의 공간성에 의거하여 분석하고 있다. 주체가 문 앞에서 망설이는 것을 나르텍스(narthex)[7]에 서 있는 자의 모습으로 파악하며 성소를 지향하지만 죄인 된 몸으로 진입할 수 없고 기독교적 죄의식이 그를 정지시키는 것으로 파악하고 있다.[8] 서진영 또한 「문짝」을 현실로부터 움츠러든 주체가 진정한 고향이며 동경의 장소인 신성으로 회귀하는 '통과'의 과정으로서 파악하고 있다.[9] 그러나 원죄의식으로 인해 속세에 머물게 된 주체의 모습을 그려냈

---

7) 가톨릭에서 구원받지 못하는 자들이 기거하는 세계를 의미한다.
8) 송경호, 「김종삼 시의 죄의식과 '집'의 상상력―「문짝」, 「돌각담」, 「라산스카」를 중심으로」, 『문학과종교』 12권 2호, 한국문학과종교학회, 2007, 18쪽.

다는 송경호와 달리, 서진영은 어느 한 곳에 소속되지 않는 경계에 머무는 것으로 분석하고 있다.

김종삼의 언어에 깊숙이 내재한 기독교적 기표들은 분명 그가 경험한 시대적 상황을 형상화하기에 적실한 도구이자 사고의 틀이었다. 김종삼은 1938년 도일하여 유학생활을 하면서 식민지 말기의 극심한 핍박을 직접적으로 체험하지 않았으나, 해방 직후 곧바로 귀국하면서 만복감에 차 있던 그 당시 문단의 현실은 곧 그의 현실이 되었다. 이후의 극렬한 사상적 대립, 전쟁, 폐허, 복구의 과정까지. 그 모든 것을 경험한 김종삼은 1954년 「돌」을 발표하며 『현대미술』로 등단한다. 그의 시세계의 시작점은 막연한 이상 세계를 현실에 체현한 것 같은 해방 공간의 자유롭고 평화로운 문학의 장과, 그것이 너무도 쉽게 퇴색되어 파탄하는 과정[10]을 목도한 이의 양가적 심리를 배경으로 한다.

그러한 시대적 상황이 그의 죄인 된 위치를 각인시켰다는 이해보다는 오히려 기존의 전통적 문단으로부터의 단절, 새로운 이상 공간과 시세계의 구현을 바탕으로 '문 너머'를 인식하는 것이 더 적절하다 판단된다. 사람들이 북적이는 거리와 일상의 공간, 그리고 이상적이고 총체적인 질서가 잡혀 있는 저 너머의 공간을 넘나드는 그의 상상력은 이후의 작품들에서 문학이 최종적으로 추구하지만 결국에는 가 닿을 수 없는 어느 영토를 점령하기 위한 시도로서 나타난다.

음악과 문학은 서로 다른 유로서 시에서의 음악성, 음악에서의 가사라는 형태로 교접한다. 그러나 문학이 '음악 자체'에 다가서려 한다면 어떻

---

9) 서진영, 「김종삼의 시적 공간에 나타난 순례적 상상력」, 『人文論叢』 68호, 서울대학교 인문학연구원, 2012, 228−229쪽.

10) 주창윤, 「해방 공간, 유행어로 표출된 정서의 담론」, 『韓國言論學報』 53권 5호, 한국언론학회, 2009, 362−264쪽.

게 될 것인가. 그것은 어쩌면 여백을 악보로, 음악적인 기표를 음표로 쓰는 음악일지도 모른다. 운율과 리듬, 음악성의 극대화는 의미 자체를 초월하는 최근의 계보까지 이어져 있다. 예를 들어 황혜경 시인의 「배경음악」에서는 "천", "사", "의", "활", "동"이란 기표가 휘돌 듯이 공중을 맴돌며 거대한 공백을 떠돈다.11) 김종삼에게 있어 시란 이처럼 문학의 "종의 개념을 실제로 실현하는 한 그 틀을 폭파시키는 아종을 포함"하려 하는 시도이자 가능성이었을 것이다.12)

따라서 작품에 대한 분석은 기본적으로 「문짝」의 텍스트에서 나타나는 종교적 기표를 살필 때에 종교적 해석으로 편향되지 않도록 세심한 주의를 기울일 필요가 있다. 즉 비종교인의 종교적 기표에 대한 애착은 종교의 차원을 넘어서 호출된 신성성인 것이며 초월적 세계를 구상하는 재료인 것이다. 작품을 있는 그대로 세심하게 읽어내면서 인간 부재의 초월적 공간과 인간을 연민하는 현실적 세계 사이의 경계를 상호텍스트적으로 확인할 수 있을 것이다. 또한 『韓國戰後問題詩集』에서 본 작품이 차지하는 비중과, 판본에 실린 작품들 개개의 구성과 전체의 주제적 맥락을 추출해 낼 수 있다.

이곳과 저곳, 절반의 경계

나는 옷에 배었던 먼지를 털었다.

---

11) 황혜경, 「배경음악」, 『나는 적극적으로 과거가 된다』, 문학과지성사, 2018, 118-119쪽.
12) 어디까지나 가능성인 이유는 그의 시 또한 문학이란 유의 하위 범주이기 때문이다.
그러나 문학이란 형식이 가진 불가능성은 끊임없이 그것을 문학 이상의 어떤 경지를 가늠하게 하고, 또한 가능하게 하는 원천으로 작동한다.
슬라보예 지젝, 『헤겔 레스토랑』, 새물결, 2013, 652-653쪽.

이것으로 나는 말을 잘 할 줄 모른다는 말을 한 셈이다.

작은데 비해

청초하여서 손댈 데라고는 없이 가꾸어진 초가집 한 채는,

밑숀계 사절단이었던 한 분이 아직 남아 있다는 반쯤 열린 대문

짝이 보인 것이다.

그 옆으론 토실한 매 한가지로 가꾸어놓은 나직한 앵두나무 같은

나무들이 줄지어 들어가도 좋다는 맑았던 햇볕이 흐려졌다.

이로부터는 아무데구 갈 곳이란 없이 되었다는 흐렸던 햇볕이 다

시 맑아지면서,

나는 몹시 구겨졌던 마음을 바루 잡노라고 뜰악이 한번 더 들여

다 보이었다.

그때 분명 반쯤 열렸던 대문짝.13)

— 「문짝」 전문

시적 주체는 옷에서 먼지를 털어낸다. 그는 그 먼지가 "옷에 배었던" 것이라 말한다. 현실을 살아가며 상식이 몸에 배이듯이 체현할 수밖에 없는 논리와 경험을 잠시 내려놓는 것이다. 다음 행에서 그는 이러한 행위에 대한 묘사가 "말을 잘 할 줄 모르는 것", 즉 언어와 자신의 한계로 온전히 표현되지 못한 것이라고 밝힌다. 그는 문 앞에서 반쯤 열린 문 너머를 들여다보며 먼지를 터는 행위를 묘사하지만 그것 자체로는 부족하다고 언술하는 셈이다. 요컨대 먼지를 터는 행위는 단순히 세속의 더러움을 털어내는 행위만이 아니다.

그가 마주 보는 문 너머에는 완벽한 정경이 존재한다. 싱그럽고 목가적인 초가집 한 채는 과거 미선계 사절단으로 왔던 손님이 아직 기거하는 곳

---

13) 김종삼, 홍승진 외 편, 「문짝」, 『김종삼 정집』, 북치는소년, 2018, 142, 158쪽. 이하 해당 판본에서 인용함.

이다. 신비하고도 온전한 이 공간은 튼실하게 과실이 맺힌 앵두나무들이 마치 손 대면 닿을 듯 나직하게 펼쳐져 있다. 나무들은 줄지어 늘어서 있어서 마치 이 문을 넘어 들어와도 좋다고 말하는 환영의 행렬을 보는 것 같다. 그러나 그 모든 것을 밝혀주던 햇볕은 이내 어두워져서 간 곳 없이 되었다가 다시 맑아진다. 그리고 주체는 실망한 마음을 바로 잡으며 뜰을 다시 한 번 들여다본다.

　문 너머의 이상적 공간으로 향하려는 몸짓은 그의 시적 언어를 통해 끊임없이 반복된다. 그가 밝히듯이 언어는 이러한 풍경의 첫 머리를 그려내기에도 부족한 것이다. 그럼에도 그는 자신의 "말"을 멈추지 않는다. 김종삼은 자신의 시적 공간의 구획에 부족하다 생각하는 말 대신 여백을 드리우고 음악성이 깃든 기표들을 배치한다. "그늘이 앉고 // 杳然한/옛/G마이나"(「金鳳來에게 ―G마이나」)에서 시작하는 그의 시는 또한 음악이기도 하다. 그가 평생 동안 같이 해온 두 가지가 어느 합일점을 보아야 했다면 그것은 음악성이었을 것이다. 김종삼은 시인이나 음악가가 아닌 극작가 유치진을 사사했고, 그가 시인으로 등단한 해의 이듬해는 정식 음향연출가로 데뷔한 해이기도 하다.

　전후의 폐허를 바라보며 총체적 세계를 구성하려는 노력은 언어와 자신이 가진 한계 앞에 가로막히지만 음악을 매개하며 자신의 답을 찾아간다. 그리하여 풍경을 묘사하는 것에 집중하던 기성 문단, 기존의 시가 가진 한계로부터 벗어나 음악성이 한층 부가된 그의 시 세계가 펼쳐진다. "얇은/파아란/패인트 울타리"(「그리운 안나 · 로 · 리」)는 언덕가에 가지런히 자란 풀밭 위로 옅은 파란 빛으로 칠해진 울타리가 쳐 있어 그 안에서 아이들이 뛰놀 수 있는 추억 속의 공간을 상상하게 한다. 그 공간은 두세 자로 이어지는 짧은 단어의 반복과 파열음의 연속으로 푸르게 물든 아이들의 공간이 퍼져나가는 음악적 효과를 구성한다.

그 세계의 구성은 항상 "아지 못할 灼泉의 소리"이며 "아직" 이르거나 "알지" 못할 소리이다. 그러나 그는 그것이 "의례히 오래" 갈 것이라는 사실을 알고 있다.(「드빗시」) "당나귀 귀같기도 한 잎사귀"에서 반복하는 "귀"의 울림은 당나귀처럼 소박하고 친숙한 동물의 속성과 그 동물의 귀의 소리를 연이어 배치시키는 감각을 통해 그 길에 정을 두고 지나가는 주체의 심리를 소리로서 묘사한다.(「베르가마르크」) 이처럼 일상의 논리를 벗고 언어적 총체성을 음악성에 더불어 구현하려는 매 걸음이 나타나면서, 동시에 그의 실존 자체가 현실에 빚지고 있기에 나타나는 현실적 인식도 같이 표현된다.

현실은 "금이 가 있"지만 그럼에도 그것을 살아가면서 그 "조각"을 모을 수밖에 없다. 파편화된 현실을 직접적으로 체험하면서 그럼에도 어떤 "그림 하나"로 완성될 수 있다는 관념을, 그는 요청받고 또한 행해야 했다.(「… 하나쯤」) 중요한 맥락 없이 "사족투성이"에 불과하지만 자신의 기럭지를 움직이는 밤의 도시를 보면서 그는 "원색"으로 돌아가기 위해 노력해야 함을 이야기한다.(「原色」) 죽을힘을 다해서 살아가는 주체에게 일종의 지표가 되어주는 햇볕이 문명을 마주하며 흐려지듯이(「가을」) 흐려져서 초가집과 거리의 "아무데"도 갈 곳이 없게 되었지만 그는 거리와 뜰 사이, 이상적으로 구축된 그의 언어적 공간과 현실에 대한 인식 사이를 오가는 "반쯤 열려"진 문짝을 통해 "들여다" 보는 것이다.("출입문이 반쯤 열려 있었다/아무도 없었다 맑은 하늘색 같은 커튼을 미풍이 건드리고 있었다"(「아데라이데」)

철저하게 언어적으로 절제된 그의 시세계를 우리는 종종 인간이 부재하는 영역이라고 이해한다. 가 닿을 수 없는 "쇼윈도" 너머를 보면서 상상하는 것처럼(「소공동 지하상가」) "대문짝" 너머에 있을 거라 그려낸 초가집의 온전하고도 목가적인 풍경, 누구든 들어오기만 하면 낮은 위치에서 객을 반겨줄 앵두나무들의 모습을 우리는 볼 수 있다. 그러나 또한 미적 세계에 온전히 자신을 매몰시키는 것이 아니라 그 경계에 머물면서 그 뜰 안을 "들여다"보는 주체를 발견한다. 문의 이쪽과 저쪽, 거리의 이편과 초가집의 저편을 넘나들면서 그의 "들여다"보는 시적 사유는 폐허와 복구, 그 안에 깃든 가난과 고통, 절망 등의 심리를 감싸 안으면서도 동시에 언어가 가지 못하는 공간을 초월적으로 구성해내려 한 그의 확장된 세계를 보여주고 있다 할 것이다.

서사의 "첫 출발"

　김종삼의 시세계에서 매개적 의미로서의 "문짝"을 조명했다면, 그와 같은 인식적 토대를 바탕으로 『韓國戰後問題詩集』이란 이야기를 살필 필요가 있다. 먼저 여기에 김종삼이 실은 산문이 「作家는 말한다」이다. "아무도 봐주지 않는 토막풍경들의 「샷터」를 눌러 마구 팔아먹는"[14] 당시 시인들의 안일한 태도와 그것을 도리어 부추기는 시단의 추하고 비속한 모습은 그의 현실 세계를 구성하는 하나의 풍경이다. 더불어 볼 것은 김종삼의 등단작이자 대표작인 「돌」이 발표 당시는 각 1행 10자 구성에 마지막 행을 3자로 남겨 무너질 듯한 형상을 드러내었다면 『韓國戰後問題詩集』에서는 "쌓았다/쌓았다 돌각담이/쌓이고/바람이 자고 틈을 타/凍喜이 잦아들었다"로 개작된다.[15] 그는 '돌담'의 불안정성과 더불어 계속 무너지지

---

14) 김종삼, 홍승진 외 편, 「作家는 말한다 —意味의 白書」, 『김종삼 정집』, 북치는소년, 2018, 903쪽.

만 쌓을 수밖에 없는 시적 주체의 반복성에 주목하고 있는 것이다. 반면「문짝」은 1960년 12월『自由文學』을 통해 발표할 때는 "청초하여서 손댈데라고는 없이 가꾸어진/초가집 한 채"와 "나무들이 줄지어/들어가도 좋다는 맑았던 햇볕이 흐려졌다"의 비대칭한 별행구조를 취했던 것이, 1961년『韓國戰後問題詩集』에 재수록 할 때는 하나의 행으로 연결하여 안정감 있는 완결형의 구성방식으로 선회하고 있다.「문짝」은「돌각담」이 보여주는 불안과 반복의 형식과 대비하여 안정적인 이상 공간으로 구성하려 했던 것으로 보이며16)『韓國戰後問題詩集』을 개별판본으로 놓고 분석하는 관점이 요청된다.

> ─한 모퉁이는 달빛 드는 낡은 構造의 大理石. 그 마당(寺院) 한 구석
> 잎사귀가 한잎 두잎 내려 앉았다
>
> ─「주름간 大理石」전문

> 무거운 저 울 속에 든 꽃잎사귀처럼
> 이름이 적혀지는 아희들
> 밤 한 톨씩을 나누어 주었다.
>
> ─「復活節」부분

그의 이야기는「주름간 大理石」으로부터 시작된다. 대리석은 무정물로 나이를 먹을 리가 없지만 마치 생물체인 것처럼 주름이 가 있다고 표현한다. 건물의 나이만큼 지탱했을 대리석에 달빛이 드리우고 시인은 그처럼

---

15) 신동옥,「김종삼 시에 나타난 병치 기법과 내면 의식의 공간화 양상 연구」,『한국시학연구』42호, 한국시학회, 2015, 217─219쪽.
16) 이외에도 "밋숀계 사절단이었던 한 분"이 "<밋숀>계, 사절단이었던 한 분"으로 수정되었는데 꺽세 표기는 편집과정에서의 추가로 추정된다.

빛이 흘러든 곳을 "마당(寺院)"이라고 표현한다. 그것은 곧 낡은 마당이자 달빛도 쉬어가는 사원인 것이다. 그리고 마치 지나가는 나그네가 하룻밤 몸을 누이듯이 잎사귀도 "내려 앉았다." 이어지는 시 「復活節」에서는 그래서 이름도 모르는 아이들에게 밤 한 톨씩을 나누어주는 시적 주체의 모습을 그려내는지도 모르겠다. 많은 연구자들은 그의 초기작에서 인간과 세계가 부재하는 공간의 미적 완결성을 이야기하지만 사실 그의 초기 판본에 해당하는 『韓國戰後問題詩集』에서도 첫머리부터 드러나는 것은 바로 인간에 대한 한없는 연민이다. 「주름간 大理石」이 "내용 없는 아름다움"의 예시라 한다면 이어지는 「復活節」은 왜 그것이 아름다울 수밖에 없는가를 전달하는 것이다.

> 서운하고도 따시로움의
> 사랑을
> 나는
> 무엇인가를 미처 모른다고 하여 두잔다.
>
> — 「마음의 울타리」 부분

「五月의 토끼똥·꽃」에서 "참혹"을 지나면서도 꽃은 다시금 피어날 것이고 메말라버린 사랑도 "새 움"을 틀 것이라 말한다. 새싹이 피어나고 다시금 만물은 생동하며 새로운 희망을 꿈꿀 것이라 말하는 것이다. 연이어 「마음의 울타리」에서 그 사랑의 성격을 이야기하는데, 그것은 "서운하면서도 따스한 것"이다. 그것이 왜 일면 서운할 수밖에 없는지는 다음 작품에서 드러나게 되는데, 애처로운 아이의 눈을 채 가려주지도 못하고 손목을 잡은 채 생을 떠나야 했던 전쟁의 참상이 남기고 간 "잿더미"가 존재했기 때문이다. 즉 자연, 신 혹은 그 어떠한 형이상학적 질서가 봄을 피어나게 하더라도 그것을 "따스한 것"으로만 받아들일 수 없는 시적 주체의 심리는 곧 전쟁의 참상을 자신의 기억에 새기고 있기 때문일 것이다. 즉 그가 자연과 종교에 온전히 자신을 투여하지 않고 추상적 미학의 공간을 구성해낸 이유 또한 여기에서 찾을 수 있을지도 모른다.

인간에 대해 연민하는 마음과 그것을 사랑으로만 감싸지 않는 섭리와 질서에 대하여, 그는 고통과 참상의 현실을 용납하는 현실을 용납하지 못했는지도 모르겠다. 이어지는 「돌각담」은 아무리 노력해도 불안하게 허물어지고 마는 폐허의 현실을 여실히 잘 드러내고 있다. 그와 연결해 배치한 작품이 「原色」이라는 점이 시사하는 바는 특별하다. 속 빈 강정처럼 무너지고 말 것이라도 그는 노력할 것임을 말하며 밤중에 불을 밝힌 매점들을 바라보며 등불에 드리운 해안가의 몽환적인 풍경으로 그려내고 있는 것이다. 즉 그가 인간을 부재하는 공간을 구성했다면 그것은 미학적 승화의 차원이며 인간에 대한 관심을 멀리했다고 이해하는 것은 피상적인 부분만을 집중한 결과가 될 것이다.

김종삼은 그 자신이 할애한 지면이 짧다고 웅변하기라도 하듯이 「이 짧은 이야기」란 시를 후면에 싣는다. 「이 짧은 이야기」에서 제각기로 살아가는 사람들 중에는 여인 또한 존재하는데, 다음에 실린 작품이 「여인」인 것은 결코 우연이 아니다. 진구렁과 같은 세상을 사는 제각기의 시선 중에는 흠 잡히지 않으려 자존심을 중시하며 사는 사람이 있고 오랜 성현의 말을 따르듯이 고통의 쇠사슬을 걸고 사는 사람이 있으며 욕심을 온통 버린 것 같은 아름다운 삶을 사는 사람이 있다는 것. 후자의 욕심 없는 사람이 "아름다운 여인"으로 묘사되는데 이는 곧 그의 시적 세계에서 비워내는 것이 아름다운 것이며 무욕한 자세는 정신적인 미덕일 뿐 아니라 문학이 추구할 지고의 가치로 파악되는 것이다. 이후 "내용 없는 아름다움"에서 내용이 탈각되는 그의 미학은 이러한 뿌리를 가지고 있다. 그리하여 「여인」에서 욕심 없이 순수한 눈을 한 대상인 "여인"은 곧 "우주의 모든 신비의 벗"으로 표현되는 것이다.

그러나 이 모든 이야기를 하면서도 그는 겸손하여 소박하기까지 하다. 「문짝」에서 그는 "말을 잘 할 줄 모른다"고 고백한다. 「마음의 울타리」에서 사랑을 정의하면서도 애써 "무엇인가 미처 모른다"며 그냥 두자고 한다. 「園頭幕」에서 비바람이 몰아치는 도중에도 묘연한 평화를 느끼지만 그것이 "무엇인지 모르"는 것이다. 판본의 끝이자 김종삼의 모든 이야기의 시작이기도 한 「쑥 내음 속의 童話」에서도 그는 고백한다. 돌미륵이 우는 소리라 착각하였던 고동소리의 유년의 기억이 "세상을 가는 첫 출발"이었음을.

없음으로서 있는 것

'내용 없는 아름다움'으로 대표되는 김종삼의 시 세계는 종종 내용과 형식의 이분법적 구조와, 내용이 탈각된 형식의 미학주의로 이해되어왔다. 산문에서의 그의 대표작에 대한 승인17)(「돌각담」)과 「돌각담」이 시적 주체의 시선에 닿는 정경 자체를 배치하면서도 정서를 배제하는 기법을 보여줌으로써 정전적 인식은 더욱 굳어졌다고 할 수 있다. 공정히 말하자면 「돌각담」은 그의 몇 안 되는 산문에서 두 번 반복적으로 강조되어 언급되는 시이자, 남길 만한 시이며 처녀작으로 인정받은 시이기에 시인의 의도를 기리고자 하는 측면을 존중할 필요가 있다. 더 중요한 것은 왜 그가 자

---

17) 김종삼, 홍승진 외 편, 「먼 「詩人의 領域」」, 위의 책, 2018, 916쪽.

신의 창작 활동 19년에 접어드는 시기에, 나이 52세의 당시로서는 중견과 원로 사이에 있는 시인으로서 마지막 산문에서 「돌각담」을 재차 강조했는가 하는 점이다. 그의 작품에 대해서는 '절제의 미학', '미학주의의 극한', '부재의 미' 등 여러 가지 해석이 있지만 그럼에도 놓치고 있는 것은 그가 절제하고 부재하게 하면서 만들어낸 무, 정확히는 '없음으로서의 있음'이다. 시인이 고의적으로 어떠한 기표를 탈각했을 때 거기에서 나타나는 형식적 효과를 추출하는 것도 중요하지만, 더 중요한 것은 시인이 상연하는 '없음'이 무엇을 목적으로 누구를 대상으로 하냐는 것이다.

그의 마지막 산문에서 「돌각담」의 기표적 우위의 등록보다 더 우선적으로 보아야 할 것은 그의 시에 대한 관점이다. "「불쾌」해지거나, 「노여움」을 느낄 때" 시를 쓰고 싶어 하며 정작 써놓고 난 뒤엔 「作品」이나 「詩」로서 인준할 수 없는 한낱 「물건」으로 타락해버린다는 말은 우리에게 시사하는 바가 크다. 모든 시인들이 공통적으로 느낄, 그 표현할 수 없는 저 너머를 그럼에도 불완전한 언어라는 수단으로 내리 끌어와서 그려야 하는 고충이 그 안에 고스란히 담겨 있기 때문이다. 여기서 중요해지는 것은 김종삼의 시적 주체가 떠맡고 있는, 그리고 근대의 시적 주체들이 떠맡은 불가능한 곤궁에 대해서이다. 현실의 상징적 질서들 자체가 불완전하다는 것, 총체성이란 무너졌다는 것을 알면서도 그 너머를 희구하는 그들은 항상 불완전할 수밖에 없다. 왜냐하면 그들이 떠맡은 현실 그 자체가 불완전하기 때문이다.[18]

그의 '없음'은 항상 그 자신처럼 불가능한 노력을 경주할 모든 이들에게 나타날 증상이자 그 자신이 바친 일종의 기념비라 해야 할 것이다. 그는 '없음'을 통해 어떠한 있음을 만들어낸다. 시적 주체의 시선이 맴도는 "반

---

18) 슬라보예 지젝, 김지훈 외 역, 『신체 없는 기관』, 도서출판 b, 2013, 115쪽.

쫌 열린 대문짝" 너머를, 그는 여러 작품들에서 소거해버린다. 그러나 김종삼 고유의 이 '빼기'는 「문짝」이란 작품에서 나타나듯이 일종의 보충물을 필요로 한다. "<미숀>계 사절단" 한 분이 남아 있던 창초하며 잘 가꾸어진 초가집이 표상하듯 종교 그 자체보다 성스러운 무언가가 그것인데, 종교적 함의가 누락된 신성성 자체로서의 종교적 기표가 그것을 위해 동원된다. 김종삼은 그 자신이 시인 되지 못하는 바에 대하여 반성적으로 작품과 산문을 통하여 언급하고 있으나, 그것은 상기에 언급한 바대로 불성실함과 즉흥성에 연유하는 것이 아니라 '떠맡음'에 대한 토로라 해야 할 것이다. 주요 지면에서의 구성 방식과 작품 내의 행간, 기표 등의 구성 원리를 살펴보면 상당히 구조적으로 정확한 지향점을 가지고서 작품을 축조하고 있다는 것을 알 수 있게 한다.

언어와 현실, 그 두 가지 모두가 도달할 수 없는 이상 공간을 구성하는 '빼기'의 미학의 이면에서 남아 있는 것은 서사라는 몸체가 사라지고 난 후에도 마지막까지 남아 있는 폐허의 잔상에 대한 직시와 그 안에 살아 숨쉬는 '아이'들로 표상되는 사람들에 대한 연민이다. 여기서 결정적으로 김종삼의 주체의 위치가 중요한데, 이 중 어느 것도 포기할 수 없는 윤리적 모순이 그가 경계에 서 있기를 요청하며 그를 그의 작법으로, 빼기의 미학으로 이끌어가고 있는 것이다.

본 연구는 김종삼의 시 세계가 배제와 형식의 논리가 아니라 형식 너머를 간주하는 경계의 서사에 있다고 보았으며, 그것을 내적 논리로서 드러내는 작품에는 「문짝」이 있으며, 그것을 서지적으로 드러내는 사료에는 『韓國戰後問題詩集』에 있다고 보았다. 그로부터 잠정적으로 얻어낼 수 있는 결론은 그의 작품세계가 단순히 현실로부터 유리되거나 혹은 현실/인간을 소거함으로써 나타나는 미학적 추구의 결과가 아니라는 점이다.

가득 채워진 현실과 충만한 인간 자체가 불가능한 것에 대한 고찰은 서사적 구조를 소거함으로써 가지게 되는 텅 빈 자리에 그를 서 있게 한 것처럼 보인다. 이상적 회화를 위한 캔버스를 제공한 것처럼 보인다. 그러나 그것은 항상 은폐된 채로 드러내는 기획의 일종이었으며 그의 시적 주체는 항상 자신이 마주하는 전란의 참상과 이상의 극단의 경계에서 양보 없이 서 있었다. 세계와 시에 대한 깊은 통찰과 반성적 태도가 비록 그 자신을 스스로 시인으로 승인할 수 없게 했으나, 파산을 맞이한 상징적 질서의 믿음에서 스스로의 길을 찾아야 하는 근대 주체들에게, 그 분열상을 직접 자신의 시 세계로 떠맡았던 김종삼은 분명 초석으로 삼을 만한 시인임에 분명하다.

이 연구는 기존의 순수서정이라는 중심적 논의로부터 벗어나 양가적 속성으로서 김종삼의 시세계를 조명하려 한다는 점에서 의의를 갖는다. 또한 분석을 진행하는 과정에서 여러 텍스트를 상호적으로 같이 살피며, 판본을 개별적으로 구성하는 관점에서 시인의 남겨둔 "이야기"를 읽어내려 하였다. 못내 아쉬운 점이 있다면 여러 한계로 인하여 주요 지면 단위의 세밀한 분석에는 이르지 못하고 있다는 것이다. 판본과 판본 사이에서 재수록 되는 작품의 종적 흐름과 판본 자체를 조형하고 구성하는 횡적 정지 작용의 두 구조를 밝히는 후속 연구를 통하여, 김종삼이 스스로 구성한 좌표와 궤적을, 경계의 지점에서 물러날 수 없이 서 있던 근대 주체로서의 김종삼의 시적 세계에 대한 이해와 보충을 부가할 수 있기를 기대한다.

「해가 머물러 있다」

뜰악과 봄瓦마루에 긴 풀이 자랐다.
한 모퉁이에 자근 발자욱이 나 있었다.

풀밭이 내다 보였다. 풀밭이 가끔 눕히어지는 쪽이 많았다.
옮아 간다는 눈치였다.

아직
해가 머물러 있다.

「북치는 소년」

내용 없는 아름다움처럼

가난한 아희에게 온
서양 나라에서 온
아름다운 크리스마스 카드처럼

어린 羊들의 등성이에 반짝이는 진눈깨비처럼.

머물러라 말없이, 부질없도록
— 김종삼 시에 나타난 주체의 자리와 객체의 소묘

임지훈

무엇을 '본다'는 것은 곧 그것을 인식한다는 것이다. 인식한다는 것은 대상에게 자신이 소유하고 있는 지적 분류체계를 적용시키는 일이다. 그러므로 '본다'는 행위는 단순한 감각적 행동을 넘어 대상을 인식하는 것과 직접적으로 관련되고, 이는 대상을 그것이 본래 존재하던 질서로부터 유리시키고 나의 사적 질서 안으로 끌어들이는 일을 의미한다. 따라서 본다는 것은 철저하게 주관적인 일이다. 절대적으로 객관적인 '본다'는 행위는 성립 불가능하며, 본다는 행위에는 처음부터 나의 주관이 개입되어 있을 수밖에 없다. 그러므로 본다는 것은 곧 대상을 그것이 존재하던 질서로부터 찢어내고, 나의 뇌 속에 자리 잡고 있던 체계에 따라 다시금 몽타주하는 과정을 수반한다.

르네상스 시대의 회화에서 나타나는 원근법에 따른 오브제의 배치 양상은 '본다'는 행위가 가진 힘의 양상을 보여주는 사례이다. 그림에서 나타나는 소실점은 화가의 시점과 일치하는데, 이때 그림을 구성하는 오브제들은 이 소실점을 중심으로 배치되며 그 형상이 소실점과의 거리에 따라 각기 다르게 왜곡되는 모습을 보여준다. 주체가 무엇을 보느냐, 어디에 초점을 맞추느냐에 따라 그림 내에 제시된 오브제는 평소 우리가 인지하는 것과는 다른 왜상적인 형상을 띄기도 하는 것이며, 이러한 왜곡에 따라 오브제들은 일종의 선형성을 형성함으로서 보는 이에게 서사적 경험을 선사하기도 한다. 가령 마사치오의 <성전세(聖殿稅)>와 같은 그림을 살펴보자. 여기에서 화가는 소실점을 예수의 눈으로 설정하고, 이 예수의 눈을 중심으로 사물들을 배치한다. 일점 소실점에 따른 주변 사물과 인물들의 자연스러운 왜곡에 따라 보는 이의 시선은 자연스레 예수의 눈으로 흘러들고, 예수의 눈을 기점으로 해서 감상자의 시선은 다시금 뻗어간다. 이러한 과정을 통해 감상자는 예수의 눈을 중심으로 배치되어 있는 사물들의 흐름을 읽게 되고, 감상자는 예수와 그 주변 인물, 사물의 배치를 통해 일종의 서사적 경험을 하게 된다.

회화의 구성에서 나타나는 일점 소실법의 문제를 시의 내부로 옮겨와 보자. 이는 곧 주체의 시선과 그에 따른 대상의 배치, 그에 따른 의미화의 문제와 상응한다. 여기에서 우리가 흔히 말하는 중심 소재는 소실점의 위치와 상응하고, 이를 중심으로 시어들은 그 배치에 따라 각기 다른 의미를 부여받게 된다. 가령 서정주의 「국화 옆에서」를 보자면, 소실점에 해당하는 중심 소재인 국화를 중심으로 봄, 소쩍새, 천둥, 먹구름과 같은 시어들이 그 의미를 부여받는 것을 확인할 수 있다. 예컨대 이 시에서, 각 시어들은 국화가 존재하지 않을 때 그 의미가 확립되지 않는다. 모든 시어들의 의미망은 국화를 중심으로 조직되어 있는 것이다. 그러나 국화는 그 자체로 별도의 의미를 가지고 있지 않은 바, 이 국화의 개별적인 의미는 3연에서 제시되는 주체의 발화를 통해 채워지게 되고 4연에 이르러 화자는 그렇게 채워진 국화의 의미를 토대로 자신의 행위에 대한 반성적 의미를 획득하게 된다. 이때에 알 수 있듯이, 시에서 등장하는 '나' 또한 하나의 객체로써, 중심 소재인 국화를 중심으로 하는 의미망 속에 자리할 때에만 의미

를 얻게 되는 일종의 대상물의 지위를 갖고 있다는 점일 것이다. 즉, 이때
에 나타나는 '나', 화자와 실제 시선을 던지는 주체로서의 시인은 다르다.
실제 시인이 시선의 주체로서 존재한다면, 시에 등장하는 '나'는 그 시선
에 따라 반성적으로 의미화 되는 객체로서 존재한다. 실제 화자의 시선—
대상—화자라는 연쇄 속에서, 시인과 화자는 대상을 중심으로 매개되며,
이 매개는 시선을 통해 이루어진다고 할 수 있을 것이다.

김종삼의 시가 가지는 어떤 낯섦이 있다면 그의 시가 이러한 구성 방식
과는 조금 다른 방식의 구성을 채택하고 있다는 점일 것이다. 가령 「해가
머물러 있다」와 같은 시에서, 앞선 서정주의 「국화 옆에서」에 대한 분석
에 비춰 보자면 화자의 시선은 제목에 해당하는 시어인 "해"를 향하고 있
는 것으로 생각해볼 수 있다.

> 뜰악과 苔瓦마루에 긴 풀이 자랐다.
> 한 모퉁이에 자근 발자욱이 나 있었다.
>
> 풀밭이 내다 보였다. 풀밭이 가끔 눕히어지는 쪽이 많았다.
> 옮아 간다는 눈치였다.
>
> 아직
> 해가 머물러 있다.
>
> —「해가 머물러 있다」

일점 소실법에 비춰 생각해보자면, 시인은 '해'를 중심으로 명사와 동사
를 일종의 오브제처럼 각기 다른 거리와 왜곡을 갖게 배치함으로써 시적
구조에 따른 의미화를 수행한다. 이 시에서 그 경우를 따져본다면, 이는
"뜰악", "苔瓦마루", "긴 풀", "발자국", "풀밭"과 같은 시어들과 그에 조응

하는 서술어들이 될 것이다. 따라서 그 의미들 또한 중심 소재인 "해"와의 거리에 따라 각기 다르게 산포될 것이다. 그런데 여기에서 나타나는 문제는, 이 시에서 나타나는 시어들이 "해"라는 시어를 중심으로 배치되고 있음이 의미론적으로 확인이 어렵다는 점이며, 둘째로 중심 소재인 "해"의 의미 또한 시의 내부에서 명확하게 제시되고 있지 않다는 점이다. 따라서 시의 제목이 시의 말미에서 반복되고 있음에도 불구하고, 각각의 시어들과 그에 조응하는 서술어들은 마치 자연적인 풍경에 대한 서술처럼, 어떤 주관의 개입 없이 제시되는 객관적인 사물들의 나열처럼 보인다는 점이다. 따라서 독자는 이 시에서 "해가 머물러 있"는 풍경을 통해 어떤 서사적 경험을 하기 보다는, "해가 머물러 있"는 풍경 그 자체의 이미지를 선사받게 된다.

이를 다른 식으로 표현하자면, 김종삼의 시가 독자에게 전달하는 아연함이란 어떤 주관의 개입이 배제되어 있기에 나타나는 문제라고 할 수 있을 것이다. 이는 중심 소재인 "해"가 화자에 의한 주관적인 의미의 투입이 이루어지고 있지 않기에 발생하는 것으로, 이때에 "해"는 특수한 의미를 지닌 표상이라기보다는 단지 시에 존재하는 시어들을 묶어줄 뿐인 기표라고 할 수 있을 것이다. 그렇다면 이때에 나타나는 풍경은 무엇을 의미하는가. 이것은 의미 없는 이미지인가, 아니면 의미가 감춰진 이미지일 따름인가. 여기에 대해서는 다음의 두 편의 시를 살펴봄으로써 의미를 덧대어 보기로 하자.

내용 없는 아름다움처럼

가난한 아희에게 온
서양 나라에서 온

아름다운 크리스마스 카드처럼

어린 羊들의 등성이에 반짝이는 진눈깨비처럼.

— 「북치는 소년」

위 시에서 시인은 「북치는 소년」이라는 제목을 중심으로 여러 시어들을 나열하고 있다. 2연과 3연에서 나타나는 시어들을 먼저 살펴보자면, 여기에서 중심이 되는 것은 "크리스마스 카드"와 "진눈깨비"라는 명사이다. 그 앞의 구절들은 이 명사를 수식해주기 위한 것으로, 대상이 되는 명사의 성질과 의미를 덧붙이기 위해 존재하는 것으로 보인다. 이때 제시된 두 명사는 1연에 제시된 형용사 "아름다움"과 동일한 직유적 표현인 "~처럼"을 공유하고 있다는 점에서 일종의 상관성을 띠고 있다고 할 수 있다. 즉, "~처럼"이라는 직유적 표현으로 동일하게 묶여있다는 점에서 "아름다움"과 "크리스마스 카드"와 "진눈깨비"는 이 시에서 등가적 위치에 배치되어 있다고 할 수 있는데, 그 시어의 층위가 형용사와 명사로 각기 다르다는 점과 배치의 순서에 주목해볼 때, 아래에 제시된 두 시어는 먼저 제시된 "아름다움"이라는 형용사의 구체적인 사례라고 할 수 있다.

이를 도식화하자면 위의 시는 「북치는 소년」이라는 중심 소재와 그 주변을 "아름다움"과 "크리스마스 카드"와 "진눈깨비"라는 3개의 시어가 배치되는 구조로 이루어져 있으며, 이때 제시된 3개의 시어는 각기 "~처럼"이라는 직유적 표현으로 묶여있다는 점에서 등가적 위치에 배열되어 있지만, 그 격이 서로 다름으로 인해 "크리스마스 카드"와 "진눈깨비"는 "아름다움"이라는 시어의 구체적인 사례로서 그 의미가 종속되어 있다고 할 수 있다. 따라서 각 시어의 의미는 구조상 유사한 것으로 파악될 수 있는데, 문제는 그 의미의 중심에 배치되는 「북치는 소년」의 개별적인 의미가 시의 구조 상에서 파악되지 않는다는 점이다. 여기에서 파악되는 것은 「북치는 소년」의 의미가 아니라, 그 형상에 대한 감상으로써의 "아름다움"만이 포착되고 있는 것이다. 즉 이때에 「북치는 소년」은 시인의 '본다'는 행위의 구체적인 대상이지만, 그 의미가 포착되지는 않고 있다는 점에서 개별적인 의미가 부재하는 대상이라고 할 수 있으며, 아름다움은 이처럼 의미가 부재하는 대상으로부터 포착되는 경험의 형식이라고 할 수 있다.

그렇다면 여기에서 「북치는 소년」이란 의미망의 중심에 있으면서, 그 자체로는 어떠한 의미도 가지고 있지 못하다는 점에서 앞서의 "해"와 유사한 기능을 한다고 볼 수 있다. 다만 여기에서의 「북치는 소년」은 "해"라는 시어보다는 보다 구체적인 기능을 하고 있다고 볼 수 있는데, 이는 여기에서 이 시어가 "아름다움"이라는 감각적 경험을 파생시키고 있기 때문이다. 다만 그 "아름다움" 또한 구체적인 의미가 부재하는 대상으로 인해 촉발되는 경험의 형식이라는 점에서, 그 구체적인 의미가 확정될 수 없는 대단히 모호한 경험이라고 할 수 있다.

그렇다면 여기에서 위의 도식은 뒤집히는 데, 즉 「북치는 소년」이라는 시어를 중심으로 "아름다움"과 "크리스마스 카드", "진눈깨비"라는 시어가 산포하는 것이 아니라, "아름다움"이라는 시어를 중심으로 「북치는 소년」과 "크리스마스 카드", "진눈깨비"가 개별적인 시어로써 산포되는 것이다. 그렇다면 「북치는 소년」은 중심 소재이면서, 동시에 "크리스마스 카드"나 "진눈깨비"와 마찬가지로 설명될 수 없는 "아름다움"의 구체적인 경험 가운데 하나로 뒤바뀌게 된다. 이는 다음과 같은 것을 의미한다. 예컨대 이러한 구조 속에서, 화자가 시선을 던지는 것은 명백히 그 제목인 중심 소재로서의 「북치는 소년」이지만, 이는 어디까지나 직접적으로 시각적으로 포착되거나 서술될 수 없는 대상인 "아름다움"이라는 경험을 포착하기 위한 사물인 셈이다. 즉, 김종삼의 시 쓰기에서 시선의 중심은 실제 존재하는 구체적인 사물로 향하지만, 이는 어디까지나 시각을 통해 즉각적으로 포착될 수 없으며 언어화될 수 없는 "아름다움"이라는 경험의 형식을 포착하기 위한 수단인 것이다. 이때의 "아름다움"은 「북치는 소년」과 같이 구체적으로 의미화 되지 않은 형상 그 자체로서의 사물로부터 파생되는 경험이라는 점에서, 그 의미가 반성적으로 정립되는 것이 아닌 일종의 순수한 아름다움이라고 할 수 있을 것이다.

그러한 의미에서 김종삼의 시에서 "아름다움"이란, 시선의 중심이 되는 구체적인 대상 그 자체가 아니라, 그 자체로부터 파생되는 경험이라는 점에서 비시각적인 대상인 것이며 그렇기에 그것은 광학적 논리에 따라 포착될 수 없는 '불가능한' 대상이다. 이는 김종삼의 시에서 청각적 이미지들이나 사진과 같은 비서사적인 시적 구조들이 자주 포착되는 것과 연관이 있지 않을까? 예컨대 「소리」나 「背音」과 같은 시들에서 주체의 시선은 명백하게 현실에 존재하는 구체적인 사물들로 향해있다. 시의 구조 또한 이러한 가시적인 사물들, 주체의 인지에 포착될 수 있는 사물들을 중심으로 이루어진다. 하지만 그 구체적인 사물들, 시인의 눈에 포착되는 사물들은 그 배음으로 존재하는 "아름다움"을 포착하기 위한 수단으로서의 시각적 대상들이라는 점. 더불어 이 시각적 대상들이 주체에 의해 의미화되는 것이 아니라 텅 빈 채 놔둬짐으로써 그때에 포착되는 아름다움 또한 순수한 어떤 것으로 정립될 뿐 반성적인 의미를 통해 정립되는 것이 아니라는 점에 김종삼 시의 특징이 있다고 할 수 있을 것이다.

現實의 夕刊

터전 <백산(白山)>과 그리고 청량리 아침 몇군데 되었던 안테나와 위
태로웠던 안전대와, 꼭 같아오던 몇해전의 꿈의 연루인.
　오늘의 현실이라 하였던.

하늘밑에는 오전이 있다 하였다.
뭉이어 드는 사람들의 식사같은 근교인 부락의 영지이기도 했다.

오동나무가 많은
그중에 하나는 그 이전 이야기이기도 했다.

제법 끈까지 달린
갓을 쓰고 온 학동인 것이다.

부락민들은 반기었고
그사람들이 마지하는 오동나무가 많은 부락엔 식기가 많았다.

현실<조간(朝刊)>에서는
그중에 하나는 발가벗기어 발바닥에서 몸둥아리
그리고 머리에 까지

감기어 온 얼룩간 소년의 붕대가 왔다 하였다.
하물로써 취급되어 오기 쉬었다는
몇군데인, 안테나인, 아침인, 청량리가 있었다.

출근부의 부락민들은 누구나
요행이란 말이 서투러 있다기 보다 말들을 더듬었다는 것이다.

몇나절이나 달구지 길이 덜그덕 거렸다.
더위를 먹지 않고 지났다.

그자리 머무는 하루살이떼<일기(日氣)>가 머무는 벌거숭이 흙떼미
<한발(旱魃)>이었고
길<우안(右岸)>이 서투렀다는 증인의 말이 많았고.

좀처럼
있음직 하였던 석양이 다시 가버리는 결론이 갔다.

터전 <백산>을
내려가야만 했던 착한것과 스콥프와 살아 온 죽은 나의 동생과 애인과
현실의 석간(夕間)…….

夕間

올려다 보이는 몇 군데 안 되었던 안테나의 천정과 되풀이 되어 갔던 같은 꿈자리의 연루에서 오전이 있다 하였다. 모이어 드는 사람들의 영지엔 식사같은 부락은 하늘 밑에 달리어 와 맞이하는 어디로인데서 만났던 학동이었다. 부락민들이 많은 수효의 식기는 졸고 있는 쪽도, 더러는 잠든 고액의 꿈을 넘는 척도였고 연무가 뿜는 소리는 지치어 있는 적십자소속의 여성이있었다. 이 천지 간격인 문짝이 열리어지며 출근부의 부락민들은 앞을 다투어 누구나 요행이란 말로서는 서투러 있음인지 조간이라는 공시는 서서히 스치이어 진다. 전라에 감기어 온 얼룩진 소년의 주검의 붕대마냥, 어울리지 않는 재롱들을 나누듯이 그런 것들을 나무래듯이 훼청거리는 각종의 세기의 그림자를 따라 나서려드는 명맥을 놓지지 않으려 바보의 짓들로서 일관되어지었다. 덜그럭거리기 시작한 함거의 행방을 찾으려는 하물답게 취급되어 있는 시달리며 슬기로워할 생령들을 겁벌할 영속의 판국이었다. 무구의 어떠다 할 비치이는 일기로 착각하여지는 착한 터전 <백산>을 넘어 가며는 벌거숭이의 몇 나절토록 길<우안>이 서투렀다는 증인이 보이지 않음을 계기로 하여 있음직 하였던 석양이 다시 가버리는 결론이 가는것이다. 가엽슨 것들의 추파가 덥히어 지는—.

석간(夕刊)과 석간(夕間),
─ 눈부시게 순박한 사람들이 머무는 시간

정애진

1.

김종삼의 시는 유난히 '인간적'이다. 사람에 대한, 특히 아름답지만 어딘가 서글픈 사람들에 대한 관심은 그로 하여금 시를 쓰게 하는 동력이 되었다. 예컨대 그의 초기 시편에는 불행한 아이들의 모습이 자주 보인다. 놀러갔던 어린 아이들을 잡아먹은 북문(北門)과 빨갛고 작은 무덤이 돋아난 자리에서 울고 있는 아이(「개똥이」), 얼마 못가서 죽을, 리본을 단 아이(「그리운 안니 · 로리」), 자줏빛 그늘이 내린 뾰죽집에서 홀로 놀고 있는 아이(「뾰죽집이 바라다보이는」) 등 애정과 보살핌이 결핍된 존재들을 시인은 연민의 시선으로 바라본다. 아이들은 가난과 불행, 죽음을 알지 못한다. 자신이 처한 상황을 맑은 눈으로 천천히, 자세히 바라다볼 뿐이다. 아이들의 순수함은 비극적인 상황을 더 극대화하는 듯하다. 그러나 이 같은 내용이 마냥 어둡고 적막한 느낌을 자아내는 것은 아니다. 그의 시는 마치 형용할 수 없는 슬픔 한 방울이 메마른 도화지 위로 퍼져나가는 것 같은 인상을 준다. 그의 삶이 사람을 사랑하는 마음으로 가득했기에 가능한 일이었다. 가난한 어머니, 죽음이 가까운 어린 아이들, 하루하루를 버티듯 살아가는 마을 사람들, 동료 시인들 등 그의 시선은 오래도록 가난하고 아픈 사람들에게로 향했다. 낮은 곳으로, 더 낮은 곳으로……

> "그의 시편들을 진하게 물들이는 반복적 주제는 한 마디로 사람이 사람답게 살아야 된다는 자각이다. 문명이나 싸움으로 표상되는 현실 속에서 그는 끊임없이 상실되는 사람의 착한 바탕을 그리워한다."[1]

> "그는 전쟁 난민의 상처를 짊어진 가난과 병고의 삶 속에서, 그리고 말년의 폭음과 죽음 충동의 시간 속에서도 인간 감정의 여러 측면을 성찰하고, 인간의 연약함에 대한 연민과 인간에 대한 고귀한 믿음을 버리지 않았다. 자신의 고통에 몸부림쳤지만 그 속에서도 인간의 사랑과 생의 평화를 희구했다."[2]

연구자들은 그의 시가 '사람답게 살고자 하는 자각', '인간 감정에 대한 성찰'에서 비롯되었다고 평한다. 이렇듯 김종삼은 인간에 대한 무한한 관심과 애정을 바탕으로 시를 창작했다. 여러 편의 작품 중 「현실의 석간(夕刊)」은 이러한 특징을 담담하게 그려내는 시이다.

이 작품은 원제목으로 먼저 발표된 후 「석간(夕間)」이라는 제목으로 개작되었다. 개작의 양상을 살펴볼 때, 특히 눈에 띄는 변화는 제목과 형식 부분이다. '현실'이라는 상징적 시어가 사라지고 '석간'의 의미가 저녁신문을 뜻하는 '석간(夕刊)'에서 저녁 무렵을 뜻하는 '석간(夕間)'으로 변한 점, 연과 행의 구분을 의도적으로 삭제하고 산문시로 써 내려간 점 등은 분명 주목할 만하다.[3] 특히 제목의 변화 양상은 작품을 다각도로 해석하는 데

---

1) 이승훈, 「이달의 시—「인간회복의 열망」」, 『동아일보』, 1979.9.28.
2) 이승원, 『김종삼의 시를 찾아서』, 태학사, 2015, 108쪽.
3) 김종삼의 시편 중 산문시는 「석간(夕間)」을 제외하곤 찾아볼 수 없을 정도로 드물다.

중요한 단초를 제공한다.

앞서 이야기했듯 '석간(夕刊)'은 '조간(朝刊)'과 대비되는 시어이기에 석간(夕刊)이 제목일 때는 신문에 실린, 붕대 삼은 소년의 이야기가 서술의 중심을 차지하게 된다. 그러나 하루의 끝 무렵인 '석간(夕間)'으로 제목을 교체했을 때는 하강과 소멸의 이미지, 즉 마을 사람들의 고단한 일과 혹은 터전을 떠나는 부락민들의 모습까지로 작품의 의미를 확장할 수 있게 된다.

터전인 '백산(白山)'에서의 삶이 시작되는 순간은 오전으로 형상화되며, 그 삶이 끝나는 시간은 석양이 다시 가버리는 저녁 무렵이다. 즉, 조간(朝刊)이 배달되는 아침에서부터 석간(夕刊)이 배달되는 저녁 무렵의 하루가, 함께 모여 삶을 일구고 언젠가 하나둘 그곳을 떠나게 되는 불쌍한 사람들의 일대기가 되는 것이다.

2. 시인이 사랑하는 사람들이 사는 마을 ― 오동나무가 많은 마을

부락민들의 터전인 '백산(白山)'의 모습은 '오동나무가 많은 마을'로 구체화된다. 하고 많은 나무 중에 왜 하필 오동나무일까. 오동나무가 많은 마을의 의미는 다른 시편인 「오동나무가 많은 부락입니다」를 통해 어느 정도 유추해볼 수 있다. 작품에서 오동나무가 많은 부락은 '추억의 나라', '모진 설움을 잊을 수 있는 곳', '구속과 죄를 면치 못한 사람들의 삶의 터전'으로 표상된다. 꽃다운 시절을 거치고 이젠 앙상한 가지만 남은 모습으로, 깊은 세월의 빛깔을 띤 사람들이 살아가는 곳, 이곳이 바로 오동나무가 많은 부락이다.

1921년 황해도 은율에서 출생한 김종삼은 어린 시절을 평양에서 보냈다. 그런 그에게 서울은 낯선 공간이며, 살기 위해 기필코 적응해야만 하는 공간이었다. 즉 그에게 평양은 유년의 기억을 떠올리게 하는 추억의 장소로, 서울은 생활과 거주의 장소로서 상징화되었다.

그는 서울에서 많은 사람들을 만나고, 그들과 함께 이룬 공동체 속에 편입되어 삶을 꾸려나갔다. 이때부터 그는 '나' 혼자가 아닌, '우리'의 의미를 새롭게 적립하기 시작했다. 김종삼과 그가 사랑하는 사람들은 웃음보다는 눈물에 가까웠다. 모진 설움과 아픔을 경험한 사람들의 마을엔 늘 서늘한 그늘이 따라다녔지만, 한데 모여 추운 마음을 덥히고, 기쁨과 행복을 나눴다. 이들이 오늘을 살아내고, 내일을 살아갈 수 있는 최선의 방법은 눈앞에 놓인 삶을 긍정하고, 인정하는 것뿐이었다.

3. 백산(白山)에 사는, 순백의 부락민

가난의 형상과 환멸의 양상은 김종삼의 시에서 자주 포착되는 부분이다. "지난 일들은 삶을 치르노라고 죽고 사는 일들이 지금은 죽은 듯이 잊혀졌다는 듯 얕은 소릴 내이는 초가집 몇 채 가는 연기들(「소리」)", '늦가을 햇볕 쪼이는 마른 잎', '몇 사람 밖에 아니되는 고장', '인류의 짚신이고 맨발', '공원을 넘어다니지 못하는 독수리'(「나의 본적(本籍)」) 등의 표현에서 알 수 있듯, 가난은 그의 작품을 이야기하는 데 빼놓을 수 없는 중심 소재였다.

부락은 '시골에서 여러 민가가 모여 이룬 마을'을 뜻한다. 무엇이 사람들을 모이게 했을까. 김종삼 시에서 '부락민'으로 지칭되는 순박한 이들 또한 다른 시편에서처럼 가난한 삶의 굴레에 순응하며 살아가는 모습을 보여주고 있다. 때 묻지 않았기에, 인간이라면 누구나 마주하게 되는 삶의 보편적인 문제들은 백산의 부락민들에게 더욱 강하게 작용한다. 공동체를 옥죄고 괴롭히는 생의 고난들 속에서도 아침이 오고, 저녁이 간다. 인간이 인간답게 사는 데 가장 필요한 것은 인간다움이 아닌, 옷과 음식과 몸을 뉠 따뜻한 집이란 것을 일찍이 깨달은 사람들이었다. 하지만 생계가 달린 출근부 앞에선 누구나 말을 더듬게 되는 것이다. 행운이 익숙지 않은 사람들에게 행운을 잡는 것은 서툰 일이 되어버리고 만다. 고달픈 하루가 가면, 더 길고 긴 하루가 찾아오는 나날들을 견뎌낸다. 달력이 하나둘 넘어간다. 어느 날부터인가 그 많은 식기들이 할 일 없이 조는 일이 잦아지고, 몇 나절이고 달구지가 덜그럭거리는 소리가 들려온다. 화자는 생각한다. '착한 터전'을 내려가야만 했던 선량한 사람들을, 죽은 동생과 애인을. 그리고 그 생각의 끝에는 언제나 그랬듯 내일이 올 것이다.

김종삼은 '시는 소박하고, 더부룩해야 하고 또 무엇보다도 거짓말이 끼어들지 않아야 하고, 영탄이나 허영의 목소리이거나 자기 합리화의 수단이 되어서도 안 된다'[4]고 말했다. 그러면서도 자신이 혹 진실한 말처럼 포장을 하고 거짓말을 하고 있진 않은지 늘 성찰하며 참된 시인의 자세에 대해, 결코 도달할 수 없이 먼 곳에 있는 시인의 영역에 대해 고민하고 또 고민하던 시인이었다. 시를 향한 진정성 있는 마음과 세상을 보는 따뜻한 시각, 이것이야말로 아직까지도 그의 시가 우리에게 오랜 여운과 울림을 줄 수 있는 이유일 것이다.

---

4) 김종삼, 「먼 시인의 영역」, 『문학사상』, 1973.3.

「받기 어려운 선물처럼」

主日이 옵니다. 오늘만은
그리로 도라 가렵니다.

한켠 길다란 담장길이 버려져
있는 얼마인가는 차츰 흐려지는
길이 옵니다.

누구인가의 성상과 함께
눈부시었던 곷밭과 함께 마중 가 있는 하늘가 입니다.

모―든 이들이 안식날이랍니다.
저 어린 날 主日 때 본
그림
카―드에서 본
나사로 무덤 앞이였다는
그리스도의 눈물이 있어 보이었던
그날이 랍니다.

이미 떠나 버리고 없는 그렇게
따사로웠던 버호니(母性愛)의 눈시울을 닮은 그 이의 날이랍니다.

영원이 빛이 있다는 아름다움이란
누구의 것도 될 수 없는 날이랍니다.

그럼으로 모─두들 머물러 있는 날이랍니다.
받기 어려웠던 선물처럼………

「쑥 내음 속의 동화」

옛 이야기로서 고리타분하게 엮어지는 어렸을 제 이야기이다. 그맘때만 되며는 까닭이라곤 없이 재미롭지도 못했고 죽고 싶기만 하였다.

그 즈음에는 인간들에게는 염치라곤 없이 보이리만큼 너무 지나치게 아름다움이 풍요하였던 자연을 가까이 하면 할수록 더욱 그러하였다.

고양이란 놈은 고양이대로 쥐새끼란
놈은 쥐새끼대로 옹크러져 있었고
강아지란 놈은 강아지대로 밤 늦게까지
나를 따라 뛰어 놀았다.

어렴풋이 어두워지며 달이 뜨는
수수대로 만든 바주 울타리 너머에는
달이 오르고 낯익은 기침과 침뱉는 소리도 울타리 사이를 그때며 간다.

풍식이란 놈의 하모니카는 귀에 못이 배기도록 매일같이 싫어지도록 들리어 오곤 했다.
자라나서 알고 본즉 「스와니江의 노래」였다.

선율은 하늘 아래 저 편에 만들어지는 능선 쪽으로 날아 갔고.

내 할머니가 앉아 계시던 밭이랑과 나와 다른 사람들과의 먼거리를 만들어 주기도 하였다.

모기쑥 태우던 내음이 흩어지는 무렵
이면 용당폐라고 하였던 해변가에서
들리어 오는 오래 묵었다는 돌미륵이 울면 더욱 그러하였다.

자라나서 알고 본즉 바닷가에서 가끔 들리어 오곤 하였던 고동소리를 착각하였던 것이었다.

—이 때부터 세상을 가는 첫 출발이 되었음을 몰랐다.

김종삼 시의 미적 방황과 우회로

조대한

　김종삼의 초기 시편 「받기 어려운 선물처럼」(『전쟁과음악과희망과시』, 1957)과 「쑥내음 속의 동화」(『지성』, 1958)를 비교해보면, 그의 시세계를 대표하는 뚜렷한 특징 두 가지를 살펴볼 수 있다. 하나는 자주 언급된 바 있는 순수주의이다. 「받기 어려운 선물처럼」 속엔 "주일"의 그날로 돌아가려는 시적 주체가 등장한다. 그날의 이미지는 모든 이들의 안식, 눈부신 꽃밭, 그리스도의 눈물, 따사로운 버호니[1]의 눈시울, 모두의 영원한 아름다움 등으로 그려진다. 이는 시인이 언급했던 '의미의 백서(白書)'나 '내용 없는 아름다움'처럼, 의미가 소거되어도 누구나 느낄 수 있는 근원적인 아름다움에 가까운 듯하다. 칸트는 우리가 내리는 취미판단이 일종의 공통감각(共通感覺, Gemeinsinn)에 근거해 있다고 주장한다. 아름다움의 감정이 타인에게 전달되기 위해서는 필연적으로 감각 주체들 사이에 공유되는 공통의 원인이 전제되어야 한다는 것이다. 언어적·사회적 경험이 다른 이국의 아이에게 곧바로 전달되는 '내용 없는 아름다움'이란, 이 같은 보편적이고 근원적인 미감의 존재를 상정하지 않고서는 성립될 수 없는

---

1) 전집에서는 정확한 의미를 확인하기 어렵다고 언급되어 있으나, 아마도 '버호니'는 성녀 베로니카(Veronica)의 프랑스어 발음인 것으로 추정된다. 버호니와 함께 쓰인 '母性愛', '따스로웠던' 등의 단어는 추측에 힘을 보탠다. 또한 예수의 초상을 흰 천에 그렸던 베로니카의 일화는 해당 시편 속 '성상'이라는 단어와 연관성이 짙다.

듯하다.

「쑥내음 속의 동화」에서도 과거의 시공간으로 되돌아가려는 '나'의 모습이 나타난다. 하지만 그 근원적 시공간의 이미지는 삶의 구체적 경험에 기반을 두고 있다는 점에서, 앞선 작품과는 차이를 보인다. 내가 지겹게 들었던 하모니카 소리는 '스와니 강의 노래'였고, 돌미륵의 울음소리는 '기적 소리'를 착각했던 것에 불과했다. 전설 속 성녀의 상은 기억 속 '할머니' 혹은 '어머니'(「오학년 일반」)의 모습으로 대체된다. 이것은 내용 없는 아름다움이라기보다는 개별적 경험으로 채워진 구체적인 풍경에 가깝다. 이처럼 두 작품은 근원으로의 회귀라는 점에서 유사한 시간적 방향성을 지니고 있지만, 그것을 구현하는 방식에서 차이가 존재한다.

오연경은 이 같은 김종삼 시의 이중성이 언어적 순수주의의 극단이라는 측면에서 김춘수의 무의미시와 맞닿고, (민족 체험의 현장성을 생략하여 일상에 천착한다는 의미에서) 탈현실적 순수주의를 극단화했다는 측면에서 김수영의 반—속물주의와 맞닿는다고 주장한다. 덧붙여 김종삼 시의 이중적 순수주의가 60년대 모더니티의 독특한 중간지대를 형성한다고 이야기한다.[2] 이 연구는 김종삼 시의 이중성을 날카롭게 파악하고 있으나, 앞서 언급된 후자의 방식(개별 경험으로의 회귀)은 순수주의라기보다는 순수시를 통해 보편적 아름다움을 구현하고자 했던 시도의 실패에 가까운 듯 보인다. 김현은 한 인터뷰에서 김종삼 시의 특징을 '과거체사용'과 '방황'으로 언급한 바 있다.[3] 김춘수나 김수영과 달리 자신의 시론을 개척하는 데 실패했기 때문이든 혹은 삶과 경험의 구체적 진실성을 외면할 수 없었기 때문이든 김종삼 시인은 아무도 '들어가 보지 못한 깊은 수

---

2) 오연경, 「김종삼 시의 이중성과 순수주의」, 『비평문학』 40, 한국비평문학회, 2011.
3) 김 현, 「김종삼을 찾아서」, 『시인을 찾아서』, 민음사, 1975.

림'4)의 언어를 일관되게 형상화하지는 못했던 것 같다.

물론 그 진솔한 방황이 그의 시세계를 평가 절하시키는 것은 아니다. 그는 순수한 아름다움을 구현하기 위해 나름대로 최선의 노력을 다했다. 그가 택한 것은 당연하게도 '카드'나 '선률'처럼 회화, 음악 등의 매개로의 우회이다. 김양희는 언어로 치환할 수 없는 영역을 언어로 표현하고자 했던 역설 때문에, 김종삼의 시는 음악의 형식을 취할 수밖에 없었다고 이야기했다.5) 김종삼에게 큰 영향을 끼친 것으로 알려진 릴케, 발레리 등과 동시대를 살아갔던 브르몽 또한 소리, 음악, 종교 등의 요소를 중시하는 순수시론을 주장하기도 했다. 전집에서 김종삼 시인의 숨겨진 뮤즈라고 표현된 '라산스카' 시편이나 그녀가 부른 '안니·로·리' 관련 시편들은 그의 음악적 우회가 표현된 대표작들이다. 가령 「그리운 안니·로·리」에서 '—ㅂ니다' 종결어미를 반복적으로 사용한다든가 또는 '얇은/ 파아란/ 페인트 울타리'처럼 의미와 무관한 연음들을 덧대어 놓는다든가 하는 방식들은, 삶의 구체적 경험으로는 쉽게 전달되지 않는 즉각적인 아름다움의 전이를 위해 시인이 활용한 시적 형식인 것 같다.6)

---

4) 김종삼, 「의미의 백서」, 『한국전후문제시집』, 신구문화사, 1961.
5) 김양희, 「김종삼 시에서 '음악'의 의미」, 『한민족어문학』 69, 한민족어문학회, 2015.
6) 흐르고 움직이는 발화 속에서 만들어진 배치 혹은 포착되는 지형 전반을 앙리 메쇼닉은 '리듬'이라는 단어로 지칭한 바 있는데, 그는 리듬이 우리의 언어와 사유를 변형시킬 수 있다고까지 이야기했다. 메쇼닉은 '미크라(Mikra)'라고 불리는 유대 전통의 성서를 번역했던 경험을 바탕으로, 텍스트를 거쳐 발생하는 어떤 공감각에 대해 이야기한다. '미크라'는 읽기, 듣기, 모임 등이 결합된 단어이다. 메쇼닉은 읽기와 듣기 행위가 결합된 '미크라'가 역동적인 실천을 만들어낸다고 이야기한다. 집단적·개인적인 리듬으로 텍스트를 읽고 들음으로써 주체에서 주체로의 '감염'이 발생한다고 그는 말한다. 시니피앙의 연속체를 경유해서 탄생한 이러한 '이행적 주체성(transsubjectivité)'은 김종삼 시인이 음악적 리듬을 통해 꿈꿨던 아름다움의 전이와 일정 부분 맞닿은 측면이 있는 듯하다. 자세한 내용은 루시 부라사, 조재룡 옮김, 『앙리 메쇼닉 : 리듬의 시학을 위하여』, 인간사랑, 2007, 143—145쪽 참조.

저자 약력

유성호

한양대학교 국문과 교수. 문학평론가.
주요 논저로는 『한국 현대시의 형상과 논리』, 『상징의 숲을 가로질러』,
『침묵의 파문』, 『한국시의 과잉과 결핍』, 『현대시 교육론』, 『근대시의
모더니티와 종교적 상상력』, 『움직이는 기억의 풍경들』, 『정격과 역진의
정형 미학』, 『다형 김현승 시 연구』, 『서정의 건축술』이 있다.

김혜진

한양대학교 강사. 시인.
주요 논저로는 『이상 문학의 가장성 연구』가 있다.

신동옥

한국방송통신대학교 강사. 시인.
주요 논저로는 『김수영과 김춘수 시학에 나타난 미적 이데올로기
연구』, 「해방기 '전위시인'의 시적 주체 형성 전략」이 있다.

이은실

한양대학교 겸임교수. 시인.
주요 논저로는 『김현승 시에 나타난 시간의식 연구』,
「윤동주 시 <병원>에 나타난 타자성 연구」,
「정지용의 시 <압천>에 나타난 주체 의식 연구」가 있다.

차성환

한양대학교 겸임교수. 시인.
주요 논저로는 『멜랑콜리와 애도의 시학
—백석·박용철·이용악의 시세계』가 있다.

권준형

한양대학교 국문과 박사과정.
주요 논저로는 『이승훈 시의 언어양상 연구』가 있다.

문혜연

한양대 국문과 박사수료.

양진호

한양대학교 국문과 박사과정.
주요 논저로는 『최하림 시 연구』가 있다.

이중원

한양대학교 국문과 박사과정. 시인.
주요 논저로는 「김수영 시집의 편집과 구성의 원리 : 『달나라의 작란』과
『달나라의 장난』의 비교를 중심으로」, 「김상옥 시조와 자유의 형식」이 있다.

임지훈

한양대 국문과 박사과정, 문학평론가.

장예영

한양대 국문과 박사과정

정애진

한양대학교 국문과 박사과정 수료.
주요 논저로는『김광균 시 연구—이미지를 통한
정서의 발현 양상을 중심으로』가 있다.

정치훈

한양대학교 국문과 박사과정.
주요 논저로는『김수영 시의 정전화 과정과 방향』,「김수영 시에
나타나는 금기와 위번 구조 연구 — '아내'와 '여편네'를 중심으로」가 있다.

조대한

한양대학교 국문과 박사과정 수료. 문학평론가.
주요 논저로는『이상 문학의 '새—변신' 모티프 연구』가 있다.

김종삼 시 읽기

| 초판 1쇄 인쇄일 | 2020년 12월 20일 |
| 초판 1쇄 발행일 | 2020년 12월 27일 |

지은이	유성호 외
펴낸이	한선희
편집/디자인	우정민 우민지
마케팅	정찬용 정구형
영업관리	한선희 김보선
책임편집	우민지
인쇄처	으뜸사
펴낸곳	국학자료원 새미(주)

등록일 2005 03 15 제25100-2005-000008호
경기도 고양시 일산동구 중앙로 1261번길 79 하이베라스 405호
Tel 442-4623 Fax 6499-3082
www.kookhak.co.kr
kookhak2001@hanmail.net

| ISBN | 979-11-91255-75-1 *93810 |
| 가격 | 17,000원 |